不敢妄为些子事，只因曾读数行书。严霜烈日都经过，次第春风到草庐。

传记文丛

是非红楼

俞平伯1954年以后的岁月

周文毅 著

百花洲文艺出版社
BAIHUAZHOU LITERATURE AND ART PRESS

图书在版编目（CIP）数据

是非红楼：俞平伯1954年以后的岁月 / 周文毅著. -- 南昌：百花洲文艺出版社，2019.2
（传百·传记文丛）
ISBN 978-7-5500-3131-9

Ⅰ.①是… Ⅱ.①周… Ⅲ.①俞平伯（1900-1990）—生平事迹 Ⅳ.①K825.6

中国版本图书馆CIP数据核字(2018)第273806号

是非红楼：俞平伯1954年以后的岁月

周文毅　著

出 版 人	姚雪雪
责任编辑	赵　霞　许　复
书籍设计	绛　紫
制　　作	周璐敏
出版发行	百花洲文艺出版社
社　　址	南昌市红谷滩新区世贸路898号博能中心20楼
邮　　编	330038
经　　销	全国新华书店
印　　刷	江西千叶彩印有限公司
开　　本	850mm×1168mm 1/16　印张 19.75
版　　次	2019年2月第1版第1次印刷
字　　数	280千字
书　　号	ISBN 978-7-5500-3131-9
定　　价	39.00元

赣版权登字 05-2018-511

邮购联系 0791-86895108
网　址 http://www.bhzwy.com
图书若有印装错误，影响阅读，可向承印厂联系调换。

传记文丛

丛书编委会

主　编：斯　日

副主编：胡仰曦

编　委：崔金丽　郭　卉

既是历史又是诗

——"传百·传记文丛"总序

斯　日

"传记是历史还是文学"，当我敲下这几个字的时候，正是冬日暖阳铺天盖地洒过来的时候。阳光照在落地窗玻璃上折回并散开，瞬间变为成千上万条的光束，在欢快地跳动着，熠熠生辉。每天的太阳都是新的，我却在面对它说着一个如此陈旧的话题，顿感有些愧对太阳的温暖和欢快，不过我又想到果戈理1842年在寒风刺骨的俄匡冬天说的"可如今是这么个规矩……所以，没有办法"，也顿感经典作品的魅力，穿越时间和空间的重重阻隔，你需要的时候恰巧出现。

传记文学是写人的艺术，将人的生平事迹以文学艺术的手法呈现，是传记的核心所在。理想人生是人生最佳状态，传记文学作为一种记录人生的文体，其最佳状态应是理想传记，那些经过时间的陶冶而流传下来的经典作品里不乏理想的传记，如普鲁塔克的《希腊罗马名人传》、司马迁的《史记》、卢梭的《忏悔录》、罗曼·罗兰的《名人传》，等等，今天依然是我们爱不释手的经典著作。

这些经典传记之所以流传百年经久不衰，成为理想传记，它们有一个共同的特点：将历史性和文学性完美结合在一起，既真实而完整地叙述了传主的生平事迹，又生动而深刻地塑造了传主的精神个性，对传主的命运、行为和性格做出了合理而准确的解释。真实性与文学性，这就涉及到了本文开头所说的陈旧话题——关于传记的文类属性。

关于传记的文类属性，学界的观点从未达成一致，真实性使传记隶属于历史，虚构性使传记隶属于文学。历史学家托马斯·卡莱尔说："历史是无数传记的结晶。"思想家拉尔夫·爱默生说："确切地说，没有历史，只有传记。"诗人叶芝说："一切知识皆传记。"在中国，《史记》的问世开启了传记与文学的携手共进。胡适为中国现代传记的发展做出了不可磨灭的贡献，他不仅自己撰写传记，还动员他人写传记，他更是精彩总结了传记文学的价值："给史家做材料，给文学开生路。"胡适这句话，既肯定了传记的真实性，也强调了传记的虚构性，为传记文学正了名。今天学界一致认可传记是跨学科的文类，胡适的贡献是首屈一指的。

《传记文学》杂志创刊于1984年，时任文化部副部长林默涵为《传记文学》撰写了题为《关于传记文学》的"创刊词"，并发表在1984年3月5日《人民日报》上。他在文中说："'传记文学'顾名思义，应该既是传记，又是文学。作为传记，它应该完全忠于历史，不容许虚构，更不能随意编造。……作为文学，它不仅要有一定的文采，更重要的是抓住所写人物的特征，生动地刻画出人物的性格和形象，而不是枯燥无味地记流水账。这就是把历史和艺术相结合，……也就是鲁迅对《史记》的评语：'史家之绝唱，无韵之《离骚》。'——既是历史又是诗。这当然是不容易的，但应该努力这样做。"如今，《传记文学》走过34年的积累与发展，确立了良好的思想文化品位，在国内外人物思想类读物中占有独特的地位，正是因为一直秉持以文学的笔触真实呈现历史的办刊方向，做到所刊发的文章"既是历史又是诗"。

　　2018年1月11日，是北京入冬以来最寒冷的一天，中国艺术研究院传记文学杂志社与百花洲文艺出版社达成战略合作意向，商定全方面合作方案，百花洲文艺出版社将依托传记文学杂志社优秀选题，推出名人传记、人物述评等方面图书，同时利用各自的平台资源，加大推广力度，实现双方优势互补。这套"传百·传记文丛"即是战略合作的第一个项目，陆续推出《传记文学》杂志策划的理想传记图书。

　　"传百·传记文丛"，其含义如其字面意义，也超越了其字面意义。"传"是多音字，一个读chuán，另一个读zhuàn。《现代汉语词典》对chuán的解释为："传授，传播，传导……"此时，"传百"的含义为：打造优秀的传记图书，并使之在更广泛的范围内流传下去。《现代汉语词典》对zhuàn的解释为："解释经文的著作；叙述历史故事的作品；传记，记录某人生平事迹的文字……"此时，"传百"的含义为：推出数以百计的传记作品。此外，"传百"含有另一层意义："传"代表传记文学杂志社，"百"代表百花洲文艺出版社，表达一种理想，即强强联合，打造传记文学流传百年的经典著作。

　　卡尔维诺在《美国讲稿》中强调文学作品开头的意义，他说："开始同样也是进入一个崭新的世界的门槛，进入词语世界的门槛。……对于文学作品来说，开篇是一个不同寻常的地方。"传记写作也同样强调如何成功地走进传主波澜壮阔的一生，理想的开头即代表着接近了理想的传记作品。作为一套立志于不断推出理想传记的丛书，"传百·传记文丛"刚刚出生，它的"传记"刚刚开始书写，希望"传百·传记文丛"，正如其名，一直流传开去，不止百部。

　　是为序。

2018年12月11日

序

梅新林

历史是一种经验，更是一种智慧。在粗略阅读周文毅学友所著《是非红楼——俞平伯1954年以后的岁月》（以下简称《是非红楼》）之后，心中不禁顿生诸多感慨。追本溯源，发生于1954年的"批俞"事件是由俞平伯先生的红学研究所引发的，然而迄今为止红学界对此尚未作出系统的梳理与总结，而身处红学界之外的文毅则从1999年开始利用业余时间，广搜博寻，取精用宏，在"批俞"事件过去六十多年之后，终于写出了一部有关俞平伯先生1954年以后人生的传记，所以我的感慨即同时发之于1954年的"批俞"事件本身以及由此催生的这部颇具学术容量的传记，或者更准确地说是这两者紧密地交织在一起，实已难分彼此。在我看来，这部学术性传记具有以下三重明确指向与价值。

一是历史还原。传记的核心价值是真实，所以写作传记的第一要旨是历史还原。《是非红楼》第一章《荣辱逢同年》即从发生"批俞"事件的1954年写起，重点描写时年55岁的俞平伯先生先是在1954年8月13日至20日作为第一届全国人大代表，出席了在北京召开的第一届全国人大一次会议，然后仅在一个多月之后，即10月16日却遭遇领袖毛泽东发出《关于〈红楼梦〉研究问题的信》对他的点名批判。若从更深一层的历史还原来看，1954年"批俞"事件的最初意图，在于肃清胡适思想体系的影响；肃清胡适影响，又是为了"改造"从国统区过来的知识分子；发起"批俞"事件之后，又揪住了"批俞"会上主动跳将出来的胡风；开展"批判胡风"运动，又一气呵成了"肃反运动"。如此说来，俞平伯先生作为1949年新中国成立之后遭到举国批判的第一位学者无疑具有某种标志性意义。《是非红楼》即以此作为整部传记的时间起点，从第二章起依次为：《"红楼"风雨骤》《避难进"红楼"》《亲友情何堪》《吾更爱真理》《两度故乡行》《慰妻办曲社》《犹不废红学》《沉浮"文革"中》《乐天揽晚霞》《重滇曾祖运》，最后第十二章《遗愿驾鹤去》重在介绍1990年俞平伯先生临终前慎终追远，依旧反思自己一生学术得失。《是非红楼》通过近半个世纪细腻生动的历史叙事，一方面向后还原俞平伯先生遭受举国批判的后半辈子的人生历程，钩沉他与众多文化名人交往的往事；另一方面则往前回顾他早年的人生经历与学术生涯，并由此远溯作为近代中国四大文化名门浙江德清俞氏后人的家学渊源，从而在历史还原中有效提升了传记的内在容量。

　　二是历史评价。《是非红楼》虽非学术著作，但其既已确立以1954年"批俞"事件为历史起点，以俞平伯先生的红学研究历程为重心，而且冠之以"是非红楼"之名，显然就不能不涉及对俞平伯先生红学研究成就与品格的历史评价。其中的关键所在即在于将俞平伯先生作为"新红学的奠基者与反思者"加以总体定位，然后重点以下述两种方式依次展开：其一是主要蕴含于历史叙事之中的学术评价，诸如第一章《荣辱逢同年》论及1950年俞平伯先生主动承担《红楼梦》八十回本的校勘整理，至1958年由人民文学出版社出版。1952年出版《红楼梦研究》以及1954年发表《红楼梦简论》，正是后者直接引发了"批俞"事件；第三章《避难进"红楼"》论及"批俞"事件发生以后，俞平伯先生依然埋头校勘《红楼梦》八十回本，并撰写了一篇1万多字的序言，后题为《〈红楼梦八十回校本〉序言》发表于《新建设》1956年第5期；第八章《犹不废红学》论及俞平伯先生自1956年5月开始公开发表红学文章后，一直持续到"文革"前夕不废红学研究；第十章《乐天揽晚霞》论及"文革"结束后，俞平伯先生同时迎来学术著作出版高潮期与红学研究活跃期，后者包括1980年5月26日为美国威斯康星大学举办的国际《红楼梦》研讨会提交书面发言，1986年1月20日出席社科院文研所举办的"俞平伯从事学术活动六十五周年庆贺会"，1986年11月访问香港并作学术演讲。其二是对俞平伯先生红学研究成就与品格的学术总结，集中体现在第十二章《遗愿驾鹤去》，重在介绍俞平伯临终之前对自己一生学术得失的反思，其中写到俞平伯先生外孙韦奈看到已经近乎瘫痪的外公坚持提起颤抖的右手，用笔写下两张勉强可以让人辨认的字纸。一张写着："胡适、俞平伯是腰斩红楼梦的，有罪，程伟元、高鹗是保全红楼梦的，有功。大是大非。"另一张写着："千秋功罪，难于辞达。"鉴于人们惯见名人一般到了终老，往往都要隐恶扬善、粉饰自我。特别是对一位学者或者思想家来说，大凡都想将自己耗费一辈子精力建树的学术体系传诸后世，谁都不会老来还去自我撼动。然而俞平伯先生的卓尔不群在于：愈是步入晚年，愈是反思自己红学人生的是非得失，而且当其生命进入倒计时，想要纠正自己过去"拥曹贬高"倾向的想法愈加迫切，甚至不惜推翻自己业已被人们普遍追捧的红学成就，一反人们总想最终维持自己学术体系以求盖棺论定的世俗做派，体现了他对真理探索到死的不朽精神，这是一个学者临终自责的罕见案例，充分展示了真正学问家的良心和勇气。的确，自1954年"批俞"事件发生之后，俞平伯先生并非以此为怨天尤人之缘由，而是作为自我学术反思之契机，而且一直延续至1990年临终之前都不放弃，贯穿于其晚年的两大核心观点，即是对前八十回与后四十回固有价值评判的反思，以及强调《红楼梦》的未来研究方向应该多从文、哲两方面加以探讨。若将其间俞平伯先生所作的反思加以梳理和总结，则可以从自我评价的特定视角进一步丰富和拓展上述学术评价之功能与价值。

三是历史反思。基于历史还原、历史评价基础上的历史反思，正是《是非红楼》的一大亮点所在。除了"批俞"事件所折射的学术政治化悲剧的沉痛教训之外，从这一历史事件的焦点人物俞平伯先生本身加以透视，则更能引发超越于"批俞"事件之外的深刻思考，正如作者在《后记》中所着重提到的：

> 俞平伯先生被竖为"箭垛"以后，当时承受的压力是空前的，他没有先例可以自我慰藉，想要自保，也没有成功的经验和样本可循。然而，恰恰是他，居然能够不断躲过后来几次"运动"特别是漫长的"文革"刀锋，一直活到亲眼看到自己平反余庆、梅开二度的盛景后，方以91岁高龄寿终正寝。应该说，在生活条件远不如现在的上世纪末，活到这个年纪是不多见的。于是，我还想探究，俞平伯先生到底有着怎样一段命运遭际和心路历程呢？他又秘藏着怎样一种纾难解压的生存智慧呢？

另外，"文化大革命"运动结束后，党中央实行解放思想、实事求是的思想路线，前阶段挨批受压的名人们大多纷纷伸张个人冤屈。但俞平伯作为新中国第一个挨批受压的名人，不仅没有加入申冤"大合唱"，反而兀自反思起其红学历程来。他深刻自忏早年追随胡适尊崇曹雪芹所著前八十回，贬低高鹗所续后四十回的过往，特别是他进入生命倒计时之际，还毫不顾及身后尊谥，宣称自己和胡适"腰斩"《红楼梦》"有罪"，这又是怎样一种学术态度和人格力量呢？

与此同时，《是非红楼》中也不时闪烁着来自友情、亲情的暖流，同样值得细细品味。比如第四章《亲友情何堪》所载"批俞"事件发生以后，俞平伯先生的家人以及王伯祥、顾颉刚、叶圣陶等友人对他的关怀和安慰；第九章《沉浮"文革"中》所载"文革"中后期俞平伯先生与叶圣陶、顾颉刚、章元善、王伯祥"京城学界五老"的深厚交谊；第七章《慰妻办曲社》所载俞平伯先生见批他以后又批胡风，夫人许宝驯再次担惊受怕，于是针对夫人会唱昆曲的特长，主动联络同好，利用自家房子，办起了北京昆曲研习社，既为保护古老文化，又为夫人惊涛安澜。这些游离于宏大历史叙事之外的友情、亲情的相互慰藉，更加彰显了患难之际的人性光辉，弥足珍贵！

以上历史还原、历史评价与历史反思三者既逐层展开，又相互支撑、相互包容，充分体现了《是非红楼》作为学者传记的特色性与完整性。假如作者能更紧密地结合红学史的学理研究，并在历史叙事中更巧妙地处理好时间序列以及纵横交叉的关系，也许会使《是非红楼》更为缜密，更为精彩。

应该说，由文毅来写作《是非红楼》，还是颇有某种"缘分"的。文毅是湖州吴兴人，与俞平伯先生是同乡，此前相继有《旧燕知草：俞平伯人生智慧》（浙江人民出版社2016年版）、《俞平伯与德清》（浙江教育出版社2017年版）等论著出版，已为《是非红楼》的写作积累了丰富的文献与经验，而且所幸的是，承蒙《传记文学》编辑部主任胡仰曦女士以及《文学评论》原常务副主编胡明先生的提携和指导，《是非红楼》先以《俞平伯1954年以后的岁月》为总标题连载于《传记文学》2017年第7期至第12期，而后又列于"《传记文学》丛书"，由百花洲文艺出版社正式出版。相信这些学术机缘与激励，皆已成为"催化"《是非红楼》问世的重要环节和内在动力。

　　是为序。

2018年7月29日

目录 _{Contents}

第一章　荣辱逢同年

　　1954年，是现代作家、诗人、学者、红学家俞平伯91年生命中的一个堪称奇异的年份，这一年里，他经历了九旬人生中唯一一次大起大落：同一年里遭逢了荣耀和屈辱。

　　所谓荣耀，是当年8月13日至20日，俞平伯被在杭州召开的浙江省第一届人民代表大会第一次会议选举为全国人大代表，成为五年前刚刚成立的中华人民共和国最高权力机关组成人员之一；所谓屈辱，是当年10月16日，毛泽东主席发出《关于〈红楼梦〉研究问题的信》，支持两个初涉古典文学研究领域的"小人物"李希凡、蓝翎对俞平伯《红楼梦》研究观点提出批评的两篇文章，从而引发全国性的批判运动。这一运动，史称"俞平伯《红楼梦》研究批判事件"。

　　这一年，俞平伯55岁。他成为新中国成立以来第一个受到点名批判的知识分子。

　　俞平伯受到点名批判的头一天，即10月15日，据他的表哥兼姐夫许宝蘅日记记载，北京是个秋高气爽、风和日丽的宜人秋日，因此，许宝蘅约了当年与他一起为末代皇帝溥仪做事的陈曾任（字觉先）、陈曾畴（字农先）、徐仁钊（字勉甫）等旧日同僚，结伴游了北海公园并进行野炊。许宝蘅在当天的日记中记道：

　　　　10月15日，十九日甲辰九时三刻到北海双虹榭，勉甫已至，少顷农先优俪、觉先续至。风日晴和，游人无多，颇为静爽。农先携馒头并一素菜，觉先携花卷，即在双虹榭买二菜一汤、春卷，小饮。与农、觉先围棋各一局。

（《许宝蘅日记》第五册，中华书局，2010年，第1815页）

　　许宝蘅（1875—1961），字季湘，晚年号巢庐，浙江杭州人氏。他是俞平伯的表哥兼姐夫，却年长俞平伯25岁。其父亲许之琠与俞平伯母亲许之仙同出自杭州城里横河桥下的钱塘望族许家，两人是堂兄妹。排下来，许宝蘅为俞平伯表哥。由于许之琠离开杭州后在湖北诸地为官，因此许宝蘅生长在武汉。后来，许宝蘅第二任夫人去世，他便续弦娶了俞平伯父亲俞陛云（字阶青）与第一任夫人彭见贞所生次女俞玫，即俞平伯同父异母的二姐，这样，他又成了俞平伯的姐夫。由于他与俞平伯两家关系如此亲近，又同居北京一城，因此平时往来走动甚多。只是许宝蘅见了俞平伯的父母亲，称呼各异。他不称俞父为岳父，而称"阶青先生"，这是因为他与俞平伯是表兄弟的关系；但称俞母许之仙则礼敬家族辈分，称其为"俞六姑"，这在他的日记中可以看出。

　　许宝蘅属清末民初的政界人物。他于清光绪二十八年（1902）中举，随后入清光绪朝廷担任翰林院编修、军机处章京等职。由于其文字出色，又写得一手漂亮的楷书，因而深受军机大臣张之洞器重。1908年，光绪皇帝、慈禧太后相继病逝，所颁帝、后遗诏均出自他的手笔。末代皇帝溥仪登基成立宣统皇朝以后，他又充任内阁承宣厅（即被撤销的军机处）行走。1912年，袁世凯当上大总统，他获任大总统府秘书兼国务院秘书、内务部考绩司司长。1917年，冯国璋任代理大总统后，他又被聘为大总统府秘书。1932年，溥仪在日本人的策划下筹建伪满洲国。同年4月，他应溥仪之召赴长春，先后担任了伪满执政府秘书、宫内府总务处长等职，又为"旧主"（许宝蘅语）溥仪服务了13年。由于他有清宫、北洋政府和伪满政府三个时代政权中枢机关任职为官的经历，又兼学养深厚、博闻强记，因此1956年经中央人民政府副主席李济深推荐，政务院总理周恩来签发聘书，聘请他为中央文史研究馆馆员。特别难能可贵的是，他在86岁的生命中一天不落地记了62年日记。而且日记里不乏宦海秘闻、时政要事、名人酬酢等历史信息。尽历经战乱和"文化大革命"动乱，但其大部分日记还是被家人保存下来。后经其第四个女儿许恪儒8年整理之功，一套6册的《许宝蘅日记》终于在2010年由中华书局出版面世。

仅跟许宝蘅邀集旧友出游隔了一天，10月16日，北京天气变化了，这在俞平伯在北京大学求学时已为该校哲学教授的梁漱溟当天日记中有记载：

> 早出习拳至白鹤亮翅。阴冷有风。午后访林宰翁，借来历史集刊等件。阅吕秋逸论佛学文。第三剂未服，夜溲仍多至五次。
> （《梁漱溟日记》上册，上海人民出版社，2014年，第199页）

10月16日这一天，俞平伯在干什么，不得而知。因为他晚年曾撰文自述："余不常作日记，外出或有事则书之。已零落不全，亦罕刊出，如记癸酉（1933年）南归见《燕郊集》。独出有记，以示内子，若初婚时，京津咫尺间有《别后日记》，余游欧美亦各有记是也，家居不记，大事之来则记，如丙辰地震，今编亦此类。"（《俞平伯全集》第拾卷，花山文艺出版社，1997年，第424页）由于他没有天天记日记的习惯，因此没有靠得住的资料可供查证他这一天的经历。但他绝对想不到的是，这一天居然会是他55岁人生最晦暗的日子：《关于〈红楼梦〉研究问题的信》就是这一天发出的。

《毛泽东选集》第五卷（人民出版社1977年4月第1版）和《毛泽东文集》第六卷（人民出版社1999年6月第1版），都收入了《关于〈红楼梦〉研究问题的信》一文，虽然文字一样，但信头信尾却有三处不一样的地方。

由于《毛泽东文集》第六卷所收《关于〈红楼梦〉研究问题的信》，末尾注有"根据手稿刊印"的字样，故按这一版本照录该信如下：

各同志：

驳俞平伯的两篇文章附上，请一阅。这是三十多年以来向所谓红楼梦研究权威作家的错误观点的第一次认真的开火。作者是两个青年团员。他们起初写信给《文艺报》，请问可不可以批评俞平伯，被置之不理。他们不得已写信给他们的母校——山东大学的老师，获得了支持，并在该校刊物《文史哲》上登出了他们的文章驳《红楼梦简论》。问题又回到北京，有人要求将此文在《人民日报》上转载，以期引起争论，展开批评，又被某些人以种种理由（主要是"小人物的文章"，"党报不是自由辩论的场所"）给以反对，不能实现；结果成立妥协，被允许在《文艺报》转载此文。嗣后，《光明日报》的《文学遗产》栏又发表了这两个青年的驳俞平伯《红楼梦研究》一书的文章。看样子，这个反对在古典文学领域毒害青年三十余年的胡适派资产阶级唯心论的斗争，也许可以开展起来了。事情是两个"小人物"做起来的，而"大人物"往往不注意，并往往加以拦阻，他们同资产阶级作家在唯心论方面讲统一战线，甘心作资产阶级的俘虏，这同影片《清宫秘史》和《武训传》放映时候的情形几乎是相同的。被人称为爱国主义影片而实际是卖国主义影片的《清宫秘史》，在全国放映之后，至今没有被批判。《武训传》虽然批判了，却至今没有引出教训，又出现了容忍俞平伯唯心论和阻拦"小人物"的很有生气的批判文章的奇怪事情，这是值得我们注意的。

　　　　　　　　　　　　　　　毛泽东

　　　　　　　　　　　　　　　一九五四年十月十六日

　　俞平伯这一类资产阶级知识分子，当然是应当对他们采取团结态度的，但应当批判他们的毒害青年的错误思想，不应当对他们投降。

　　（《毛泽东文集》第六卷，人民出版社，1999年6月第1版，第352—353页）

　　信中提到的"驳俞平伯的两篇文章"，一篇是《关于〈红楼梦简论〉及其他》，最初发表在山东大学学报《文史哲》月刊1954年第9期上，随即转载于中国作家协会主办的《文艺报》半月刊1954年第18号上；另一篇是《评〈红楼梦研究〉》，发表在1954年10月10日《光明日报》的《文学遗产》专版上。信中提到的"作者是两个青年团员"，一个叫李希凡，当时26岁；另一个叫蓝翎，当时才22岁，两人都还是共青团员。两人当时刚从山东大学中文系毕业。发表这两篇文章的时候，李希凡已被保送到中国人民大学马列主义专业攻读研究生，蓝翎则已毕业分配到北京师范大学附属工农速成中学当教师。从信中开头一句"驳俞平伯的两篇文章附上，请一阅"来看，李、蓝上述两文，当时是被毛泽东主席附在他的信里作为附件，一起发给"各同志"看的。逢先知、冯蕙主编的《毛泽东年谱（1949—1976）》也证实："此信附有毛泽东批阅过的《关于〈红楼梦简论〉及其他》和《评〈红楼梦研究〉》两篇文章。"两个当时被人称为"小人物"的年轻作者合作的文章，能获如此之高的政治待遇，应是当时许多"大人物"都难以望其项背的。

1977年4月第1版《毛泽东选集》第五卷和1999年6月第1版《毛泽东文集》第六卷两个版本，虽然都是人民出版社出版，但对照一下可以发现，两个版本刊载的《关于〈红楼梦〉研究问题的信》一文，有两处不一样的地方。

一是1977年4月第1版《毛泽东选集》第五卷里，"俞平伯这一类资产阶级知识分子，当然是应当对他们采取团结态度的，但应当批判他们的毒害青年的错误思想，不应当对他们投降"一语，是排在正文末尾作为信的正文表述的。然而，在1999年6月第1版《毛泽东文集》第六卷里，这段文字却排在作者落款以下作为信的附言出现的。

二是1977年4月第1版《毛泽东选集》第五卷所收此信里面，没有"各同志"的抬头，只是在有关标题的注释里说明："这是毛泽东同志写给中共中央政治局的同志和其他有关同志的一封信。"而1999年6月第1版《毛泽东文集》第六卷里，不仅有"各同志"的抬头，而且注释[1]还注明："毛泽东在这封信的信封上写有：'刘少奇、周恩来、陈云、朱德、邓小平、彭真、董老、林老、彭德怀、陆定一、胡乔木、胡绳、陈伯达、郭沫若、沈雁冰、邓拓、袁水拍、林淡秋、周扬、林枫、凯丰、田家英、林默涵、张际春、丁玲、冯雪峰、习仲勋、何其芳诸同志阅，退毛泽东'。"最后特别注明"退毛泽东"，表明当时他对这封涉及批评党外人士的信函是比较慎重的。

当事人之一的李希凡，事过34年后在其所撰《我和〈红楼梦〉》一文中承认："这两篇文章，今天看来，是粗疏幼稚的，值不得文学史家们认真推敲。"但在当时，他和蓝翎合作的这两篇批评俞平伯《红楼梦》研究观点的应属学术争鸣的文章，却在不经意间惹出了一场浩大的政治风雨。

其实，所谓"资产阶级知识分子"俞平伯，并非出身资产阶级家庭，而是出身一个封建士大夫家庭。

俞平伯，名铭衡，字平伯，以字行世。1900年1月8日（农历己亥年腊月初八），他出生在苏州古城马医科巷祖居曲园内的乐知堂。他虽然是在姑苏城里出生成长，但原籍却为浙江省德清县。浙江德清的俞氏家族，与梁启超出身的广东新会梁氏、陈寅恪出身的江西修水陈氏、翁同龢出身的江苏常熟翁氏，并称近代中国四大文化名门，代代都出过不少文化名人。特别是浙江德清俞氏，由普通农家变身为书香门第，这本身就是中国农村历来崇尚"耕读传家，诗书继世"传统之典范，也是一个具有广泛参照意义的文化标本。尤其俞氏家学源远流长，最早可以追溯到出生于清雍正十年的五世祖俞廷镳，而后兰桂绵延直至俞平伯，前后竟历250余年之久，传承了6代人。

俞平伯的五世祖俞廷镳（1732—1843），字昌时，号南庄。世居德清城东乌巾山之阳南埭圩。其自幼聪慧，4岁时授以唐诗，即能出口成诵。6岁时入私塾读书，刻苦自励，学业大进，被补为博士第子员。他考上过秀才，在县学也颇有点名声。但不曾料想，他多次赴省应试，却均未能中举。大半辈子"设垂帐三十年"，除了尽心侍奉老父亲，就是在自己书房"日惜轩"读书作文。生活上就靠家中几亩薄田，以及夫人戴氏养蚕、织布，他自己坐塾及写字卖文，聊以维持生计。清乾隆五十九年（1794），俞廷镳62岁时，再次赴杭州省里应乡试，竟然考取。然而，浙江巡抚吉公举青年才俊心切，见他年事已高，遂劝其让出名额，他便慨然应允，弃功名而重回田庄再事耕读，由此留下一段试场千古佳话，也开启了俞氏一族敦睦旷达、百折不挠、礼敬谦让、先人后己的家风传统。俞廷镳一生留下《俞南庄先生四书评本》凡十九卷末一卷。该书于清同治十一年（1872），由其孙俞樾将书稿交江苏巡抚恩锡，请求予以刊印成书，还请晚清重臣李鸿章题写书名。俞廷镳生有儿子俞鸿渐。

俞鸿渐（1781—1846），字仪伯，号剑花，清嘉庆二十一年（1816）丙子科举人。他曾当过知县，但终以参与幕府、授馆教课为业。他曾在湖南做过巡抚康兰皋的幕僚，后来到江苏常州等地开家馆，授门徒，间或著书吟诗。他写文章往往一气呵成，不易一字。他的诗歌，风格沉雄博厚。一生撰有《印雪轩文集》二卷、《印雪轩诗集》十六卷、《印雪轩随笔》四卷和《读〈三国志〉随笔》一卷，均刊行于世。俞鸿渐生有两个儿子，长子俞林，幼子俞樾。

俞林（1814—1873），字壬甫，号芝石，晚年号柯九老人。清道光二十三年（1843）举人，曾参与会修《宣宗成皇帝实录》。清咸丰三年（1853）入仕福建任知县，前后在福建为官20余年，官至福宁府知府。在福建，他政声颇佳。

俞樾（1821—1907），字荫甫，号曲园。清道光二十四年（1844）甲辰科举人，三十年（1850）庚戌科进士，保和殿覆试试卷获主考官曾国藩赏识而置第一，列"覆元"。先后任翰林院庶吉士、编修。清咸丰五年（1855）钦授河南学政，赴豫地招考人才；咸丰七年（1857），不小心因所出试题惹出政治问题，被御史曹登庸劾奏咸丰皇帝。同年秋，革职永不录用。从此，他便绝意仕进，专事讲学和著述。他历主苏州紫阳书院、杭州诂经精舍讲学33年，其间还兼上海诂经精舍、上海求志书院、归安龙湖书院、德清清溪书院授课，培养门墙桃李无数。讲学之余，他还勤于著述，一生写下《春在堂全书》468卷1000余万字，以至名扬海内并远及日本、朝鲜，成为晚清著名的经学家、教育家，《清史稿》专门为其撰有《俞樾传》。

俞樾就是俞平伯的曾祖父，俞平伯在口中文中屡屡尊称其为"曲园公"，他继承了曾祖父善于著述的衣钵，汲取了曾祖父的学术滋养，接受了曾祖父的思想影响，甚至为人处世方面也经常效法模仿。然而，他竟也会不经意之间重蹈曾祖父的后尘，经受曾祖父同样的政治遭际，令人不胜唏嘘！

俞樾生有两子两女，分别为长子俞绍莱、长女俞锦孙、幼子俞绍荣、幼女俞绣孙。遗憾的是，俞樾的两个儿子俞绍莱、俞绍荣均未中科举，业绩平淡，且绍莱还寿命短暂，英年早逝；绍荣则从小患有精神疾病，虽然活到68岁，但却苟生而已。以致连俞家后人写书著文，都不愿好好提及这两位先辈。

俞绍莱（1842—1881），字廉石，虽未应过科举，但却当过直隶省北运河同知。虽娶妻子樊氏，但因身体长期不好，只活到39岁，未留下子嗣。

俞绍荣（1847—1914），又名祖仁，字寿山。他就是俞平伯祖父。不幸的是，他从小患有精神疾病，长大后还越发严重，父亲俞曲园为了给他治病，多次延请医、巫，均未见效。但为他娶进妻子姚氏，却诞下一子一女，即儿子俞陛云、女儿俞庆曾。令俞家人喜出望外的是，他的儿子俞陛云后来应科举居然高中探花，成为俞氏家族历代博取功名成就最高者。

俞陛云（1868—1950），字阶青，号乐静。其于清光绪二十四年（1898）会试中戊戌科进士，赴殿试又以一甲第三名及第探花。授职翰林院编修。清光绪二十八年（1902），又获钦授出任四川省副主考，赴川考录人才。进入20世纪之初，其祖父俞樾、父亲俞绍荣（祖仁）、母亲姚氏相继去世，等其按清制守丧期满，天下已经风云巨变，延续了268年的大清帝国一朝崩塌，中华民国横空出世。民国元年（1912），其谋得浙江省图书馆监督一职，赴杭州工作两年。民国三年（1914），其获聘北京清史馆提调，又回北京专门编纂清史。其一生著有《小竹里馆吟草》《诗境浅说》《乐静词》《绚华室诗忆》等多部著作。俞陛云就是俞平伯的父亲。

由于家学渊源，俞平伯自然幼承庭训，课学早慧。1915年，他16岁时，考取北京大学国文门预科，后升入本科。师从的老师"皆学府先辈，文坛耆英也"（俞平伯语），如朱希祖、刘师培、黄季刚、钱玄同、吴瞿庵、周作人、陈独秀、胡适等。

　　大学时期，俞平伯就因新诗创作和评论而在白话诗坛崭露头角，并与康白情一起成为北大两个有名的"校园诗人"。他还积极参与陈独秀、胡适发起的新文化运动。1919年3月，他又与同学傅斯年、罗家伦、徐彦之等一起创立了新文化团体"新潮社"，并创办新文化刊物《新潮》，积极为之撰稿。他亲历五四新文化运动，发表许多新诗，同时又写旧体诗词。他作为中国最早的白话诗人之一，陆续出版新诗集《冬夜》《西还》《忆》等。其间，他也涉足其他文学样式创作。

　　震惊中外的五四运动爆发后，作为北大学生会新闻组成员的俞平伯，

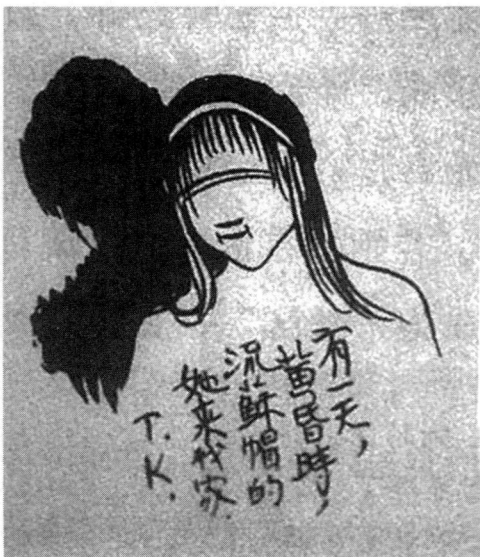

1925年俞平伯出版第三部新
诗集《忆》，丰子恺插图

毅然投身这场反帝爱国运动，他与同学们一起罢课，上街散发传单，并劝说商会组织罢市。五四运动过后，1919年年底，俞平伯北大毕业，正逢同届同学、五四学潮领袖之一的傅斯年征集去英国留学的同好，俞平伯积极响应，次年初便与傅等一起踏上旅途，但不久便回国。

二十年代初，俞平伯受老师胡适和苏州乡友兼北大老同学顾颉刚结对研究考证《红楼梦》的影响，在与顾颉刚通信探讨的基础上，撰写出版了第一本红学著作《红楼梦辨》，成为以胡适领衔相对王梦阮、蔡元培等"旧红学派"而言的"新红学派"奠基人。

二十年代以后至抗战前夕，俞平伯醉心于散文创作，成就斐然，影响甚大，先后出版《杂拌儿》《燕知草》《燕郊集》等5部散文集，其影响和

俞平伯部分著作书影

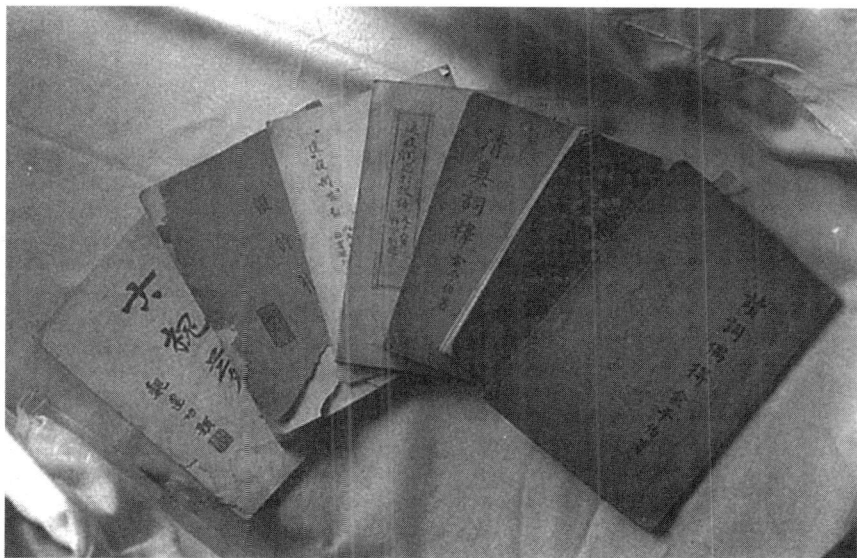

成就甚至超过了其在新诗上的成就。他在文学创作上，不像他解放后的上司郑振铎那样追求"血与泪的文学"，而是比较倾向其北大老师周作人那样追求一种典雅、闲适、知性的明清小品文一般的美学特色。

从1920年9月起至1949年新中国成立前，俞平伯先后在浙江省立第一师范、上海大学、燕京大学、清华大学、中国大学、教育部临时大学补习班、北京大学等教育机构执教，其间虽然也有中断，但总体上，他主要从事高校教学工作。他一心埋头教坛和文坛，既没有在民族危亡时投向日本侵略者，也不在国民党执政时有所附庸。至于他在教学上的水平和风格，如其执教"浙江一师"时的学生曹聚仁所言，"诗词修养，深湛得很"，"风流倜傥，自是浊世王孙公子"。

整个民国时期，俞平伯虽然不能说一贯追随中国共产党，但他作为五四运动的亲历者和五四新文化运动的参与者，其思想实际上是比较"左倾"的，对中共的政治主张持支持和欢迎的态度。他拥护中共最早的一件事，是1949年1月16日，北平还在国民党傅作义军事集团的掌控下，时任北京大学教授的他与九三学社同人签名发表宣言，拥护中共提出的和平八项主张。26日，他又与许德珩、闻家驷、储安平、龚祥瑞等32位文化名人，发表《北平文化界民主人士拥护毛泽东八项主张》的声明，"以求达到推翻反动统治，解放全国人民及创造民主进步中国之最后目的"。

1949年1月31日，北平宣告和平解放。俞平伯满怀喜悦。作为九三学社的一员，他与本组织内的同人们频频往访中共代表。他还积极参加中共组织召开的有关座谈会，听取周扬介绍解放区的文艺运动状况。他第一次见到了久闻大名的郭沫若，还与阔别20多年的老朋友茅盾、田汉等重逢热烈话旧。3月22日，在北京饭店，他被选为由郭沫若任主任，茅盾、周扬任副主任的37人组成的中华全国文学艺术工作者代表大会筹备委员会委员，参与筹备召开第一次全国文代会。5月4日，他作为五四运动亲历者，在《人民日报》上发表文章纪念王四运动三十周年，将五四运动和全国解放赞美为"两个大时代"。7月1日黄昏，他冒雨去先农坛体育场参加中国共产党成立28周年纪念集会。回家后，多年不写新诗的他，满怀激情地创作了一首长篇抒情诗《七月一日红旗的雨》，发表在7月11日《人民日报》上。同年，他先后当选全国文联委员、全国文协（中国作家协会前身）委员和北京大学校务委员会委员。10月1日开国大典举行之后次日，他参加了"中国人民保卫世界和平大会"，并当选为140人组成的委员会委员。

共和国成立以后，俞平伯的心情是积极而开朗的。他受时代变迁的鼓舞，总想着为国家、为广大读者做些什么。

这时，时任文化部文物局局长的郑振铎提出了整理出版中国古典文学的计划。当时郑振铎的意图是，如今新中国建立了，天下太平了，中国传统的古典文学精品可以得到静心的校勘整理，推向人民大众。这是一项文化建设工程。俞平伯与郑振铎算是老朋友了。1920年1月，郑振铎与茅盾、叶圣陶等组织成立文学研究会，俞平伯不久就加入了该会，他的入会介绍人，正是郑振铎。

1949年11月27日，郑振铎主持召开有关整理出版中国古典文学问题的座谈会。俞平伯很高兴地与林庚、钟敬文、黄药眠、魏建功、浦江清、赵万里等古典文学领域的专家学者，一起参加座谈。

1950年7月，"郑振铎计划"由文化部艺术局正式组织实施，计划整理从汉乐府到明清俗文学为止的一系列中国古典文学作品，其中包括《乐府诗选》《唐诗新选》《杜甫诗选》《白居易诗选》《宋元话本选》《元曲新选》《明清俗曲选》《红楼梦》《三国志演义》《水浒》等。俞平伯与郑振铎、魏建功、浦江清、钱锺书等学者教授应邀参与这项浩大的文化建设工程。其中，俞平伯主动承担了校勘整理《红楼梦》的工作。

俞平伯之所以主动承担这项任务，除了他想为新社会做点贡献外，还有一个原因，就是他自从1921年从事红学研究以来，一直想校勘整理出一本最接近曹雪芹原创面貌的《红楼梦》八十回本。他后来在1958年人民文学出版社出版的"俞校本"《红楼梦》序言中说过："怎样整理《红楼梦》？为什么要整理八十回本系统的《红楼梦》？《红楼梦》过去很凌乱吗？这一点首先需要说明。原来程、高的百二十回有两种工作：（一）补完后四十回；（二）连着前书把八十回整理了一遍。程、高既把前八十回给修改了，这样一来，表面上比较完整，然而就保存曹著本来面目一方面来说，就成了缺点了。用八十回本正式流通，在清代可以说没有，直到1911年左右才出现了有正书局石印戚序本，它又不是根据原本影印，只抄写了后重印，自不免抄错妄改，原本听说后来被烧了。以后虽陆续发现三个脂砚斋评本，也都出于过录，而且是残缺讹乱的。一言蔽之，曹雪芹所著八十回从作者身后直到今天，始终没有经过好好的整理。"由此可见，他校勘整理一部真正出自曹雪芹手笔的《红楼梦》八十回本的念头，是由来已久的。

除了上述原因外，俞平伯其实还想破程伟元、高鹗联手设下的一个"迷局"：原来，程伟元在"程甲本"《〈红楼梦〉序》中称，"雪芹曹先生删改数过"的《红楼梦》，"然原目一百廿卷，今所传只八十卷，殊非全本"，于是他"爰为竭力搜罗"，"数年以来，仅积有廿余卷"，他还制造一段"一日偶于鼓担上得十余卷，遂重价购之"的巧遇，"乃同友人（指高鹗）细加厘剔，截长补短，抄成全部，复为镌版，以公同好，《红楼梦》全书始至是告成矣"。清乾隆五十六年（1791），他以"萃文书屋"的名义，出资印刷了这部主要由高鹗续写后四十回的《红楼梦》

一百二十回本，于是，《红楼梦》版本史上第一部活字印刷本便问世了，这就是红学界所称"程甲本"。次年（1792），萃文书屋又印行了另一部《新镌全部绣像红楼梦》，除了版式、插图与前者一样，不同的是多出了二万多字，于是被红学界称为"程乙本"。《红楼梦》问世两个多世纪，程甲本、程乙本就沉传了一个多世纪，影响巨大。

另外，到了清末民初，世间流传的《红楼梦》手抄、木刻、石印版本竟达16种之多，而且都声称是曹雪芹的原创版本。

既为破"迷局"，又为廓清版本迷雾，因此，上世纪二十年代，甫一涉足红学研究的俞平伯当时就有过搜集各种版本，校订一部最接近曹雪芹原创面貌的《红楼梦》八十回本，并将它和高鹗所续的后四十回本一道出版印行，既向广大读者普及这部海内奇书，又供专业研究者考量红学的想法。由此说来，无论是1949年11月的"郑振铎计划"，还是1950年7月的文化部艺术局邀约，都正好契合了他的夙愿。

于是乎，从1952年起，俞平伯就正式着手进行《红楼梦》八十回本的校勘整理工作。儿子俞润民、媳妇陈煦在合著的《德清俞氏：俞樾、俞陛云、俞平伯》一书中介绍，父亲校勘整理八十回本《红楼梦》，用的底本是1911年有正书局石印的戚序本，再依据其他各个版本来改字，他"先依版本排列先后，然后又拟定了三个标准：一是择善；二是从同；三是存真。最后还写出一本校字记，说明他是从哪些版本校订的，以便研究者参考"。

1953年2月，北京大学成立文学研究所，所长即为郑振铎，副所长为延安来的"老革命"何其芳。时任该校教授的俞平伯，被从中国文学系调过来，到该所古典文学研究室任研究员。何其芳一见到俞平伯，就主动称他为"老师"，说自己1931年至1935年在北京大学哲学系求学时，曾经跑到清华大学听过他上的课。但俞平伯却谦逊地连连说"不记得了，不记得了"。

郑振铎、何其芳两位所领导，对俞平伯正在进行中的《红楼梦》校勘整理工作十分支持，他们将所里当年暑假新分配来的北京大学中文系毕业生王佩璋，派去做俞平伯这项校勘整理工作的助手；当年晚秋，一贯酷爱文物古籍搜藏的郑振铎，还不吝己珍，借给俞平伯旧本《红楼梦》，让他做参考。后来到1958年，郑出访途中因飞机失事不幸去世，俞平伯曾在所撰悼念文章中回忆过这件事。他说，"1953年的晚秋，比现在还稍晚一点，黄昏时候，我从固城他的办公室，带回来两大包的旧本《红楼梦》，其中有从山西新得的乾隆甲辰梦觉主人序本，原封未动，连这原来的标签还在上面"。

俞平伯一心跟从共产党、听从人民政府的心迹，还可从其捐赠俞氏苏州祖居曲园一事见诸一斑。

曲园是俞平伯曾祖父俞樾（俞曲园）于清同治十三年（1874年）所营建，坐落于苏州古城中心的马医科巷内（现址为马医科巷42号）。曲园占地5亩，房屋30余楹，里面庭院清幽，厅堂有名，花园精巧，曾是俞家四代人安身立命之所。建这个园子，俞樾靠的是家庭积蓄和亲友的资助。建成后，他以自己的号"曲园"为园命名。由于俞家人口众多，因此曲园是房子造得多而花园造得小，但花园虽小，却也有假山、鱼池、半亭等，园里花木扶疏、竹影摇曳。特别是曲园还建有晚清重臣曾国藩题字的春在堂和湘军水师首领、清同治朝兵部侍郎彭玉麟题字的乐知堂两座厅堂，因此，在私家宅园众多的姑苏城里，曲园以其独有的文化内涵，倒也名声远播。

有关曲园的价值，俞平伯的老师周作人曾写到过。1943年，他在江苏友人的邀约下，曾到姑苏一游，其间，他到过曲园。当他进了这座园子逛了一大圈之后，居然产生了劝俞平伯回苏州祖居守业的念头。他在散文《苏州的回忆》中记道：

俞平伯祖居苏州曲园

　　第二天往马医科巷，据说这地名本来是蚂蚁窠巷，后来转讹，并不真是有个马医牛医住在那里，去拜访俞曲园先生的春在堂。南方式的厅堂结构原与北方不同，我在曲园前面的堂屋里徘徊良久之后，再往南去看俞先生著书的两间小屋，那时所见这些过廊、侧门、天井种种，都恍惚是曾经见过似的，又流连了一会儿。我对同行的友人说，平伯有这样好的老屋在此，何必留滞北方，我回去应当劝他南归才对。说的虽是半玩笑的话，我的意思却是完全诚实的，只是没有为平伯打算罢了，那所大房子就是不加修理，只说点灯，装电灯固然了

不得，石油没有，植物油又太贵，都无办法，故即欲为点一盏读书灯
计，亦自只好仍旧蛰居于北京之古槐书屋矣。

（《周作人作品精选》，长江文艺出版社，2003年，第356页）

纵然是"这样好的老屋"，1950年10月12日，俞平伯父亲俞陛云病
逝，1952年，他就以俞家唯一可以继承祖产的继承人身份，写信给苏州市
人民政府，表示要捐献自家祖居曲园，"为后人多添一个文化活动场所"
（俞平伯语）。

上世纪九十年代出任苏州市政协副主席的谢孝思先生，曾在五十年代
负责古城苏州的文物管理工作。他在与人合撰的《俞平伯捐献曲园和曲园
修复》一文里曾经回忆过："约在1952年，平伯先生亲来苏州，专程办理
曲园事宜。当时苏州市长王东年，对此十分重视。鉴于苏州已成立苏州市
文物管理委员会，就将此事交给该会主任谢孝思办理。在具体面洽时，平
伯先生态度十分谦虚，一切顺利。最后，平伯先生以房主身份，将曲园正
式交给了市政府。并说，希望政府能好好保护它。王东年市长当即表示感
谢。并说，今后我们一定要努力把曲园修好，不辜负平伯先生的期望。"
从那时起，俞氏家族持有78年的私家园林曲园，就捐献给了当地政府，至
今未变。

然而，思想上和行动上如此积极进步的俞平伯，一定不会想到，他一
直跟着共产党和人民政府走，而且当时还承担了校勘整理《红楼梦》的国
家级任务，怎么就会突然遭到火力空前猛烈的大批判呢？

原来引起两个"小人物"李希凡、蓝翎的激烈批判的，是他三十多年
红学研究诸多成果中的一本书和一篇文章。这本书就是《红楼梦研究》，
这篇文章就是《红楼梦简论》。

　　《红楼梦研究》一书，是1952年9月由上海棠棣书店出版的，是该书店作为"中国古典文学研究丛刊"书系之一种。的确如李希凡、蓝翎批判俞平伯的文章《谁引导我们到战斗的路上》中所言，"他三十年前的意见，又在新的形势下重新出现了"。《红楼梦研究》是俞平伯以自己已于1923年由上海亚东图书馆出版的《红楼梦辨》一书为基础，经过大量修订增补，扩充许多新的研究所得而编撰的。但要指责这本书都是"他三十年前的意见"，未免也有点言过其实了。

　　说起来很有意思，俞平伯编撰、出版《红楼梦研究》一书，竟然是因为当时他办理父亲丧事阮囊羞涩去求助友人文怀沙而引起来的。1999年，年届九秩的文怀沙先生回忆起此事还是唏嘘不已：

　　　　大约是1951年，有一天俞平伯因父亲去世等原因找我借钱，我答应帮助他从上海棠棣书店预支稿费旧币二百万元（新币二百元）。开棠棣书店的徐氏兄弟是鲁迅的同乡，书店的名字还是鲁迅改的。他们请我主编一套古典文学丛刊，我就同俞平伯商量：把二十七年前出的《红楼梦辨》再加新作，再出一次怎么样？俞平伯在旧作的黄纸上用红墨水删改，用糨糊、剪刀贴贴剪剪，弄成一本十三万字的书稿。徐氏兄弟是自负盈亏，担心《红楼梦辨》当年只印五百本，现在能否畅销。没想到销路很好，印了六版。据说喜欢《红楼梦》的毛泽东读后，还把统战部的李维汉、徐冰找来，后来便把俞平伯补为全国人大代表。

　　　　（陈徒手：《人有病，天知否：1949年后中国文坛纪实》，生活·读书·新知三联书店，2013年，第10—11页）

　　文怀沙在1949年前后当过上海棠棣书店的编辑。新中国成立以后，他到北京担任了人民文学出版社编辑。关于他鼓励俞平伯增改旧著为新书出版的情节，俞平伯儿子俞润民与妻子陈煦合著的《德清俞氏：俞樾、俞陛云、俞平伯》一书中也提到过，"二十多年来俞平伯先生一直抱着要改写《红楼梦辨》的心愿"，"同时又得到友人文怀沙先生的热情鼓励，棠棣出版社也同意俞先生修正后重新付刊"。

　　文怀沙上述回忆中年份记错。俞陛云逝于1950年10月12日，俞平伯改编改写《红楼梦研究》也是这一年，而不是文所回忆的"1951年"。《俞平伯年谱》记载谱主1950年经历中有这么一条："10月12日，父亲俞陛云逝世，为之悲恸万分。因与棠棣出版社有成约，准备出版《红楼梦研究》，所以，不得不勉力删改旧稿。"（孙玉蓉编纂：《俞平伯年谱》，天津人民出版

俞平伯父亲俞陛云

社，2001年，第263页）从这一记载可以看出，文怀沙帮俞平伯筹钱解困同时为上海棠棣书店向俞定下稿约，应该是在其父病亡之前，当时可能是为治父病俞平伯也需要用钱，并且他已经拿了"上海棠棣书店预支稿费"了，所以尽管父亲患病最后还是去世，他却"不得不勉力删改旧稿"。

俞平伯接受了文怀沙的约稿。他将旧著《红楼梦辨》三卷，有的全删，有的略改，合并为上、中两卷；其下卷基本上都是新增补的文章，除了有一篇是1948年发表的外，其余均为他于1950年以来发表在《文汇报》等报刊上的红学论文新作。该书三卷共有文章16篇，俞平伯起了一个新书名《红楼梦研究》，便交文怀沙编辑出版了。该书的序言是俞平伯自己作的。他在序言中说了为什么要重新修改旧著《红楼梦辨》成新著《红楼梦研究》出版的原因：

> 因出版不久（指《红楼梦辨》），我就发觉了若干的错误，假如让它再版三版下去，岂非谬种流传，如何是好。
>
> ……
>
> 错误当然要改正，但改正又谈何容易。我抱这个心愿已二十多年了。
>
> ……
>
> 现在好了，光景变得很乐观。我得到友人文怀沙先生热情的鼓励。近来又借得脂砚斋庚辰评本《石头记》。棠棣主人也同意我把这书修正后重新付刊。
>
> （俞平伯：《〈红楼梦研究〉自序》，《红楼梦研究》，上海古籍出版社，2011年，第1—2页）

因得偿夙愿，重新修订旧著《红楼梦辨》为新著《红楼梦研究》出版了，俞平伯自然对文怀沙心存感激，于是，他便请文怀沙作《红楼梦研究》一书的跋语（署名王耳）。文怀沙的跋语写得颇有点红学研究的专业水准：

> ……我们知道《红楼梦》一书是18世纪中国最负盛名的小说，著者曹雪芹原写定八十回，以后还写了一些，大约有三十回，并没有完成，这一部分不幸被散失了。所以那时以抄写流传的都只有八十回。后来经高鹗补写了四十回。到1791年，程伟元为之排版，合前共计一百二十回，称为《红楼梦》全书，流传得很广。高程二人都不说明补作的事情，却自称是从多方面所觅得曹雪芹的原稿，以企图蒙混读者。这个谎话经过了一百多年没有被人拆穿。平伯先生当他还在青年时期，即在努力考辨这个问题，《红楼梦辨》的写作主要是企图恢复《红楼梦》的真面目。该书成于1921年，1923年出版。它的目的大体说来有二：第一是辨伪。辨明高鹗续书是怎么一回事，它的价值在哪里，是否合于曹雪芹的原意。第二是存真。看八十回内有些什么应该商讨的，再看后三十回还剩了些什么佚文遗事可以搜辑的。总之，通过平伯先生严谨的治学态度和方法，使他在这部书中获得相当良好的成绩。可是由于当时被材料所限制，若干论据还不能完全坐实。
>
> 自从发现了脂砚斋评本《石头记》以来，曹雪芹的创作心理过程，逐渐弄明白了，同时《红楼梦辨》若干被人目为大胆的假设均已得到了证明。因而我们认为《红楼梦研究》不仅是《红楼梦辨》的改版，而是把辨伪存真的工作更推进了一步；非但高程续补迥异原作，已成铁案；而曹雪芹未写完的书，究竟是什么样子的，亦可以窥见大体。
>
> （俞润民、陈煦：《德清俞氏：俞樾、俞陛云、俞平伯》，中国人民大学出版社，1999年，第274页）

　　1953年，《红楼梦研究》出版后，由上海长风书店发行。正如文怀沙所言"没想到销路很好"。当年5月出版的第9期《文艺报》，还发表文章给予很高评价，并向读者作了推荐。到11月，该书已经印刷了6次，总印数达25000册。

　　再来说俞平伯发表红学论文《红楼梦简论》的故事。

　　这篇论文其实也是他修订《红楼梦辨》为《红楼梦研究》后引出来的事情。1953年，香港《大公报》驻北京记者潘际坰因俞平伯30年前就有"新红学"派奠基人之一的名声，又因其刚刚出版《红楼梦研究》风头正健，便约他写一些红学随笔文章。其时，正好他在校勘整理《红楼梦》八十回本，积下一些心得。于是他便应潘约，于1954年1月至4月，在该报"新野"副刊连续发出37篇《读〈红楼梦〉随笔》，共计10余万字，其中绝大部分篇什还被上海《新民晚报》转载。1954年初，《人民中国》编辑部也来约俞平伯的红学文章，于是，他将《读〈红楼梦〉随笔》前4篇有关谈《红楼梦》一书传统性、独创性和著书情况的内容，集中在一起写成一篇论文，取标题为《红楼梦简论》，交给《人民中国》。没想到《人民中国》没有发表，却辗转到了北京《新建设》当年3月号上发表出来。这让在北京师范大学工农速成中学教师休息室翻看书报杂志的蓝翎看到了，"我一口气便把此长文读完"（蓝翎语）。3月中旬的一天，他便和声称也看到过此文但"不同意其中的论点"（蓝翎语）的李希凡，开始合作第一篇批评俞平伯红学研究的文章《关于〈红楼梦简论〉及其他》。

　　俞平伯《红楼梦简论》一文明明是《人民中国》编辑部约的稿件，怎么后来却会在北京《新建设》上发表呢？这里边似乎有点蹊跷。

　　查《俞平伯年谱》，发现1954年3月3日记载了有关谱主的这样一个细节："据王佩璋说，该文是应《人民中国》编辑部之约而作，曾寄给胡乔木看，提了许多意见，把文章退还给俞先生，要他重写。"（孙玉蓉编纂：《俞平伯年谱》，天津人民出版社，2001年，第280页）

不管后来事情发展如何，之前因俞平伯红学研究卓有成就，荣誉确实相跟而来，确如同文怀沙回忆所说，"后来便把俞平伯补为全国人大代表"。那是1954年8月，俞平伯被浙江省一届人大选举为第一届全国人大代表。

俞平伯虽然生长在苏州，生活在北京，但祖籍却是浙江德清，所以当时他与在京的浙籍人士周建人、马寅初、许宝驹、冯雪峰等一起，被放在浙江省选区参选全国人民代表大会代表。但是不是如文怀沙所言，是"喜欢《红楼梦》的毛泽东"读了俞平伯新出版的《红楼梦研究》一书，"把统战部的李维汉、徐冰找来"，将俞平伯增补为全国人大代表的，没找到资料佐证。不过，毛泽东关注过他最早的红学研究著作《红楼梦辨》，倒是给文怀沙说对了。

据曾给毛泽东管理图书和报刊的徐中远著书称："笔者知道在毛泽东阅读批注过的图书中"，就有俞平伯的《红楼梦辨》。徐中远还说："特别是俞平伯的《红楼梦辨》，毛泽东读得很仔细，差不多从头到尾都有批注、圈画，不少地方，除批注、画道道外，还画上了问号。后来，笔者在整理图书工作中，有意识数了一下，他在这本书上画的问号一共有50多个。"（徐中远：《毛泽东读评五部古典小说》，华文出版社，1997年，第52—53页）

俞平伯30年前的旧作，能入阅读品位甚高的毛泽东的视野，如果他能有知，确实应该高兴，可是毛泽东"画的问号一共有50多个"，这就不免令人心理蒙上阴影。

俞平伯注定要步入一个长长的噩梦中了……

第二章　"红楼"风雨骤

1954年，是中华人民共和国成立以后头一个成果众多的丰年。

先是2月6日至10日，党的七届四中全会在北京召开。全会公报引用中共中央书记处书记刘少奇向全会所做报告，充分阐述了上一次中央全会以来三年半里所取得的成绩：

> 刘少奇同志在讲到三中全会以来中央政治局的工作时指出：从一九五〇年六月党的三中全会到现在，已经过了三年半，在这个期间，党的中央政治局以毛泽东同志为首领导着全党和全国人民进行了巨大的工作。党在这时期的工作，基本上是以七届二中全会和三中全会的决议为指针的。在这期间，党的中央领导着全党和全国人民进行了抗美援朝运动、和平解放西藏、土地改革、镇压反革命、对知识分子的思想改造、"三反""五反"以及其他一系列的社会改革运动。同时，在工厂和农村中进行了增产节约、劳动竞赛和爱国增产运动以及生产上的许多改革工作，大大地提高了工农业生产。主要工农业产品，在一九五二年均已超过或接近我国过去历史上的最高生产水平；交通运输和商业均有相应的发展；国家财政的收支一直保持平衡，市场的物价一直保持稳定；人民的购买力已有提高，人民的生活已有改善。
>
> （《中国共产党第七届中央委员会举行第四次全体会议的公报》，《辩证唯物主义与历史唯物主义学习资料》，浙江人民出版

社，1957年，第502—503页）

再是在这一年里，党内"清除"了所谓的"高岗、饶漱石反党联盟"，"一化三改造"的过渡时期总路线取得空前成效，第一个五年计划开始付诸执行，江淮流域特大洪水被战胜，新中国成立以后首次实行的人大代表普选顺利完成，第一届全国人民代表大会第一次会议胜利召开，第一部宪法由全国人大顺利制定，等等。

第一部宪法是由毛泽东亲自主持起草，1954年9月20日由第一届全国人大通过的，因而被俗称为"五四宪法"。宪法是一个国家的最高法律，用毛泽东的话来说，是"根本大法"。

通过宪法的那天，作为第一届全国人大代表的俞平伯当然在场，他亲眼见证了这个庄严的时刻，也亲眼看到宪法载进了这样的条文："第八十七条中华人民共和国公民有言论、出版、集会、结社、游行、示威的自由。国家供给必需的物质上的便利，以保证公民享受这些自由。""第九十五条中华人民共和国保障公民进行科学研究、文学艺术创作和其他文化活动的自由。国家对于从事科学、教育、文学、艺术和其他文化事业的公民的创造性工作，给以鼓励和帮助。"

在第一届全国人大一次会议上，俞平伯坐在怀仁堂和出席这一盛会的全国人大代表们，亲耳听到刘少奇所作关于宪法草案的报告，他在报告中自豪地指出："我们的国家所以能够关心到每一个公民的自由和权利，当然是由我国的国家制度和社会制度来决定的。任何资本主义国家的人民大众，都没有也不可能有我国人民这样广泛的个人自由。"

时任《人民日报》社文艺组编辑的作家袁鹰，时隔52年后回忆当时从广播中聆听"五四宪法"制定通过时的激动心情：

1954年秋天，本是一个金色季节。这年夏季，我们学习和讨论了《中华人民共和国宪法草案》。这部宪法草案，在9月15日开幕的第一届全国人民代表大会上一致通过，成为人民共和国第一部根本大法。那天下午，我们齐集办公室，从收音机中聆听毛泽东主席的开幕词："我们正在前进。我们正在做我们的前人从来没有做过的极其光荣伟大的事业。我们的目的一定要达到。我们的目的一定能够达到。全中国六万万人团结起来，为我们的共同事业而努力奋斗！"大家心情特别激动，眼前一片光明。

（袁鹰：《迷茫烟雨入红楼》，《传记文学》2006年第10期）

然而，也就在"五四宪法"制定通过后的次月，一封《关于〈红楼梦〉研究问题的信》一下掀起了共和国建立以后意识形态领域的第一场轩然大波，让人突然感到，宪法规定的言论自由和"文学艺术创作和其他文化活动的自由"似乎仅仅是落在纸面上的。不知道具有全国人大代表身份，即法律规定是为国家最高权力机关组成人员之一的俞平伯，对自己刚刚走出全国人大会议会场才不到一个月就遭到违宪对待，曾经产生了什么想法。

客观地说，当时李希凡和蓝翎批判俞平伯《红楼梦》研究观点的两篇文章，尽管语气不甚友好但初衷毕竟是想展开学术争鸣的，时隔40年后，蓝翎在《四十年间半部书》一文中说过："我和李希凡合写前两篇文章的初衷，本来只是为了表明和俞平伯先生不同的学术见解，并无别的意图。但却因此而被卷入了关于《红楼梦》研究问题的批判的龙卷风，文章受到毛泽东主席的称赞，使年轻的作者出了名，走向了文坛。"（谢泳编：《思想的时代》，吉林文史出版社，2000年，第345页）于是，本来寂寂无名的两个"小人物"，一夜闻名天下知。

说起来，李希凡和蓝翎的合作不是偶然的。他们两人是山东大学的同学。早在大学时代，两人就合作过一篇关于小说《人民的儿子》的文艺评论。蓝翎在《四十年间半部书》一文中，曾经对这件事作过回忆："初稿是我起草的，李希凡在此基础上修改补充，然后由我再修改定稿誊清。稿子投寄一家刊物，但没有发表。"1953年，正逢国家急需用人，大学生普遍被提前一年毕业。正在山东大学上大三年级的李希凡和蓝翎也不例外。两人提前毕业以后，李希凡被学校直接保送到中国人民大学读研究生，学习马列主义课程；蓝翎起先听说，自己"将分到北京一家有名的文学出版社当编辑"，"但一夜之间有突变，把我变给北京师范大学附属工农速成中学当语文老师，那家出版社落空了"。

既然李、蓝二人大学毕业后各有所就，不在一起，那么，又怎么会合作起批评俞平伯红学观点的文章来呢？关于这一问题，李希凡、蓝翎各自都发表过文章进行回忆。

李希凡在一篇题为《毛泽东与〈红楼梦〉》的访问记里，说到了自己"批俞"的最初思想动因：

其实当时我们只是两个普通的青年团员，政治上很幼稚，对党内的情况也不了解。至于说到对俞平伯先生以至胡适的红学观点和古典文学见解有不同的看法，在我说来，是从上大学时就开始了。1952年教学改革时，我就写过一张小字报，提出意见，认为我们的文学史教学中，不少是胡适的观点。应当说，我们是新中国第一代大学生，而我自己又早在1947年就开始接触马克思主义。我的姐夫是一位马克思主义哲学家，我曾在他家里寄居两年，一面帮助他写作，一面在山东大学旁听。青岛解放后军管会文教部的王哲同志知道我读了不少马克思主义的书，就主动写信介绍我到华东大学（革命干部学校）去学习，在那里进一步接受了革命教育。1951年华东大学和山东大学合并，我又回到青岛在山东大学中文系读书，和蓝翎同学。当时，全国解放不久，党的威信很高，很多老师在政治上虽然倾向进步，拥护共产党，但学术思想上，恐怕是资产阶级的影响比较多，特别是古典文学的教学中，胡适的影响还不小。课程内容，总是讲考证多，用马克思主义观点分析作品内容，引导学生正确理解作品的思想倾向，以及分析作品的艺术成就，比较少。可以说，真正能说出《红楼梦》在中国文学史上的伟大成就的，几乎没有。这使我们很不满意。

（李希凡：《红楼梦艺术世界》，文化艺术出版社，1997年，第386页）

在这篇访问记里，李希凡还说到了与蓝翎合作批评俞平伯《红楼梦》研究观点的第一篇文章《关于〈红楼梦简论〉及其他》的过程，他回忆：

记得是1954年春假中的一天，我和蓝翎在中山公园的报栏里看到《光明日报》上登的俞平伯先生的一篇文章，联想起前些时看到的俞先生在《新建设》1954年3月号上发表的文章《红楼梦简论》，我们就商量要对他那些观点写一篇文章进行商榷和批驳。这样，我们就利用春假的时间写出了那篇〈关于〈红楼梦简论〉及其他》，比较系统地提出了对俞先生《红楼梦》研究主要观点的不同意见，也比较扼要地阐述了我们对《红楼梦》思想艺术成就的评价。由于当时我是《文艺报》的通讯员，就先写了一封信询问一下，大意是说我们写了这篇文章，长了点，有九千多字，不知能不能用。但等了一段时间，《文艺报》没有回音。我就把文章寄给了我们母校山东大学的《文史哲》杂志执行编辑葛懋春同志，他是一位历史学家。这样，文章就在《文史哲》的1954年第9期上发表了。《文史哲》是建国初期较早创办的社会科学的学术刊物，倡导和创办这个刊物的，是当时我们的老校长、中国著名的现代史家和鲁迅研究专家华岗。他主持下的山东大学学术思想很活跃，《文史哲》的办刊宗旨，也是不拘一格，不大讲论资排辈，而且主张不同学术观点可以进行讨论，很有点百家争鸣的味道。我在大学二年级时，就曾有过一篇读书报告被刊用过。写完《关于〈红楼梦简论〉及其他》以后，我们觉得话还没有说完，就在1954年的暑假，又写了一篇文章，这就是《评〈红楼梦研究〉》。《红楼梦研究》是俞先生解放后出版的一本著作。

文章写出后，寄给了《光明日报》的《文学遗产》专刊。

（同上，第387页）

蓝翎在《四十年间半部书》一文中，也回忆了与李希凡合作批评俞平伯红学观点文章的最初思想动因。只是他的这段回忆文字细碎、繁复，还是容笔者简述一下——

原来蓝翎在山东大学上学时最后一次中国文学史课目终考中，看到最后一个试题，是要求对《红楼梦》一书性质进行简单扼要的说明。教授这门课程的老师冯沅君在讲课中持的是胡适的"自叙说"观点，而蓝翎阅读《红楼梦》后就形成了不同的观点。他觉得，苏联小说《我的大学》《钢铁是怎样炼成的》不都是虚构的文学作品吗？于是他在答题中写下了有关反"自叙说"的阐述。没想到冯沅君教授豁达包容，居然批给他91分的高分。受此鼓舞，毕业参加工作后，他依然关注学界对《红楼梦》研究的新成果，如俞平伯的《红楼梦研究》、周汝昌的《红楼梦新证》、文怀沙的为俞平伯《红楼梦研究》所作的长篇跋文等等。

蓝文还回忆了与李希凡合作撰文的过程，只是不同于李希凡的上述说法：

> 3月中旬的一个星期天，李希凡从家中先到我那里，他爱人从文学讲习所了解该所青年团的工作情况后，也赶到我那里。在闲谈时，我说到了俞平伯先生的那篇文章。他说，他也看过，不同意其中的论点。他说合写一篇文章如何？我说，可以。他说，你有时间，先起草初稿；我学习紧张，等你写出来，我趁星期六和星期天的空闲修改补充。我说，好吧，明天我就把书刊全部借出来，开始动手。那时合作很简单，只想到文稿能变成铅字，自己的名字印出来，也不会想到谁靠谁，谁沾谁的光，更没想到会有以后几十年的是是非非。但是，一只巴掌拍不响，如果双方的条件缺其一，也是根本合作不起来的。
>
> （蓝翎：《四十年间半部书》，谢泳编：《思想的时代》，吉林文史出版社，2000年，第313—314页）

蓝文还详细叙述了他怎么写的初稿。说自己仅用一个星期完成初稿后，是怎么坐公交加徒步，去送给在"荒郊野外"的中国人民大学研究生班学习的李希凡修改的，李在哪些地方作了修改，自己又是如何完成"最后一遍稿"的。蓝翎在文中称："等我把最后稿整理完交给李希凡，已是四月末了。李希凡看后直接寄给《文史哲》，至于他信中如何说的，我就不知道了，反正该刊没有任何人同我联系过。"

蓝翎的这篇《四十年间半部书》，写于1993年，发表在大型文学期刊《黄河》1994年第5期上。他之所以写下此文，是因为他"近读刘济昆君的《中国文坛游记》一书"，里边有刘对李希凡关于与他合作评论《红楼梦》的书主要是谁执笔的访谈。他吃惊地看到，李希凡的回答居然是，"那本书第一篇是我写的，其他是蓝翎写得较多"。李希凡的这一说法，无疑与蓝翎所持说法大相径庭，第一篇批驳俞平伯红学观点的论文《关于〈红楼梦简论〉及其他》到底是谁为主写的？到底是谁"附骥尾以增光"（蓝翎语）？

尽管李、蓝两个老同学、"战友"（李希凡语）后来反目，但当时两人关系还是极其密切的，合作也是极其愉快的。特别是当时令他们做梦也没想到的是，他们发表在山东大学学报上的文章，居然会被远在北京的领袖毛泽东看到了。

徐庆全在《毛泽东对周扬的两次批评》一文里，引用1967年出版的由"中国作家协会革命造反团"与"新北大公社文艺批判战斗团"联合编辑的《文艺战线上两条路线斗争大事记（1949—1966）》记载：

"9月，毛主席看到《关于〈红楼梦简论〉及其他》一文后，给以极大的重视和支持。""江青同志传达毛主席的指示之后，以周扬为首的文艺界反革命修正主义集团顽固坚持资产阶级反动立场，阻挠对资产阶级唯心论的批判。周扬指责《关于〈红楼梦简论〉及其他》一文'很粗糙，态度也不好'，林默涵、何其芳则说，'也没有什么了不起的地方'。《文艺报》转载，加了一个'编者按'，依然采取保护资产阶级'权威'，贬抑马克思主义新生力量的恶劣态度。这条按语是冯雪峰写的，经旧中宣部批准，林默涵曾赞扬，'这样比较客观一些'。"（《历史学家茶座》2010年第1辑）

作为当时还是两个"小人物"的李希凡与蓝翎，自然不知晓上述内幕情况。他们只是疑惑《关于〈红楼梦简论〉及其他》一文的"命运"，为何会一波三折。

据蓝翎在《四十年间半部书》一文中回忆，1954年9月18日晚上，他回到工作单位北师大工农速成中学，见到一张署名"王唯一"的人来访不遇而留下的纸条，说是"《人民日报》总编辑邓拓同志看了你们的文章，很欣赏，想找你面谈"。于是，他就按纸条上留下的电话号码联系对方，对方马上坐着小轿车来接他，这才知道对方是邓拓的秘书。

见到邓拓，邓告知，他们的地址是从山东大学打听到的，《人民日报》准备转载《关于〈红楼梦简论〉及其他》一文。邓还不解地问蓝翎："你们都在北京，为什么写了文章拿到青岛发表？是不是遇到什么阻力？"邓拓此问，其实就是"上头"想要知道的，是不是有什么"大人物"在压制年轻人？正在策划中的"批俞"行动是否还要肃清什么绊脚石？蓝翎实事求是地回答：山东大学是母校，编学报《文史哲》的葛懋春是刚从历史系毕业的学兄，李希凡同他熟悉，所以稿子就寄给他了。但是起先李因是《文艺报》通讯员，曾经写信先问该报的杨志一要不要这个稿子，却没有回音。接下来，邓拓开始问他与李希凡的个人情况了。他介绍以后，还提到自己想改换工作单位，最好能进"文学研究机构或文艺单位"，邓便当即表态："到报社文艺组（《人民日报》社文艺部前身）来吧，文学研究所不是打仗的地方。"

关于蓝翎向邓拓反映李希凡先写信给《文艺报》询问能否发表他两稿子没有回音的情节，当事人李希凡事后对此也有过回忆。他说："由于当时我是《文艺报》的通讯员，就先写了一封信询问一下，大意是说我们写了这篇文章，长了点，有九千多字，不知能不能用。但等了一段时间，《文艺报》没有回音。"（李希凡：《红楼梦艺术世界》，文化艺术出版社，1997年，第387页）可见，他写信问《文艺报》的是能不能顺利发表稿件的问题，而不是问可不可以批评俞平伯的问题。但不知道是不是邓拓后来传话传错，以致后来毛泽东在《关于〈红楼梦〉研究问题的信》中写下这么一句话："他们起初写信给《文艺报》，请问可不可以批评俞平伯，被置之不理。"

接下来，奇怪的事情发生了：邓拓连夜找蓝翎谈话的次日，他又接见了李希凡。马上，《人民日报》排出了他俩合作的《关于〈红楼梦简论〉及其他》一文清样，李、蓝两人也都校看过了，然而，此文结果却没能在《人民日报》刊出。

这真令李、蓝两人匪夷所思了，明明《人民日报》总编辑邓拓都接见过他们，并亲口告诉他们"《人民日报》准备转载你们《关于〈红楼梦简论〉及其他》一文"了，而且也亲眼看到过清样了，怎么会登不出来呢？这里边发生什么了？

蓝翎在《四十年间半部书》一文中回忆道：

> 《人民日报》已将此文的小样排出，我便白天等，夜晚盼，高兴而又焦急地期待着刊出。星期六过去了，星期天过去了，星期一也过去了，还是没见到，有点心凉。好事多磨，"磨"在什么地方？百思不得其解。终于等到真实信息，邓拓通知我们此文将由《文艺报》转载，中国作家协会会和我们联系。我有些失望，但未灰心，《文艺报》转载也很好嘛。

> 紧接着，我便收到陈翔鹤的来信，约我们去他那里，一起去见冯雪峰。中国作家协会在东总布胡同二十二号一座很有气派的老式深宅大院。

> 作协下属设有古典文学部，陈翔鹤即属该部，负责编《光明日

报》的《文学遗产》专版。编辑部在西厢房，里间是他的办公室，外间是专职编辑的办公室。我们是晚饭后去见他的，他在办公室等着。陈翔鹤正当中年，我们已把他尊为老前辈了。人很和善，操四川乡音。他谈话不多，说明约见的目的，就是去见冯雪峰，遂带领我们步行去冯家，一路边走边闲谈。

冯雪峰时任作协副主席、《文艺报》主编。他住在现北京站北面的方巾巷，后门即苏州胡同，离作协和《文艺报》不远。他的办公室也是会客室就在北房。我对冯雪峰景仰已久，读过他不少文艺理论著作和杂文。他有长者风度，对小青年谈起话来和蔼可亲。他只说我们的文章《人民日报》决定不转载了，由《文艺报》转载，至于什么原因，却没有说。

冯雪峰将我们文章中的错别字和用词不当及标点符号不妥之处一一指出，并随后加以改正。然后，拿出一份转载的"编者按"拟稿，征求我们的意见。当我看到有"用科学的观点……"的词句，感到评价过高，表示实在不敢当。他说，不必客气，文章决定转载在《文艺报》第18期。

谈完此事，冯雪峰便谈起文艺创作的事，还涉及到茅盾三十年代的小说。

陈翔鹤不断插话。我们敬听，气氛非常轻松。等从他家出来，已十点多。

他送出门外，怕我们赶不上电车，一定要雇三轮车。我们坚持不要，走出了苏州胡同。走了不远，李希凡感慨地说："从他身上感受到了鲁迅的作风。"

（同上，第317—318页）

　　冯雪峰是毛泽东《关于〈红楼梦〉研究问题的信》信封指明阅信人中排名第26位的领导人，但从蓝翎的回忆看，当时冯雪峰接见他们时，既没有提起他们《关于〈红楼梦简论〉及其他》一文已经得到领袖的重视和支持，没有说起为什么《人民日报》总编辑邓拓说好转载结果不转载而改由他《文艺报》转载的缘由。倒是由于毛泽东信中用"被置之不理"几个字，简单概括了他《文艺报》对"小人物"李希凡为发表上述文章来信询问得有回音的情节，以致酿出了《文艺报》内部发生了一次大找李希凡来信的插曲。

　　马龙闪在《从苏联"小人物"到中国"小人物"》一文中，提到过这件事情："作协传达1954年10月16日毛泽东《关于〈红楼梦〉研究问题的信》之后，在对《文艺报》编辑部翻箱倒柜的搜查中并未发现此信，而这时，离李先生（指李希凡——笔者注）所说的写"探询信"的时间才仅仅半年左右，若有此信，那是很少有找不到的道理的。"（《炎黄春秋》2013年第4期）

　　事实上，冯雪峰这位参加过红军长征的"老革命"，正一步一步被扯进一个政治旋涡里去了。《共和国重大事件和决策内幕》一书所载庞松撰写的《对俞平伯〈红楼梦研究〉的批判》一文，披露了李希凡和蓝翎《关于〈红楼梦简论〉及其他》一文为什么《人民日报》不转载而改由《文艺报》转载的内幕：

　　　　9月中旬，当时在文化部文艺处任职的毛泽东的夫人江青，拿着这篇文章到《人民日报》编辑部，要求中共中央机关报予以转载，以期展开对资产阶级唯心论的批判。《人民日报》及有关主管部门负责人周扬等认为，"党报不是自由辩论的场所"，不同意转载。后经折中，指定在中国文联机关刊物《文艺报》第18期上全文转载。《文艺报》主编冯雪峰出面会见了两位青年作者，商谈了文章观点及编辑事宜。

（邱石编：《共和国重大事件和决策内幕》，经济日报出版社，1997年，第154—155页

当时的冯雪峰，自然还没有意识到政治风险的逼近。

由于冯雪峰的接见和提携，李希凡、蓝翎投稿运气马上顺起来了。他俩合作的第二篇批评俞平伯《红楼梦》研究观点的论文《评〈红楼梦研究〉》，写好后投给《光明日报》同样没有回音。蓝翎回忆到："第一篇文章写完后，言犹未尽，觉得有必要再写一篇单独评《红楼梦研究》的文章。"这就是他与李希凡合作的第二篇批评俞平伯《红楼梦》研究观点的文章《评〈红楼梦研究〉》。文章写好后，他们就投寄给《光明日报》的《文学遗产》专版，但一时也没有采用与否的回音。

然而，当他们在中国作协古典文学部的陈翔鹤先生陪同下去见冯雪峰后，事情马上发生了转机，蓝翎回忆：

当冯雪峰同我们刚谈完转载文章的事以后，陈翔鹤立即提出，约我们给《文学遗产》也写一篇文章。我们表示。8月间已寄过《评〈红楼梦研究〉》的稿子，不知收到没有。他一听很惊奇，说，还不知道，回去找一找。稿子很快发表在10月10日的《光明日报》《文学遗产》专版。事后我们才知道，设在陈翔鹤办公室外间的编辑部，平时只有两位工作人员处理日常来稿，一位是著名剧作家陈白尘的夫人金玲，一位是刚分配来的我们同年级的同学郝寿亭。来稿多，人手少，

只能按先来后到的次序摞起来，一件一件处理。像我们这些名不见经传的青年人的稿件，又没有什么时间性，几个月内能得到处理就算不错了，似乎说不上有意压制谁。

（蓝翎：《四十年间半部书》，谢泳编：《思想的时代》，吉林文史出版社，2000年，第318—319页）

然而，冯雪峰在《文艺报》上转载了李希凡、蓝翎批评俞平伯《红楼梦》研究观点的第一篇文章《关于〈红楼梦简论〉及其他》，并亲自写下编者按，没想到却引来毛泽东批评他的遭遇，而且批语还不止一条——

编者按说："他们试着从科学的观点对俞平伯先生在《红楼梦简论》一文中的观点提出了批评。"毛泽东批注："不过是不成熟的试作。"编者按说："作者的意见显然还有不够周密和不够全面的地方。"毛泽东批注："对两青年的缺点则决不饶过。""很成熟的文章，妄加驳斥。"编者按说，转载这篇文章希望引起讨论，使我们对《红楼梦》有"更深刻和更正确的了解"；只有继续深入地研究，才能使我们的了解"更深刻和周密"。毛泽东批注："不应当承认俞平伯的观点是正确的。"

"不是更深刻和周密的问题，而是批判错误思想的问题。"毛泽东对《评〈红楼梦研究〉》一文也写下了多处批语。文中说："贾氏的衰败不是一个家庭的问题，也不仅仅是贾氏家族兴衰的命运，而是整个封建官僚地主阶级，在逐渐形成的新的历史条件下必然走向崩溃的征兆。"毛泽东批注："这个问题值得研究。"文中说："这样的豪华享受，单依靠向农民索取地租还不能维持，唯一的出路只有大量的借高利贷，因而它的经济基础必然要走向崩溃。"毛泽东批注：
"这一点讲得有缺点。"对文中引用俞平伯在《红楼梦研究》中的一
段话"原来批评文学的眼光是很容易有偏见的，所以甲是乙非了无标
准"，即"麻油拌韭菜，各人心里爱"，毛泽东批注："这就是胡适
哲学的相对主义即实用主义。"文中说："俞平伯先生这样评价《红
楼梦》也许和胡适的目的不同，但其效果却是一致的。即都是否认
《红楼梦》是一部伟大的现实主义杰作，否认《红楼梦》所反映的是
典型的社会的人的悲剧，进而肯定《红楼梦》是个别家庭和个别的人
的悲剧，把《红楼梦》歪曲成为一部自然主义的写生的作品。这就是
新索隐派所企图达到的共同目标。《红楼梦研究》就是这种新索隐派
的典型代表作品。"毛泽东批注："这里写得有缺点，不应该替俞平
伯开脱。"

（逢先知、冯蕙主编：《毛泽东年谱（1949—1976）》第二卷，
中央文献出版社，2013年，第298-299页）

徐庆全根据1967年出版的《文艺战线上两条路线斗争大事记（1949—
1966）》（"中国作家协会革命造反团"与"新北大公社文艺批判战斗
团"联合编辑）所记载的资料，在《毛泽东对周扬的两次批评》一文中
说："10月，毛泽东对批判俞平伯的《红楼梦研究》和胡适反动思想的斗
争，以及检查《文艺报》的工作，多次作了重要的口头指示。毛主席指
出，'胡适派的思想，没有受到什么批判。古典文学方面，是胡适派的思
想领导了我们'。他尖锐批判周扬等人的'投降主义'，指出，'有人
说，一受到批判，就抬不起头；总有一方是抬不起头的，都抬头，就是投
降主义。'他严厉批判了周扬用'没有警觉'为自己辩解，一针见血地指

出，'不是没有警觉，而是很有警觉，倾向性很明显，保护资产阶级思想，爱好反马克思主义的东西，仇视马克思主义'。毛主席又强调说，'可恨的是共产党员不宣传马克思主义，共产党员不宣传马克思主义，何必做共产党员'！他指出，'一切新的东西都是小人物提出来的。青年人志气大，有斗志，要为青年人开辟道路，扶持小人物'。"于是，江青"不辞劳苦地往来于中南海和《人民日报》社之间，瞒着周扬，秘密地找到邓拓，转达了毛泽东的指示，要他在《人民日报》组织发表几篇支持李希凡、蓝翎的文章。"（《历史学家茶座》2010年第1辑）

10月23日，《人民日报》发表署名钟洛的文章《应该重视对〈红楼梦〉研究中的错误观点的批判》。这是中央党报第一次公开批判俞平伯《红楼梦》研究中的"胡适派资产阶级唯心论"观点，并严肃地将这一批判定性为，"是工人阶级对资产阶级在思想战线上的又一次严重的斗争"。文章还对毛泽东《关于〈红楼梦〉研究问题的信》的内容，作了一定程度的披露。文章是由总编辑邓拓亲自安排、文艺组编辑袁鹰撰写的。刊登之前，《人民日报》副总编辑林淡秋和文艺组长袁水拍都亲笔作了修改。他们二位也是毛泽东在《关于〈红楼梦〉研究问题的信》信封上指明的阅信人。

"钟洛"是当时《人民日报》文艺组编辑袁鹰经常使用的笔名。半个世纪后，他撰文回忆了当时写上述文章的一些情况：

> 我赶出初稿，向林淡秋交卷，他又细心改了一遍，交总编辑邓拓审定通过，决定在10月23日见报，作为《人民日报》对这场批判运动第一篇"表态性"文章，报社几位领导人也稍稍松了一口气。见报前，为了做个合适的题目，邓拓、林淡秋和值夜班的总编室主任李庄商量了很长时间，想了好几个题目，我坐在一旁，看着他们三位反复

推敲。直到深夜，才决定仿照三年前批判电影《武训传》时用的社论题目《应当重视电影〈武训传〉的讨论》，用《应该重视对〈红楼梦〉研究中的错误观点的批判》，署了我在报社用的名字。我轻声说："邓拓同志，这种文章署个人名字不合适吧？"他挥挥手，微笑说："可以，没有什么不合适的。"午夜，我从王府井报社大楼走回东四十条宿舍，虽然很疲乏，心里却有点轻松，总算稀里糊涂地完成了一项重大任务。同时，隐隐约约似乎有点明白：党报文艺部门的任务和我自己作为党报一名编辑的工作，大约就该这么做。

（袁鹰：《迷茫烟雨入红楼》，《传记文学》2006年第10期）

顺便提一下，当时钟洛的文章虽然公开了毛泽东《关于〈红楼梦〉研究问题的信》中的一些内容，但该信全文却一直秘而不宣，这是考虑到执行党的知识分子政策的缘故。直到1967年5月27日，《人民日报》在头版头条显著位置将该信全文公之于世。其时"文化大革命"已经进入高潮，包括俞平伯在内的广大知识分子已经广泛遭受厄运。可在这之前，三个当事人俞平伯和李希凡、蓝翎完全不晓该信其详。甚至奉命撰写上述"很有来头"的类似《人民日报》社论一般文章的钟洛（袁鹰），当时也没有看到过该信全文。"我只能从邓拓、林淡秋的态度和言谈中，揣摩出信的主要内容和类似'三十年来第一次向胡适派唯心主义立场观点开火'的片言只语"（袁鹰语）。

俞平伯甚至被瞒了13年。他茫然不知，怎么会一场急风暴雨般的大批判突然而起，而且只朝他一个人扑来。他的外孙韦奈撰书称："且当时，他并不知有毛泽东那封《关于〈红楼梦〉研究问题的信》。直到'文革'后期，该信见诸报端，他才明白了那场批判有着怎样一个背景。"（韦

奈：《我的外祖父俞平伯》，团结出版社，2006年，第14—15页）

李希凡尽管在1954年秋后突然风光无限，但到"文化大革命"初期，他还是倒了一阵霉。先在所在单位《人民日报》社挨批斗、后被关进"牛棚"里。"后来戚本禹的一篇文章第一次公布了毛主席的《关于〈红楼梦〉研究问题的信》，我也就被放出了'牛棚'。"（李希凡：《岂好辩哉，予不得已也》，谢泳编：《思想的时代》，吉林文史出版社，2000年，第378页）李希凡说的"戚本禹的一篇文章"，指的是1967年3月31日凌晨，中央人民广播电台播发中央文革小组成员戚本禹写的《爱国主义还是卖国主义——评反动影片〈清宫秘史〉》一文，当年第5期《红旗》杂志转载过此文。

蓝翎可能是三个当事人中最早知道领袖有信支持他与李希凡向俞平伯"开火"的人。他在《四十年间半部书》一文中称，1954年10月，他调进《人民日报》社工作不几日，就从理论组负责人沙英嘴里得知领袖有信表扬他和李希凡："毛主席称你们是'小人物''新生力量'，使我感到震惊。"

事实上，当时两个"小人物"李希凡、蓝翎由于合作发表了批评俞平伯的两篇文章后，马上获得"出人头地"（蓝翎语）的好运。

先是蓝翎一举扭转了当年大学毕业分配不符自己理想的过往，两篇"批俞"文章一经发表，他就由《人民日报》社社长邓拓一手安排，从北京师范大学工农速成中学教员岗位，调入该报文艺组工作，实现了当编辑、作家的理想。

再是李希凡更红了。蓝翎在《四十年间半部书》一文中回忆："1954年底，李希凡突然被宣布为第二届全国政协委员，属于团中央系统的代表。""紧接着，他又作为报社两名代表之一，出席了全国建设社会主义积极分子大会。"

　　李希凡怎么会"作为报社两名代表之一，出席了全国建设社会主义积极分子大会"的呢?

　　李希凡在《红楼梦艺术世界》一书中说到过这件事。原来当时他在中国人民大学读研究生即将毕业，当他看到蓝翎调入理想的工作岗位，便写信给周扬，表示自己想到中国科学院哲学社会科学学部文学研究所工作。没想到领袖毛泽东直接关心他毕业后的工作安排问题。"后来听报社同志讲，邓拓也向毛主席反映了我对工作调动的想法，毛主席只说了一句:'那不是战斗岗位。'"所以，后来周扬回信给他说，决定你调《人民日报》文艺组工作。这样，他与蓝翎的关系就又多了一层:同学加上同事。

　　然而，对俞平伯说来，则是厄运开始了——

　　俞平伯的外孙韦奈在《我的外祖父俞平伯》一书中说:"那场批判来势凶猛，使'一心只读圣贤书'的他，有点儿'丈二和尚摸不着头脑'。"他还转述外婆许宝驯对当时恐慌心情的回忆:"那时我和你外公都很慌，也很紧张。不知发生了什么事，连往日的朋友都很少走动。我很为他担心。"

　　俞平伯的儿子俞润民与夫人陈煦，也在《德清俞氏:俞樾、俞陛云、俞平伯》一书中，回忆过当时父母的恐慌心境:"1954年秋，对俞平伯先生《红楼梦研究》的那场不公正的批判，使他们夫妇糊涂了，为什么学术性问题要搞成这样呢? 夫人更是不明白，而且害怕。"

　　当时，更让俞平伯心惊胆战的是，两个"小人物"李希凡、蓝翎继在《文艺报》《光明日报》发表批他的两篇文章之后，10月24日，又堂而皇之地在《人民日报》上发出批判他的第三篇文章:《走什么样的路——再评俞平伯先生关于〈红楼梦〉研究的错误观点》。首都三家大报都刊登出严厉批评他关于《红楼梦》研究中"资产阶级唯心论"观点的文章，政治分量之重可见一斑。

李希凡、蓝翎第三篇"批俞"文章，跟前两篇相比，更多地带有政治批判的意味而不是学术讨论的色彩了。他们指责俞平伯在解放以后新的政治条件下，"却把旧作改头换面地重新发表出来"，"而骨子里的立场、观点和方法都毫无改变地保留下来"；还断言俞平伯"以隐蔽的方式，向学术界和广大青年读者公开地贩卖胡适之的实验主义，使它在中国学术界中间借尸还魂"。文章还上纲上线地宣称，"有人对俞平伯先生的考证工作倍加赞扬，这就使俞平伯所继承的胡适的反动思想流毒"，"在过渡时期复杂的阶级斗争的环境里"得以"挣扎"。

上一天是"大人物"钟洛的批判文章，隔一天是"小人物"李希凡、蓝翎的批判文章。在连篇累牍的批判文章中，虽然都称"俞平伯先生"，但口气都是那么的严厉，火药味是那么的浓厚，俞平伯不由感到一种恐惧感。

虽然俞平伯对文艺批评并不陌生，而且早在31年前就承受过。那是1923年，诗人闻一多发表近3万字的大块文章《〈冬夜〉评论》，批评他的诗，好处在于注重音节的"修饰"，坏处在于"死死地贴在平凡琐俗的境域里"。当时，老师胡适也加入了批评他诗集《冬夜》的讨论。但毕竟那些文章都严格限在文学批评和学术讨论的范围，并不以势压人，更不会在政治上上纲上线。即便是拿二十年代初爆发的以胡适为首的"新红学派"与以蔡元培为首的"旧红学派"之间堪称激烈的论战来说，双方也都是坦诚、平等和友善的，更不以势压人和人身攻击。当时，俞平伯是主动参与到这场新旧红学派论争中去的，公开站在胡适一边，反驳蔡元培的索隐派观点，并不因为蔡元培是其北大求学时的校长而苟同。

然而，时过三十多年，文化艺术界惯常所见的学术论争却变身为政治大批判了，什么"资产阶级唯心主义"，什么"胡适反动思想流毒"，什么

"阶级斗争的反映"……政治术语连篇累牍。甚至实际是出身在封建士大夫家庭、半生都在执教从文的俞平伯，还被目为"资产阶级知识分子"。

40年后，背了"下手太狠"黑锅既久，而心有愧疚的蓝翎，在《四十年间半部书》一文中第一次披露了他与李希凡合作第三篇"批俞"文章《走什么样的路——再评俞平伯先生关于〈红楼梦〉研究的错误观点》发表前的一些细节。他说，该文发出之前，他已经调入《人民日报》文艺组当编辑了。为了配合中国作家协会关于《红楼梦》研究问题讨论会的召开，《人民日报》总编辑邓拓安排钟洛《应该重视对〈红楼梦〉研究中的错误观点的批判》一文放在10月23日《人民日报》上登出，隔一天，10月24日，再登出他和李希凡合作的该文。他还说，邓拓亲自策划出并亲笔修改了该文——

　　邓拓上夜班时把我找去，说要在报刊上公开批判俞平伯，并谈了俞平伯的一些情况，要我起草一篇有战斗性的文章。我当时正住在本司胡同的九人一室的集体宿舍，办公室全组人在一起，写不成稿子，袁水拍就让我关在他的办公室工作，晚上在大办公室睡沙发。但资料条件比过去好多了，连俞平伯先生的《红楼梦辨》（《红楼梦研究》的前身）和《胡适文存》都借到了。李希凡不能来共同工作，他看了初稿，没有大的改动，前后只用了两三天的时间。我夜晚向邓拓交稿时，他没提具体意见，只说火药味还不够，于是在原稿旁边加上了"这并不是偶然的，而是过渡时期复杂的阶级斗争在文学研究领域中的反映"一句话，问我："怎么样？"我说："好。"急稿发排，第二天（24日）见报，这就是两人署名的那篇《走什么样的路》，而这篇文章当时最不容易被人接受的恰恰是邓拓加上去的这句话。"复杂的阶级斗争"，还能不是政治问题？

　　（蓝翎：《四十年间半部书》，谢泳编：《思想的时代》，吉林文史出版社，2000年，第320—321页）

　　蓝翎承认："这篇文章的发表，在我们合作的道路上标志着一个明显的转折。如果说，在这以前，我们写文章的态度只是为了表明个人对《红楼梦》及有关问题的一些见解，对事不对人，即使言辞上有不够谦虚或失敬之处，也是'年少气盛'缺乏修养的表现。那么，在此以后，就是自觉地以战斗者的政治姿态出现，仿佛真理就在自己一边。当仁不让，片言必争。而且不少文章都是奉命而作，或经有关负责人大量修改，有一定的背景，自然也增加了文章的政治分量，使人感到有来头，非个人意见。"（同上，第321页）

　　经过时间的磨洗，再经历了政治的磨难，蓝翎说的这些话应该是真诚的，说明他与李希凡撰文批评俞平伯的最初想法是想在学术上提起争鸣，"只是为了表明个人对《红楼梦》及有关问题的一些见解，对事不对人"，但没想到，他们的文章马上被利用到政治斗争上去了。蓝翎说，"在此以后，就是自觉地以战斗者的政治姿态出现"。

　　话分两头。

　　李、蓝在《人民日报》上发表《走什么样的路——再评俞平伯先生关于〈红楼梦〉研究的错误观点》的当天，即10月24日，中国作家协会古典文学部关于《红楼梦》研究问题讨论会，在中国作家协会驻地——北京东总布胡同22号那座颇有气派的深宅大院里召开了。这次会议是周扬组织的。他安排时任北京大学文学研究所所长的郑振铎主持会议，他自己则以主管文艺工作的中宣部副部长的身份出席会议。应邀前来参加会议的，有茅盾、冯雪峰、刘白羽、林默涵、何其芳、陈翔鹤、林淡秋、袁水拍、田钟洛等学者、作家和报社的编辑记者共69人。俞平伯也被要求出席这次会议，这是本月以来首都一些报刊发表文章对他进行集中批判以后，他首次出来接受来自"组织上"的批评。助手王佩璋也陪他出席了这次会议。

11天前，俞平伯曾经应邀来过这里。那天，他与老舍、冰心、田汉、许广平、萧三、赵树理等中国作家，同日本作家、东京大学名誉教授仓石武四郎进行座谈，他谈了对中国传统文学的展望。而今天，在同一地点，他却一下从座上宾的位置上失落下来了。

有意思的是，批判阵营的三个当事人在这次会议上第一次见面了。当时，是周扬领着26岁的李希凡和22岁的蓝翎走到俞平伯面前，介绍与他认识的，互相之间有没有握手，三个当事人后来的回忆都没有提及。蓝翎只在《四十年间半部书》一文中回忆起："据我的感受，会议的气氛并不紧张，不少人说起《红楼梦》，谈笑风生。唯有俞平伯先生稳坐沙发，显得有些不自然。"

会上发言的，有俞平伯、王佩璋、吴组缃、冯至、舒芜、钟敬文、王昆仑、老舍、吴恩裕、黄药眠、范宁、聂绀弩、启功、杨晦、浦江清、何其芳、蓝翎等。

俞平伯作为当事人或者说是"帮助对象"，自然逃不了要自我检讨一番。他在主持人郑振铎一致完词就先发了言。他介绍了《红楼梦研究》和《红楼梦简论》等书、文的写作情况，检查了自己没有用历史唯物论观点研究《红楼梦》的局限，表示愿意学习一些新的东西，并说一定会虚心听取大家的意见。他承认自己研究《红楼梦》是"从兴趣出发的，没有针对红楼梦的政治性、思想性，用历史唯物观点来研究，只注意些零碎的问题"。他还坦然地表示："我自己承认思想上有很多毛病，为真理的斗争性不强，但却是倾向于要往前进的。今年春夏天，我还在各处作了几次关于《红楼梦》的讲演，这都可以说明我最近的思想状况。"（欧阳健、曲沐、吴国柱：《红学百年风云录》，浙江古籍出版社，1999年，第292页）

俞平伯在发言中，实际是在竭力回避批判胡适，只谈自己"思想上有很多毛病"，让人对他的这些"毛病"提出意见。

当时，由于知道俞平伯《红楼梦》研究挨批判具体背景的学者专家并不多，所以大伙儿并没有对他大张挞伐。在蓝翎看来，"不少人说起《红楼梦》，谈笑风生"。这个会议不像是批判会，而更像是茶话会。

因为是第一次见识文坛高层会议，李希凡全无一点后来咄咄逼人的风格，甚至还有点羞涩。蓝翎在《四十年间半部书》一文中回忆："会议临结束时，主持人指定要我们发言。按常情，李希凡的名字署在我的前面，又比我年龄大，理应由他来讲。但是，我让他讲，他就是不愿讲，一定要我讲，在这种露脸的时刻，表现得够谦逊的。迫不得已，我只好站起来，全身紧张地讲了几句。一是，我们参加今天的会，是虚心来学习的；二是，我们一向敬重俞平伯先生，文章的观点不同，但没有扣帽子的想法。事后一想，后一点说法显然与当天我们文章的调子不大一致，帽子不是已经扣上了吗？'复杂的阶级斗争'还不是帽子？"

这次会议开了一整天，除去中午吃饭休息两个小时外，一共开了7个多小时。周扬在会议结束前作了会议总结。他还是那么的高屋建瓴，运筹帷幄，并不因为先前压制过江青，怠慢过两个"小人物"而受到毛泽东批评自乱阵脚，而是仍然以大伙儿一贯见识的学者式文艺领导人做派，不慌不忙地讲着话。"由于周扬是以文艺界领导人的身份参加这次会议的，所以他在最后的总结发言中没有像何其芳那样作明显的自我批评，讲话的内容也基本上按照毛泽东《关于〈红楼梦〉研究问题的信》的指示精神，甚至连语气都极为相似。在讲话中不说'我'而说'我们'，且时常以领导者的身份并使用号召性的言辞，可以看出他在公共场合的镇静自若。"（徐庆全：《毛泽东对周扬的两次批评》，《历史学家茶座》2010年第1辑）

这次讨论会，是文化学术界乃至意识形态领域被广泛动员起来全面批判俞平伯特别是批判胡适派资产阶级唯心论的标志。

时任中共中央宣传部副部长的陆定一，在这次讨论会一结束马上向毛泽东作了报告，报告说：

> 作家协会古典文学部于本月二十四日召开了《红楼梦》研究问题讨论会，到会的有古典文学研究者、作家、文艺批评工作者和各报刊编辑等六十多人，俞平伯在上午也到了会。会上，一致认为李希凡、蓝翎二人关于《红楼梦研究》和《〈红楼梦〉简论》的批评具有重要意义，并且认为消除胡适派资产阶级唯心主义观点在古典文学研究界的影响，是一场严重斗争，经过这个斗争，将使古典文学研究工作开始进入一个新的阶段。许多人准备写文章参加讨论，但也有一些古典文学研究者在发言中为俞平伯的考据劳绩辩护，主要是担心自己今后的考证工作会不被重视。关于这一点，我们在发言中适当地作了解释。
>
> （边彦军：《毛泽东论〈红楼梦〉》，《红楼梦学刊》1993年第4期）

紧接会议之后，冯雪峰这位文艺界老资格的"长征干部"怎么也不会想到，这场由俞平伯《红楼梦》研究批判而引起的政治风雨终于降临他的头上了。

徐庆全在《毛泽东对周扬的两次批评》一文中披露："就在《人民日

报》《光明日报》对'关于《红楼梦》研究问题座谈会'作了报道的10月26日，江青又一次秘密地来到《人民日报》社，直接对袁水拍传达了毛泽东的指示，要求他写一篇对《文艺报》开火的文章。"

袁水拍马上行动，他日夜奋战，立即在10月28日的《人民日报》上发出了《质问〈文艺报〉编者》一文。在这篇文章中，袁文扣住两个"小人物"李希凡、蓝翎《关于〈红楼梦简论〉及其他》向《文艺报》投稿曾被"置之不理"的遭遇和主编冯雪峰转载时为此文所写编者按，进行严词抨击，说1954年《文艺报》在已经出版的19期中总共发文500余篇，由编者加按语的只有13篇，而其他12则按语都是支持和赞扬的，但只有对李希凡、蓝翎此文所加按语指出"作者的意见显然还有不够周密和不够全面的地方"，这完全是"资产阶级贵族老爷式态度"。

庞松在《对俞平伯〈红楼梦〉研究的批判》一文中披露，袁水拍《质问〈文艺报〉编者》一文发表前曾经毛泽东审阅。"毛泽东审阅了这篇'质问'，还亲笔加了一条：'《文艺报》在这里跟资产阶级唯心论和资产阶级名人有密切联系，跟马克思主义和宣扬马克思主义的新生力量却疏远得很，这难道不是显然的吗？'在有这样大有来头的'质问'下，《文艺报》主编冯雪峰非立即公开检讨不可。"（邱石编：《共和国重大事件和决策内幕》，经济日报出版社，1997年，第159页）

冯雪峰果然坐不住了。11月4日，他在《人民日报》上发表了《检讨我在〈文艺报〉所犯的错误》一文。他表示接受袁水拍《质问〈文艺报〉编者》文中的批评，承认"编者按语是我写的"。他说："在古典文学研究领域内胡适派资产阶级唯心论长期地统治着的事实，我就一向不加以注意，因而我一直没有认识到这个事实和它的严重性。""对于俞平伯研究《红楼梦》的一些著作，我仅只简单地把它们看成是一些考据的东西，而完全不去注意其中所宣扬的资产阶级唯心论的观点。"他除了检讨自己对资产阶级唯心论的投降态度和贬低马列主义新生力量外，还表示自己"感到深刻的犯罪感"。

冯雪峰都检讨到自己"感到深刻的犯罪感"的地步了，但还是没有能过关。庞松在《对俞平伯〈红楼梦〉研究的批判》一文中继续扳露道："毛泽东不满意冯雪峰的检讨，在发表这篇检讨的报纸上作了多处批注，说冯雪峰不是感染有资产阶级作家的'某些'庸俗作风，'而是浸入资产阶级深潭里了'；说他不是'缺乏'马列主义战斗精神的问题，而是'反马克思主义的问题'；说他不是'不自觉地'轻视新生力量，而'应该是自觉的，不是潜在的，而是用各种方法向马克思主义做坚决斗争'；说他'不是丧失锐敏感觉，而是具有反马克思的极其锐敏的感觉'，等等。最终确定以'反马克思列宁主义'为'主题'，批判冯雪峰。"（邱石编：《共和国重大事件和决策内幕》，经济日报出版社，1997年，第159—160页）

从这时起，革命资历深厚、文学才华横溢的冯雪峰开始朝悲剧性的命运沉沦。

从10月31日到12月8日，中国文联和中国作协主席团连续召开了8次联席会议扩大会，批判俞平伯《红楼梦》研究中的"资产阶级唯心论"以及《文艺报》压制年轻"小人物"的错误。由于会议的"扩大"，有两百来人到会出席。郭沫若、茅盾、周扬、老舍、丁玲、冯雪峰、邵荃麟、黄药眠、钟敬文、刘白羽等文艺界领导人和作家、评论家参加会议。

其间，郭沫若作为中国科学院院长，曾于11月8日的《光明日报》上发表了对该报记者的谈话。他指出，由俞平伯研究《红楼梦》的错误观点所引起的讨论，是当前文化学术界的一个重大事件。"这不仅仅是对于俞平伯本人，或者对于有关《红楼梦》研究进行讨论和批判的问题，而应该看作是马克思列宁主义思想与资产阶级唯心论思想的斗争；这是一场严重的思想斗争。"他还赞扬："这次写文章批判俞平伯错误思想的李希凡、蓝翎两位同志，他们的年龄都只有二十多岁，俞平伯研究《红楼梦》三十年，当他开始进行研究时，李、蓝两位同志尚未出世，但他们勇敢地而且正确地揭露了俞平伯的错误。"作为学界巨擘，郭沫若的话确实让俞平伯感到分量颇重。

　　俞平伯作为被批判的当事人，自然对中国文联和中国作协两个主席团召开的联席会议要到会，前后8次会议，他每次都参加。

　　在10月31日第一次会议上，俞平伯就发了言。他简要说明了《红楼梦简论》和《〈红楼梦〉的思想性和艺术性》两篇文章的写作情况。诚恳地表示："这次的批评是从我的《红楼梦》研究而引起的：对我说来自不能不感到痛苦，因为我曾是错误思想的传播者，我应该对过去的坏影响负责。"在每一次会上，他都认真倾听别人发言。活到55岁，他还是第一次见识如此激烈的语言交锋，况且，会议批评的锋芒还是针对他本人的。虽然会上每一句发言都如钢针一样穿刺着他的心，但他仍如雕像一样端坐在会场里。一些到场采访的新闻记者悄悄观察他，发现他始终是一副宠辱不惊的样子。

　　作为中国作协常委，胡风也在中国文联和中国作协主席团联席会议扩大会的与会人员之列。可惜他和他的"七月派"作家朋友们错误理解会议的用意了。胡风以为是自己今年3月上书的"三十万言书"引起党中央的重视，因而会有当前这场"批俞"运动，所以他在会上的两次发言，都放弃对俞平伯《红楼梦》研究中的"资产阶级唯心论"观点进行批判，而是抓住《文艺报》压制新生力量的做法，一味围绕自己圈内作家和作品鸣不平，大讲"三十万言书"中的观点，甚至还发动参加会议的圈内作家也来附和发言，以形成声势。果然一时间，胡风和他作家朋友们的发言，博得许多与会人员的同情。这无疑是干扰了会议的大方向。

诚如胡风夫人梅志在《胡风传》中记述的那样，"从11月17日的第五次会议开始，情况就变了，这就是被文艺界人士称作的'战线南移'，批评的对象不再是《文艺报》，而是胡风他们了"。在这天的会议上，一些评论家和文艺机构领导人站起来批评胡风和路翎、阿垅。犟脾气的胡风当然不服，他和路翎当即发表声明：不同意会上的发言。

12月8日，在两主席团联席会议扩大会的最后一次会议上，周扬发表了著名长篇讲话《我们必须战斗》。他在讲话中，依旧紧扣本次会议的主题。他指出："俞平伯先生是胡适派资产阶级唯心论在《红楼梦》研究方面的一个代表者"，胡适"是中国资产阶级思想的最主要的、集中的代表者，他涉猎的方面包括文学、哲学、历史、语言各个方面。而他从美国资产阶级贩卖来的唯心论实用主义哲学则是他的思想的根本"，"它在人民和知识分子的头脑中还占有很大的地盘。不能设想，不经过马克思主义在各个具体问题上的彻底批判，唯心论思想可以自然消灭。因此，全面地、彻底地揭露和批判胡适派资产阶级的唯心论，就是当前马克思主义者十分重要的战斗任务"。他肯定"李希凡、蓝翎两同志对俞平伯的生气勃勃的、战斗的批评，在反对古典文学研究领域中资产阶级唯心论思想的斗争中起了先锋的作用"。

周扬在讲话中，有一部分专门讲"胡风先生的观点和我们的观点之间的分歧"。梅志在《胡风传》一书中回忆：周扬在讲话中严厉指责胡风。他说胡风"假批评《文艺报》和庸俗社会学之名，把关于文学的许多真正马克思主义的观点，一律称之为庸俗社会学而加以否定。……表面看来，在反对对资产阶级思想的投降主义的问题上，在反对对新生力量的压制态度上，胡风先生是和我们一致的，而且特别地慷慨激昂，但是谁要是看看这个外表的背后，就可以看到，胡风先生的计划却是借此解除马克思主义的武装"。他在讲话结束时，甚至发出号召："为着保卫和发展马克思主义，为着保卫和发展社会主义现实主义，为着发展科学和文学艺术事业，为着经过社会主义革命将我国建设成为一个伟大的社会主义国家，我们必须战斗！"

在跨时39天里连续召开8次扩大会议的中国文联、中国作协主席团联席会议，终于以周扬的这篇讲话煞尾。会议通过了《关于〈文艺报〉的决议》，指出了《文艺报》的主要错误，决定改组《文艺报》的编辑机构，还通过了一项联合召开胡适思想批判讨论会的计划。

接下来，思想文化领域的批判矛头虽然是继续朝向"胡适派资产阶级唯心论"，但主要是急转朝向胡风开火了。

北京"发烧"，全国"吃药"。一场轰轰烈烈的名曰"俞平伯《红楼梦》研究批判"的政治运动，在全国如火如荼开展起来了。

从10月至次年12月止，全国各地报刊发表有关《红楼梦》研究的文章可谓连篇累牍。从当时由作家出版社出版的《〈红楼梦〉讨论集》看，该书共4册，共收入批判俞平伯及其《红楼梦》研究问题的文章129篇，约100万字。中国艺术研究院《红楼梦》研究所资料室顾平旦主编的《〈红楼梦〉研究论文资料索引》也表明，批判俞平伯及其《红楼梦》研究问题的文章："期刊部分，1954年10—12月间，发表的论文119篇，1955年1—12月间，发表的论文103篇；报纸部分，1954年1—12月间，发表的论文149篇，1955年1—12月间，发表的论文91篇，合计462篇。"

当时批判俞平伯的大量文章，几乎都紧紧抓住他关于《红楼梦》的四大立论：其所谓《红楼梦》是作者曹雪芹的"自传说"，其所谓"怨而不怒的风格"和"钗黛合一"说。其所谓"色空观念"说，其所谓"脱胎于前世作品"等观点进行大张挞伐。这些文章都宣称《红楼梦》是一部伟大的现实主义作品，具有鲜明的反封建主义的倾向，《红楼梦》深刻揭示了封建贵族和封建统治制度即将崩溃的历史命运，从而滑稽地将生在200多年前的作者曹雪芹装扮成一个先知先觉的反封建英雄。这些文章还狠批俞平伯承袭胡适的新红学观点和考据方法，用烦琐考据把人们引向烦琐哲学的迷津，企图割弃《红楼梦》的社会意义和艺术价值。

当时有些批判俞平伯的文章，甚至还搞诬陷不实之词。由于李希凡、蓝翎在1954年第22期《中国青年》半月刊发表《谁引导我们到战斗的路上》一文提到："搜集有关的材料是最困难的。最好的或较好的《红楼梦》版本与其他古典文学资料，我们这些无名的渺小人物自然是到处借不到的。现在想起来，对于有些大图书馆那一串苛刻的条件和限制，我们不能不有所愤慨。"于是，12月25日，远在边陲的《云南日报》刊出题为《从"孤本秘笈"谈起》一文，从引用鲁迅批评胡适"往往恃孤本秘笈，为惊人之具"的话发挥开来，指责俞平伯道：

俞平伯在解放以前，就是一个专恃"孤本秘笈"，手持"脂砚斋"批本《红楼梦》数册，专作"争论生日、邻猫生子"考据的"学者"。

解放之后，俞先生虽参加了一系列的民主改革运动，但在研究《红楼梦》的观点上也似乎进步甚少，仍是死抱着那几本"脂砚斋"批本《红楼梦》及那几条"批语"，当作研究《红楼梦》的唯一法宝。更专横到向北大图书馆提出，不应该把"脂砚斋"批本《红楼梦》借给别人看。

视北大图书馆藏书，为俞氏"春在堂"私产。他这种"治学"方法，对待祖国文化遗产和青年一代的态度，是十分错误的！

（欧阳健、曲沐、吴国柱：《红学百年风云录》，浙江古籍出版社，1999年，第216页）

这时候的俞平伯，已然陷入了陈寅恪所说的"一犬吠影、十犬吠声"的境地。当犹如潮水一般的批判文章向他涌来的时候，他是百口莫辩毫无招架之功的，唯有被钉在"资产阶级唯心论"的"耻辱柱"上。

第三章 避难进"红楼"

当风雨突来的改治围攻和黑云压城的学术围剿降临之后，俞平伯本人是怎么应对的呢？他本人有怎样的一段心路历程？要想揭示上述问题，最有力的依据莫过于俞平伯本人的日记或者书信了。

然而，作为文人的俞平伯却"不常作日记"。他有着自己记日记的习惯，即外出或有事情才记日记，平时一般都不记日记。他并不像其表哥兼姐夫许宝蘅那样坚持天天写日记。然而，令人奇怪的是，难道他本人因研究《红楼梦》而遭举国批判还不算"有事"？

事实确是如此。由在俞平伯身边长大的外孙韦柰编选、上海书店出版社1993年出版的《俞平伯日记迭》，里边也没有俞平伯1954年10月至1955年上半年这一受大批判最集中时段的日记。无怪韦柰在其所撰《我的外祖父俞平伯》一书中说："他在想什么，没人知道，日记中也没有记载。"

关于俞平伯的书信情沉也大体如上。由天津市社会科学院文学研究所孙玉蓉女士编纂、河南教育出版社1991年出版的《俞平伯书信集》，收录了俞平伯于1918年10月至1990年3月（他去世前7个月），写给亲人、朋友、老师、学生、求教者、研究者和单位、组织的书信536封，收信人65位（含单位、组织）。然而，这些书信数量多则多矣，年份跨度久则久矣，但却恰恰缺少1954年10月至1955年上半年这一俞平伯受大批判最集中时段的书信。翻遍该书，虽然收录的书信时间跨度达72年，但却绝大部分都是俞平伯写于1978年进入望八高龄以后至逝世前的。俞平伯这536封信中，写于上世纪五十年代的仅4封，而且都是写给他的苏州乡谊、与他同在中国科学院哲学社会科学学部文学研究所共事的王伯祥的。4封信中，一封写于1953年6月8日，一封写于1956年11月27日，另外2封分别写于1959年5月15日和11月1日，也都不属于集中"批俞"时期。

俞平伯单传之子俞润民与夫人陈煦在合著的《德清俞氏：俞樾、俞陛云、俞平伯》一书中，记述太祖父俞樾、祖父俞陛云、父亲俞平伯都连篇洋溢骄傲情感，但却对乃父俞平伯1954年10月遭到批判后到底是怎样的生活遭逢和心路丘壑，却只有寥寥数句："谁知1954年《红楼梦研究》却受到极不公正的批判，他虽然一时想不通，但却能正确对待，并不多做辩解，也不怨恨任何人。他并未因受到不公正的批判而消沉，还是不断地探索和研究，所以仍有新的发现。"用他们对笔者曾经说过的话，叫作"我们对父亲1954年的事情就一笔带过"。

不"多做辩解"，不"怨恨"他人，"还是不断地探索和研究"，这确实是俞平伯积极治事、竭力避祸的文人智慧。

当1954年秋天批判俞平伯《红楼梦》研究中"资产阶级唯心论"观点的运动袭来之时，俞平伯的家庭，是一个四代同堂的大家庭，家里老的老，小的小，成年男人就他一个，家庭安危全部系于一身。

当时，俞平伯一家共6口人，除了55岁的他与59岁的夫人许宝驯外，还有70多岁的母亲许之仙，以及已与外籍丈夫分手的37岁大女儿俞成领着她9岁儿子韦奈和8岁女儿韦梅也同在一起居住。俞成那时还没有工作，且还病在家里，全家老小6张嘴巴基本上要靠俞平伯来喂，他不可能赤条条来去无牵挂呀！作为一家唯一赚钱养家的人，他就是这个家的顶梁柱，他的安危就是一家老小的安危。

俞平伯夫人许宝驯，字长环，后由俞平伯替她改字莹环，晚年自号耐圃，1895年8月17日出生，浙江杭州人。她是俞平伯舅舅许引之（字汲侯）的长女，年长俞平伯4岁，系其表姐。许引之是俞平伯曾祖父俞樾次女俞绣孙与丈夫许祐身（字子原）的儿子，俞平伯母亲许之仙的哥哥。许家是杭州城里的望族，几代人中都出过读书做官之人。如许引之父亲许祐身，便历官苏州知府、松江知府、山东道监察御史。许引之本人也不例外，他在清光绪朝官居二品，从事外交工作，1902年曾出使高丽国，任大清帝国驻仁川领事馆领事。其间，6岁的许宝驯与母亲、弟妹一起随父亲在仁川生活，陪伴父亲出使履职。4年后，10岁的她随父母、弟妹回国，又去苏州曾外祖父俞樾的私宅曲园生活，与当时才6岁的表弟俞平伯一起玩耍，因此两人也算青梅竹马。她虽只上过几年私塾，但因家教甚严，且累代书香，故通诗词文学；她还学过古琴、书画和昆曲，又兼专临父亲转赠给她的《砖塔铭》帖，日久竟也练得一手圆润古茂的小楷。俞平伯1922年3月出版的第一部新诗集《冬夜》，就是由她用秀丽工整的小楷整理抄正后，才交上海亚东图书馆出版的。当她与表弟平伯长大后，由双方父母做主订婚。之后，她回到天津，与父母生活在一起。俞平伯则考取北京大学，进京求学。虽然北京与天津相距甚近，俞平伯有时也去天津舅舅家，但按老派规矩，男女双方定亲后不能见面，所以俞平伯只能把对表姐兼未婚妻许宝驯的思念，写进一首首新诗里。1917年10月31日（农历九月十六），两人才在北京借大取灯胡同亲戚家的房子结婚。

当报刊上开始连篇累牍登载批判丈夫俞平伯的文章后，妻子许宝驯虽然弄不懂什么叫作"资产阶级唯心论"、什么叫作"资产阶级知识分子"，但是她明白，丈夫受到的是针对他一人的闻所未闻、见所未见的大批判浪潮，况且，这一批判还被冠以"运动"二字。于是，她就经常莫名其妙地身子发抖。目睹妻子的觳觫，俞平伯明白，他必须保护一大家子涉危度险。

当时，俞平伯或许想，要想转危为安，只有紧紧依靠周扬这个"大人物"了。因为1954年11月，即俞平伯被点名批判的次月，也即各方射来批判之箭最为密集的时候，他接连给周扬写了3封信，分别是11日、16日和25日。密度之高，间隔时间之短，异于平常。他除了11月11日的信，是告诉周扬自己已经修订了《红楼梦研究》一书，即删去书中《作者底态度》《〈红楼梦〉底风格》两篇文章，改用两篇考证性文章代之而外，其余2封信，都是请求周扬对他进行"批评"的。其实他是要周扬假"批评"之名，行保护之实。他知道周扬会懂这意思。

在11月16日写给周扬的信中，俞平伯还附上了自己在本单位即北京大学文学研究所召开的"《红楼梦》研究问题座谈会"上的检讨发言稿，请周扬审查，表示自己此前得到周扬"宝贵正确富有积极性的指示"，"愿意诚恳地接受，不仅仅是感谢"，还说，"我近来逐渐认识了我的错误所在，心情比较愉快"，愿意周扬"随时用电话约谈"。

周扬接到这封信和所附检讨发言稿后，确实提出了意见。俞平伯根据周扬的意见，对发言稿做了修改。

在11月25日写给周扬的信中，俞平伯甚至附上了中国人民大学中国语言文学系为他整理的《〈红楼梦〉的现实性》讲演稿，意思也是请周扬审查，强调"其中自然还有些错误的，不过可以看见我较晚的见解而已"。俞平伯此信虽然不乏有为自己开脱的意思，但总体说来还是征求批评为主的。

顺便补充，这一天白天，他去了所在单位北京大学文学研究所，参加了《红楼梦》研究问题座谈会。说是"座谈会"，其实是本单位组织的对他进行的批判会。会上，俞平伯自然要发言作"自我批评"，他检讨了自己在《红楼梦》研究工作上所犯的错误。

事实上，作为中共中央宣传部分管文艺工作的副部长周扬，确实从一开始酝酿批判俞平伯的时候，就对他实施保护了。这可以从周扬用"小人物的文章""党报不是自由辩论的场所"等托词，抵制江青要求《人民日报》转载李希凡、蓝翎批判俞平伯文章的企图，到"批俞"斗争开展以后他坚持将之纳入学术讨沦范畴的做法，都可以看得出，周扬明里暗里是在保护老老实实搞学问的老夫子俞平伯的。由此也足以见到，周扬并非趋炎附势的无良官僚，也不是扭曲自我意志唯上是从的拍马溜须之辈，他还有着传统文人刚直独立的人格侧面。

然而，当时周扬处境也难，不可能完全罩住俞平伯。风雨如磐之际，还是一本《红楼梦》，帮助俞平伯度过人生最危艰的时候——那也是他一家最为忧惧的年头。一时间，《红楼梦》之于俞平伯及其家人果然成了一座遮风挡雨的"红楼"了。

俞平伯校勘整理《红楼梦》八十回本的工作，始于1952年2月，1954年10月他遭到举国批判时，正是他校勘整理《红楼梦》八十回本的工作进入紧锣密鼓的时候。他儿子俞润民与妻子陈煦在《德清俞氏：俞樾、俞陛云、俞平伯》一书中回忆父亲：'虽然1954年那场不公正的批判使他在精神上受到挫伤，但校勘工作并未停止。"这说明，俞平伯在受大批判最激烈的关口，没有吓倒，更没有躺倒，而是躲进了曹雪芹构筑的文学世界《红楼梦》里，他借校勘整理这部古籍以自保。真的猛士，固然可以直面攻击，勇于反击，但当一个人面对百口莫辩、万唾淹身的时候，辩诬不顶用，硬撞更无异于堂吉诃德。于是，他钻进了《红楼梦》的象牙塔里，一心要为原著者曹雪芹留传一个存真版本，同时也为向国家、向社会证明自己活着的作用。他在百余年流传下来的《红楼梦》诸种版本中畅行，逐字逐句地进行比较斟酌，把最有可能是出自曹雪芹手笔的文句落到纸面上去。

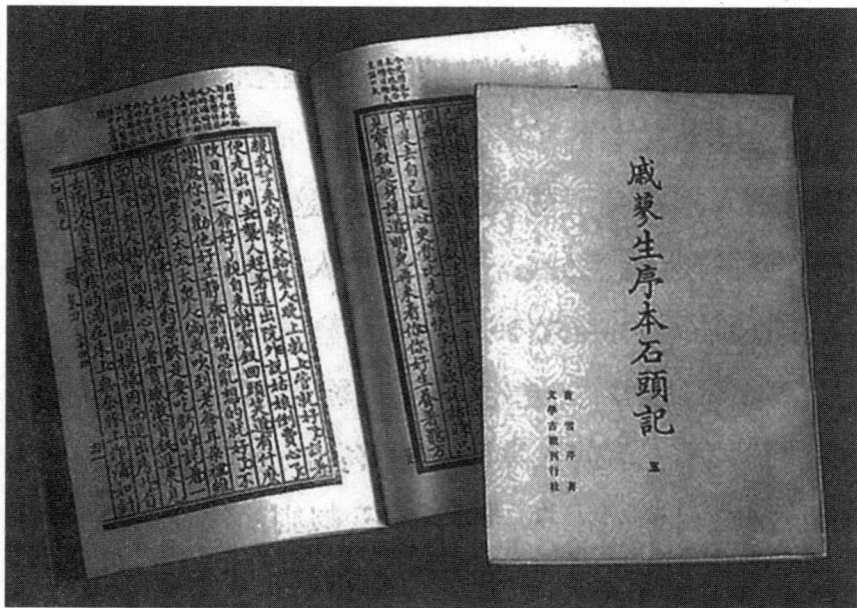

俞平伯校勘《红楼梦》八十
回本所据底本德清进士戚蓼
生作序《石头记》书影

俞润民夫妇还介绍，父亲俞平伯在校勘整理八十回本《红楼梦》时，用有正书局石印戚序本作底本，再依据其他各个版本来改字。"先依版本排列先后，然后又拟定了三个标准：一是择善；二是从同；三是存真。最后还写出一本校字记，说明他是从哪些版本校订的，以便研究者参考。"

俞平伯的外孙韦奈从2岁起就与外祖父、外祖母一起生活，1954年，外祖父俞平伯受批判时，他9岁，已经记事了。他记得，外祖父自遭遇举国上下的大批判起直到1956年初夏，基本上是靠躲在家里继续校勘整理《红楼梦》八十回本，来挺过最艰难日子的。

　　韦奈先生曾对笔者回忆，1954年秋后，正是外祖父于1952年领受文化部校勘整理《红楼梦》任务后进入工作最为紧张的时候，他虽然不用去单位（北京大学文学研究所）上班而可以在家工作，但却没有居家消停，而是老伏在书房桌子上看啊写的，他的书房甚至餐室，到处放着《红楼梦》古版本和相关的参考书籍，这些书里几乎还都夹着纸条，说明他都看过，所以都做了提签备忘。外祖父母还经常关照他和妹妹韦梅，不要乱动外公的书。1953年下半年，单位给外祖父配了助手王佩璋，王刚从北京大学中文系毕业分配来文学所工作，外祖父为了方便王佩璋助校《红楼梦》，除了经常请她在家吃饭外，还让外祖母整理好家中一间西厢房，安排她加班时居住，这样可方便外祖父和她的工作，有利于《红楼梦》校勘进度。

　　当时，俞平伯校勘整理《红楼梦》八十回本，除了用1911年上海有正书局石印的"戚序本"（又称"有正本"）作底本外，还依据甲戌本、己卯本、庚辰本、甲辰本和郑（振铎）藏本等古版本来改字。这个情况俞平伯后来在校勘完成后的《红楼梦》八十回本序言中说明过。可见韦奈关于当时家中到处是《红楼梦》古版本和参考书的回忆不谬。

　　1954年年底，正当全国口诛笔伐批判俞平伯《红楼梦》研究甚嚣尘上的时候，上海文艺联合出版社将俞平伯辑录的《脂砚斋红楼梦辑评》一书作为"中国古典文学研究丛刊"之一种出版了。这真是一件不合时宜的事情：当时全国意识形态领域的形势是举国一致口诛笔伐批判俞平伯《红楼梦》研究以及胡适派资产阶级唯心论，而上海却还敢为被批判的目标人物出书，是唱对台戏啊？

　　对于"脂砚斋"，红学界一般都认为不是一个人的真名，很可能是曹雪芹的一位至亲好友的笔名。俞平伯也持此见，他到了晚年还认为，脂砚斋对于曹雪芹"疑非朋友而是眷属"。此人较早看过曹雪芹所著《红楼梦》手稿，还一面看一面写下许多评语，以至辛亥革命前，流传世间的脂砚斋阅评《红楼梦》的版本，就有《脂砚斋重评石头记》《脂砚斋批红楼》等好几个，但都残缺不齐。例如，以书中有"甲戌抄阅再评"一句而得名的《脂砚斋重评石头记》凡十六回（即甲戌本）；以书中有"己卯冬月定本"题记而得名的《脂砚斋重评石头记》凡四十一回又两个半回（即己卯本）；以书中有"庚辰秋月定本"题记而得名的《脂砚斋重评石头记》凡七十八回（即庚辰本）；因甲辰岁梦觉主人为序而得名的《红楼梦》八十回全本（即甲辰本）；由乾隆年间德清进士戚蓼生作序、民国初年有正书局石印的《石头记》八十回本（即"戚序本"，又称"有正本"）；此外，还有蒙府本、列藏本、己酉本、梦稿本、郑（振铎）藏本和程甲本、程乙本等，算起来，存世的《红楼梦》（石头记）版本大致有16种。俞平伯尤其鉴于脂砚斋评本《红楼梦》到戚序本《红楼梦》的成书历史，是从清乾隆十九年（1754年即甲戌年）到民国初年足有156年之久，而且大多是手抄本，比较珍贵，世间流传极少，一般读者不易看到，因此便将甲戌本、己卯本、庚辰本、甲辰本、有正本等5个版本汇集并校订，编成《脂砚斋红楼梦辑评》一书，想为研究、考证《红楼梦》的专家和红学爱好者，提供最基本的资料。果然，俞平伯此书出版发行后广受欢迎，三年后的1957年，又由上海古籍出版社再次出版。这是后话。

回说俞平伯此书早在1953年10月30日就脱稿了，为什么拖了一年多，直到次年12月才出版面世呢？这自然与俞平伯在此书出版周期中正好遭遇点名批判分不开。所以书中有一则《出版者的说明》，内称："本书的排印经过了将近一年的时间，在对资产阶级唯心论的错误思想展开批判以后，我们对于它的内容又作了一番检查，也商诸编者进行了必要的修正。我们只纯粹拿它当作古典文学研究的一种资料提供读者。"从中可见出版者用心之良苦，一方面说明时间上此书投入排印在前，而编者俞平伯被批判在后，所以并非故意犯上；另一方面用"对资产阶级唯心论的错误思想展开批判"一语带过，而不点俞平伯名，实际表示了一种同情的态度；再一方面说明了出版此书的目的，是"只纯粹拿它当作古典文学研究的一种资料提供读者"，并非有意抵制批判"胡适派资产阶级唯心论"运动。

出书一般说来是一件让作者本人极为高兴的事，但当时的俞平伯却高兴不起来。特别是俞平伯写的跟这本书有关的文章还成了他后来挨批的导火索。原来，他应出版社之请，为《脂砚斋红楼梦辑评》写了一篇文字很长的《序言》，书没出来，他将此文取标题为《辑录脂砚斋本〈红楼梦〉评注的经过》，先交《光明日报》发表，结果该报于1954年7月10日放在《文学遗产》专版刊登出来。不想，此文正巧让两个"小人物"李希凡、蓝翎看到，两人都不赞同文中的观点，又想起前一段所看到俞平伯在《新建设》3月号上发表的文章《红楼梦简论》，也产生过反对意见，于是两人便商量要写一篇文章对俞进行"商榷和批驳"（李希凡语）。没想到，他们这一"商榷和批驳"不要紧，却给俞平伯带来长达32年的厄运。

当时的大批判固然是酷烈的，但平心而论，俞平伯能够安然挨过上世纪五十年代整肃文艺界的严酷时期，除了他运用个人的文人智慧得以自保以外，不可否认也幸好毛泽东信中有附言"俞平伯这一类资产阶级知识分子，当然是应当对他们采取团结态度的"，这才使他尽管被定性为"资产阶级知识分子"，但却没有像第二年文艺界同样被毛泽东指名道姓树为批判靶子的胡风那样遭到"专政"。

1956年1月，俞平伯所在单位北京大学文学研究所，并入新成立的中国科学院哲学社会科学学部。从这时起，57岁的俞平伯就成为该部文学研究所古典文学研究室的一员了。

年底，中国科学院哲学社会科学学部文学研究所评定俞平伯为一级研究员。作家陈徒手在《人有病，天知否》一书中引述该所当时的党总支书记王平凡的话说："定了职称，就可以到好医院看病，看电影能坐在前排，进出城有车。倘若在其他单位不一定敢给俞先生这样的人评为一级。"

第四章　亲友情何堪

外孙韦奈从小与俞平伯夫妇一起生活。1954年外祖父俞平伯受批判时，他才9岁，确实对家里当时遭受的变故和创痛记忆不深，但是后来他长大了，而且与外祖父经常在一起，却依然没怎么听到他老人家谈及当年受到举国批判的经历。让他印象特别深刻的，是外祖母许宝驯对苦难过往的矛盾态度。他在《我的外祖父俞平伯》书中说外祖母："仿佛是受了外祖父的影响，她回忆那段往事，也只是轻描淡写地一带而过。而实际上，外祖母经过那次运动，始终是心有余悸，多次劝他戒谈《红楼梦》，甚至当家人聚谈，外祖父兴致来了大讲《红楼梦》的时候，外祖母也总是要叨念：'你就少说几句吧！'他可始终没有完全'戒'掉。"

韦奈还充满依恋地回忆，自己从小居住的外祖父家，是一座具有老北京四合院风格的院落。里边房子古朴、回廊四绕，院子里一棵老而弥壮的大榆树亭亭如盖，让人觉得安谧宁静，一株由亲戚从美国带来种下的常春藤披奋如拂，丁香、梨花、榕树花等更是在院子一角争香斗艳，每当秋天到了，柿子、鸭梨又会挂满院子树的枝头，这时候，外祖父、外祖母就会摘下来分给他们小孩子吃。1954年10月以前的童年，真是有回忆不尽的欢乐！

且说俞平伯的这座私宅，旧时门牌为老君堂胡同79号，今为北竹竿胡同38号，坐落于朝阳门内南小街地段，是他父亲俞陛云于1919年底出资购入的。1914年，曾是前清探花、当过清光绪朝翰林院编修的俞陛云应聘出任清史馆提调，来北京专门编写清史；次年，其子俞平伯又考上北京大学文科国文门，于是俞陛云便把一家人从苏州迁到北京，租赁东华门箭杆胡同居住。到了1919年底，儿子俞平伯从北大毕业了，他为让一大家子在京城安居，便买下老君堂79号四合院。从此，俞家四代人栖居这座宅院直到1969年11月俞平伯夫妇远赴河南"五七干校"为止，凡50年。该宅院虽不富丽堂皇，却也十分规整舒适，是一座坐南朝北附有跨院的二进四合院，房舍很多。顺便说一句，该宅院虽经历了北京的大拆大建却还保存至今，只是由于历史的原因里边住户很多，搭建甚乱，现状让人不堪卒睹。

俞平伯儿子俞润民夫妇也在《德清俞氏：俞樾、俞陛云、俞平伯》书中回忆，大榆树伞荫下有三间坐北朝南的屋子，俞平伯曾辟作书房兼会客室。他的好友朱自清曾戏称俞平伯的这三间屋子为"古槐书屋"，其实庭院中那棵大树的树龄确实比房子的年龄还老，只不过是榆树而非槐树，但经朱自清这么一称呼，友人又你来我往，"古槐书屋"的名声居然越传越响。俞平伯本人也很喜欢这个书斋名称，虽然家中无槐，但叫来也无妨。"他后来的作品也常用'古槐'或'槐屋'来命名，如《古槐梦遇》《槐屋梦寻》《槐痕》《古槐书屋词》《古槐随笔》《槐屋诗谈》等等。他的笔名也有时曰'槐客''古槐居士'等。"

由于俞平伯家居宽敞雅致，加上夫人许宝驯贤惠善良，夫妻俩又热情好客，因此，俞宅一直是京城学界"谈笑有鸿儒，往来无白丁"的雅居"沙龙"，名人学者来往不断，经常是高朋满座。

然而，这一切都在1954年深秋以后被改变了。

俞平伯夫人许宝驯对外孙韦奈回忆："那时我和你外公都很慌，也很紧张，不知发生了什么事，连往日的朋友都很少走动。"

俞平伯的老朋友王伯祥的儿子王湜华也回忆："一位现当代的著名文学家、诗人、全国人大代表，一挨批挨了三个月，弄得真是灰溜溜。本来记者、读者、来访者，可谓络绎不绝，而今一下子真是门可罗雀了。"

　　就在大家对作为学者、作家、名人的俞平伯远避不及之际，他的老朋友、老同事王伯祥，却甘冒天下之大不韪，放下正在伏案忙碌的《史记选》选注工作，独自一人到俞宅来看望他了。

　　王伯祥（1890—1975），名锺麒，字伯祥，别号容庵，著名史学家、文学家，江苏苏州人。他年长俞平伯9岁，也是在苏州城里长大的。但那个时候两人还不认识。到了上世纪二十年代，王才在上海结交了时任上海大学教授的俞平伯。五十年代初，王又与俞平伯同在北京大学文学研究所任研究员。算起来，到1954年俞平伯挨批判时，两人友谊已逾30年。两人住得也近，平时常有往来，还互有诗词酬酢。

　　王伯祥儿子王湜华在《俞平伯的后半生》一书中回忆：俞平伯挨批以后，"出于数十年的交情，又深知平伯为人的家父，是由衷地为他抱屈的，就在大家避之犹恐不及的当口，他独自登门宽慰之"。

　　这一天是1954年11月9日，立冬刚过一天，也就是俞平伯受到批判围剿最为酷烈的时刻，王伯祥步出自己居住的朝阳门内南小街小雅宝胡同，专程登临距离他家不远的老君堂79号俞宅，来慰问俞平伯。王伯祥先与他在书房"古槐书屋"促膝交谈，对他讲了不少宽慰的话。后来为了谈得更知己畅快，借口呼吸呼吸新鲜空气，又邀他一同出去到北海公园赏菊。

　　时令已到立冬，王伯祥和俞平伯两个老友，一个年过花甲，一个年过半百，他们徜徉在秋末冬初的北海边，一路游逛，几乎都是"伯翁"在说，"小弟"俞平伯话不很多。举目望去，但见北海清洌，金风送爽，绿树浓郁，秋菊放艳。山上高耸的白塔，在明净的蓝天映衬下显得分外醒目。王伯祥十分同情老友当下的处境，他已经说了不少，但又不好多说什么，于是，他邀俞平伯继续到什刹海边去散步。

俞平伯为父亲俞陛云于清光
绪年间摄于北京什刹海照片
题签

　　漫步在落叶满地的海子岸边，王伯祥望着潋滟清冽的湖水，借眼前秋肃和冬临兼而有之的景致，劝俞平伯大口呼吸清新空气，一吐心中郁闷的块垒。

　　对什刹海，俞平伯虽为江南地方人，但对居住北京已逾三十年的他来说，简直太熟悉了。1924年7月28日，人还在杭州西湖闲居的俞平伯，就写了一篇散文《风化的伤痕等于零》，里面第一节的小标题就叫《什刹海》，回忆去年（1923年）夏天他回北京时，有一天晚上与四个朋友同游什刹海的情景："偶然有一晚，当满街荷花灯点着的时候，我和K、P、W、C四君在什刹海闲步。这里有拂地的杨枝，有出水田田的荷叶，在风

尘匝地的京城里，到此总未免令人有江南之思。"（《俞平伯全集》第贰卷，花山文艺出版社，1997年，第76页）

然而，此时俞平伯的心情远非三十年前之可比。他写下《风》文的一年后，又写下散文《文训——新洗冤章第六十六》，他在文中说："会见有三头六臂的文人站在希马拉耶挨佛赖斯特峰顶，拿着一张广长等于二十二行省的锁封，上面盖着'太上老君急急如律令敕'的符印，其大如洞庭湖之六倍，里面满粘着如鳔胶的糨糊，牢牢贴住轻嘴薄舌的全国批评家。从此千秋万古，开口不得，六合清平，沉冤净洗矣。"（同上，第74页）然而，那只是26岁的俞平伯青春年少又兼一厢情愿的抱怨与瞎想。当时他万万不可能想到，时隔29年，当年畅想的情景竟颠倒了过来，反而是"轻嘴薄舌的全国批评家"果真找到他来，不仅如此，接下来自己该将如何躲难呢？

步行至银锭桥畔，王伯祥瞥见北京老字号饭铺"烤肉季"里还清净，便请俞平伯进去小酌一番。一盘烤肉，几杯浊酒，人就渐渐离愁远去。王伯祥一切都做得那么自然、亲切。这使俞平伯感到温馨无比，仿佛穿越30年，又回到1922年暮春与王伯祥以及叶圣陶、顾颉刚同游苏州石湖那美好的一天。如今，在全国对自己孤身一人大张挞伐的情势下，别人都求自保，而与自己同一单位的"伯翁"却不惮政治牵连，来陪自己说话、游览和喝酒，这使俞平伯忧惧的内心得到些许宽慰和舒张。

俞平伯回到老君堂79号家里，情绪果然好了许多。他本来就生性旷达，又与老友酒酌浇愁，一时心胸开朗不少，念及老友一片深情，便欣然写下两首七绝并小序，用毛笔抄录好赠予王伯祥。两首七绝及小序如下：

容庵吾兄惠顾荒斋，遂偕游海子看菊，步至银锭桥，兼承市楼招饮，燔炙犹毡酪遗风，归复偶占俚句，既录似吟教。甲午立冬后一日，弟平生识于京华。

交游寥落似晨星，过客残晖又凤城。
借得临河楼小坐，悠然尊酒慰平生。

门巷萧萧落叶深，惄然客至快披襟。
凡情何似秋云暖，珍重寒天日暮心。

（韦奈：《我的外祖父俞平伯》，团结出版社，2006年，第16页）

王湜华还回忆："俞平伯书赠家父的这一幅原迹，是书写在一张黄色带木刻水印紫红梅花边框的旧笺纸上的，底色套印的是浅绿色的木刻山水，极为别致，当是俞家旧藏的十分考究的笺品。他的下款仅用'平生'二字，这是对最为知交的少数人才用的自称。末尾正式该打图章的地方，打的是许静庵为他刻的'知吾平生'四字白文印。这幅字的上款还特地用了家父最不常用的别号，这里既反映出情谊笃挚之非凡，同时也是怕因这两首诗给王伯祥带来什么牵连吧。"

然而，王湜华回忆的另外一个细节，却很能反映俞平伯受到大批判之初的精神状态："1954年底，俞平伯下很大功夫辑录的《脂砚斋红楼梦辑评》一书，由上海文艺联合出版社出版。""笔者手边的这一本《脂砚斋红楼梦辑评》，是出书后不久，俞平伯送给家父的。一般他赠书总要在扉页上题上款，而此书至今仍空白，这也足见他赠书时的心态。"（王湜华：《俞平伯的后半生》，花山文艺出版社，2001年，第52页）

俞平伯1954年年底出的书，且又是"下很大功夫"的书，"一般他赠书总要在扉页上题上款"，但恰恰这个时候，他出了书赠送好友，居然不敢"题上款"，可见他当时确实被有关《红楼梦》研究的大批判整怕了。

同样不惧政治牵连登门探望俞平伯的，还有老朋友叶圣陶和顾颉刚。

叶圣陶是江苏吴县人，但同俞平伯一样，也是在苏州城里长大的。当时他担任人民教育出版社社长和总编、教育部顾问等多项职务，工作不可谓不忙，但他却数次亲自登门看望俞平伯，对他嘘寒问暖，安慰有加。

顾颉刚与俞平伯的关系则要更久长。他是苏州人，在苏州长大，后入北京大学求学，与俞平伯成为同学，当时他23岁，俞平伯17岁，以后逐渐成为莫逆之交。二十年代初，两人又追随胡适研究《红楼梦》，顾还帮助俞平伯成就了红学著作《红楼梦辨》。据顾颉刚女儿顾潮编纂的《顾颉刚

1980年俞平伯父子应邀到叶圣陶（左一）宅院观赏海棠

年谱》（增订本）记载：1954年这一年，其实是顾颉刚最为忙碌的一年。2月，中国科学院历史研究所决定聘请其为研究员。于是，当时在上海复旦大学任教的顾颉刚，便于"六月下旬至七月，准备北行，整理书籍装箱，到各处辞行"。"八月二十日，离沪。二十二日，抵京，即入住干面胡同新寓。任中国科学院历史研究所第一所研究员。"

然而，热情侠义的顾颉刚甫一到京，即逢老友俞平伯挨批。当时，他还没有尝到过学术受压政治的滋味，于是便趁夜色登临俞门造访。以后，他又数次到俞宅聊天宽心。顾一来，俞宅的书房"古槐书屋"就响起了爽朗的谈笑声，昏黄的电灯下，他那被鲁迅嘲笑过的"红鼻子"一闪一闪的，顿时减去惶悚中的俞平伯些许惊恐。这种兄弟般的濡沫之情，让俞平伯深铭肺腑。

后来，1981年顾颉刚逝世一周年之际，俞平伯曾作七言绝句5首，充满感激之情地回忆了他与顾颉刚长达半个多世纪的深厚友谊，其中包括他1954年秋后数度登门抚慰自己的往事。此处按下不表，下文再叙。

俞平伯的姐夫、表哥兼郎舅许宝蘅，虽然有一手好文墨，当过晚清、北洋政府和伪满三个时代的文官，但到解放后，却依旧穷困潦倒，靠子女的接济过着日子。1954年10月小舅子俞平伯挨批时，他仍未就业，一介自由身，尚未领教过什么叫政治高压。因此，他仍然一如既往来俞家走动。1955年11月27日，是他堂姑母、俞平伯母亲许之仙的生日，他白天去老君堂79号俞宅给老人拜寿，晚上回家记下这样一则日记：

> 11月27日，十四日壬辰俞六姑母生日，午饭后往祝，携信孙同往。
> 与平伯夫妇作西湖胜游戏。图为曲园翁制，用骰子二枚掷点，依点进
> 行，分清波、钱塘、涌金三门出。三为小船，六为大船，应乘船者无船
> 不行；三为风、六为雨，遇风雨不行；遇题诗处非得五、七点不行；遇

得伴始行无二不行；遇有月处得幺乃行；至呼猿洞以幺为小猿、六为大猿，须呼之，不应不行；花神庙以四为花，无花不行；至孤山寺双数不行；至游毕入城以幺为小轿、六为大轿，三掷无轿者徒步行，不得贺。

种种限制，颇有雅趣。四时余归。平伯长女有一子名韦奈（应为柰——笔者注），一女名韦枚（应为梅——笔者注）。

（《许宝蘅日记》第五册，中华书局，2010年，第1855页）

许宝蘅记下这则日记之时，正是俞平伯挨批一周年之后，他笔下的俞平伯居然如此轻松悠闲，还与客人一起玩起了曾祖父俞曲园老人创制的游戏。由此可以推断，当时全国意识形态领域的批判浪潮，已然卷过俞平伯这一批判重镇，转而扑向批判胡适思想体系乃至"胡风反革命集团"，加之他的单位——北京大学文学研究所郑振铎、何其芳等所领导又一如既往地照顾着他，所以他才会如此安闲。

次年即1956年10月8日，许宝蘅经由中央人民政府副主席李济深推荐、政务院总理周恩来签发聘书，被聘为中央文史研究馆馆员，以后，他便渐渐尝到一种无形的政治高压滋味了，开始有意无意地减少与俞平伯一家的往来。直到1961年许宝蘅去世前一年为止，其4年的日记，均很少出现他去俞家走访的记录，即使有也是一笔带过。如1958年3月7日日记，文字虽长，但记到他去俞家走访，仅"食毕，便至老君堂为六姑母拜年，少坐即到文史馆"一语。这一天是农历正月十七，作为传统道德规矩浸润出来的许宝蘅，挨至春节早已过去甚至连元宵节都过了，如此之迟才去向"六姑母"拜年，其缘故让人足以想象。倒是他紧接下去记载的"刘主任报告馆中（指中央文史研究馆——笔者注）职员任义如有右派言行，已经国务院按第三条处理"一语，让人感受到当时已经持续深入的反右运动的凛凛寒风。

王伯祥、叶圣陶、顾颉刚作为俞平伯几十年关系的老朋友，应该是比较了解他这个人的。他们知道俞平伯出身文化名门，性格温良敦厚，半辈子读书教学写作，处世与人为善，凡事随遇而安，他既不像叶圣陶交游广阔、爱搞社会活动，也不像顾颉刚性格刚烈，敢跟鲁迅打官司。

这些学者老友都清楚，俞平伯研究《红楼梦》的兴趣，原可上溯至其曾祖父俞樾。老人的苏州宅第曲园里有一小池，名曰"曲池"，池边系着的小舟被他命名为"小浮梅"。夏日里，他与夫人坐进小浮梅，飘荡在曲池消暑，一边聊天，话题广阔，妻问夫答，经年累积，后来竟被俞曲园老人编成一卷《小浮梅闲话》流传于世。书中，就有关于《红楼梦》作者的考证内容，曲园老人认为：

> 《红楼梦》一书脍炙人口，世传为明珠之子，而作明珠之子何人也？余曰，明珠子名成德，字容若，通志堂经解，每一种有纳兰成德容若序，即其人也。恭读乾隆五十一年二月二十九日上谕，成德于康熙十一年壬子科中式举人，十二年癸丑科中式进士，年甫十六岁，然则其中举人止十五岁，于书中所述颇合也。此书末卷自具作者姓名曰曹雪芹。袁子才诗话云：曹练亭康熙中为江宁织造，其子雪芹撰《红楼梦》一书，备极风月繁华之盛，则曹雪芹固有可考矣。又《船山诗草》有赠高兰墅，鹗同年一首云："艳情人自说红楼。"注云，"传奇红楼梦八十回以后，俱兰墅所补"，然则此书非出一手。按乡会试增五言八韵诗始乾隆朝，而书中叙科场事已有诗，则其为高君所补可证矣。
>
> （俞润民、陈煦：《德清俞氏：俞樾、俞陛云、俞平伯》，中国人民大学出版社，1999年，第40—41页）

这是一段被胡适等涉足《红楼梦》研究的人们反复引证过的史料。胡适就依据这段史料考定：《红楼梦》前八十回为曹雪芹所著，后四十回为高鹗（字兰墅）所续。

作为俞樾曾孙俞平伯，自然从小耳濡目染，喜欢研究《红楼梦》，甚至连北大毕业即去英国留学，漫长的海途上也会带一本《红楼梦》，在船上解闷。俞平伯的单传之子俞润民夫妇也认为，乃父俞平伯研究《红楼梦》的兴趣来自家学渊源。他们在《德清俞氏：俞樾、俞陛云、俞平伯》一书中说："后来他的曾孙俞平伯继胡适、王国维之后，与顾颉刚通信讨论《红楼梦》，并又通过各种论证，论证后四十回确为高鹗所续，或许俞平伯对《红楼梦》的兴趣就是来自于其曾祖在船上的闲议。"

这些学者老友还知道，最先引发俞平伯《红楼梦》研究兴趣的，还有鼎鼎大名的五四运动"健将"傅斯年。

傅斯年也是俞平伯北京大学同学。1918年11月，在北大进步教授的影响下，傅斯年和俞平伯、罗家伦、徐彦之、顾颉刚、康白情等学生，集合同好，成立了新文化团体"新潮社"，傅斯年被推举为社长，领导社里的一切活动；俞平伯被推选为干事部书记，负责《新潮》杂志编辑部事务和对外函件往来等。次年，著名的五四运动爆发，傅斯年登高一呼，成了北大学生领袖。俞平伯则直接战斗在五四运动第一线。由于1919年当年发生五四运动的关系，傅斯年、俞平伯这一届北京大学的毕业生，学校当局没有按惯例安排他们暑假前毕业，而是延迟到年底才让毕业。

其时，傅斯年已经考取了自己家乡山东省政府出资赞助的官费赴英留学资格，因此他在毕业之际，就公开征集北大同学一起去英国留学。这时候，作为已经在白话诗创作上崭露头角的俞平伯，心中自然十分向往雪莱、拜伦的故土，于是，他便把对未来的希望投向遥远的英伦三岛。另外，他还有一个考虑，就是认为真正要适应社会就业，可能还是学法律更好找工作。因他后期在北大，往来的友人、关系密切的，倒都是"法科诸君"。而要学法律，自然首推已经建立法治社会的英国。在父亲俞陛云的理解和支持下，俞平伯决定响应傅斯年的征召，去英国自费留学。刚过1920年元旦，他便同傅斯年等8位北大毕业生，从上海登船远航英国。

一个多月的海上旅途是漫长乏味的，俞平伯带上一本《红楼梦》消闲。没想到傅斯年这位北大"五四"学潮领袖，竟然还是一位红楼迷，他与俞平伯就《红楼梦》的话题，几乎谈了整个航程。三年以后，俞平伯出版了首部红学研究著作《红楼梦辨》，他在该书引论中还提到傅斯年对他写作此书的影响："孟真每以文学的眼光来批评他，时有妙论，我遂能深一层了解这书底意义、价值。"

然而，俞平伯赴英留学，最后却做了一件不可思议的事情，让傅斯年猝不及防——

就在他们8位北大毕业生到英国后，俞平伯仅仅逗留13天后，就突然搭日本邮船"佐渡丸"回国了。傅斯年知道消息后，以为他有神经病，马上"剪道"从英国赶到法国马赛追上"佐渡丸"，趁船停港的时机，傅竭力劝俞下船跟他回英国继续留学计划，但俞坚持不为所动要继续航程回国。傅斯年见劝不动他，只好与他分道扬镳了。也许是对傅斯年怀有歉意，一星期后，俞平伯在船停靠波赛时，寄出一张致傅斯年的明信片。

俞平伯为什么会突然改变留学的决心，只在英国逗留13天就打道回府了呢？《俞平伯年谱》说的原因，是"因为英镑涨价，自费筹划上有不周，决定回国"。俞平伯儿子俞润民夫妇在他们的合著书《德清俞氏：俞樾、俞陛云、俞平伯》中则十分含糊地一笔带过去：父亲"但在英伦住了不久，不知是什么原因，他又整理行装，登船回国"。但紧接这段话，俞润民夫妇又透露了一点端倪："在海轮上他写了一首新诗《去来辞》，在诗的最后一段有这样的几句：既知有去才来，为什么来了不去？可为他来；何不为她去！……"1995年，俞润民又在《俞平伯留英美日记介绍》一文中提到："父亲早年游学英、美，那时正是五四运动开始不久，文坛活跃，人才层出不穷，这段往事他自己谈得很少，因此也不大为外人所知，时间不长，但却是他一生的一个重要转折点。"还有的材料说，俞平伯、傅斯年他们到了英国，正逢通货膨胀，英镑贬值，傅斯年由于得到胡适写信举荐，得以用官费继续留学，而俞平伯所带的钱不敷留学所用，只能回国。

　　看了上述三段材料，人们不禁疑惑：究竟是什么原因，才使起先决意到英国去留学的俞平伯出尔反尔的呢？是"因为英镑涨价，自费筹划上有不周，决定回国"的？还是为了"何不为她去"中的这个"她"而回国的？而且，为什么"他这段往事他自己谈得很少"？

　　还有，傅斯年由于得到胡适写信举荐得以用官费继续留学是事实吗？查《傅斯年：时代的曙光》一书，内称，傅斯年是1919年夏天考取山东的公费留学生的，而并非"胡适写信举荐"。事实上，他留学英国的第五年，由于军阀祸国，山东财政被充混战军费，政府对海外留学生经费停寄，他此时转往德国柏林大学留学遇上天大的穷困，靠与同在德国留学的陈寅恪互相调剂，这才得以坚持下来。这在当时他写给罗家伦、何思源的信中可以看出。他在信中说："月中穷不可言，特别糟者是今后全无办法，山东学费已全无望矣。"

　　有关俞平伯兴冲冲去英国留学却又中途反悔回国的问题，确如他儿子俞润民所言，"这段往事他自己谈得很少，因此也不大为外人所知"。1920年8月1日，傅斯年致胡适的信中，却有很长的一段文字专门讲到了俞平伯中止英国留学的缘由。因他的描述中反映了俞平伯的性格特征，故此笔者不揣冗长转抄于下：

　　平伯忽然于抵英两星期后回国。这真是再也预想不到的事。他走得很巧妙，我竟不知道。我很怕他是精神病，所以赶到马赛去截他。在马赛见了他，原来是想家，说他下船回英，不听，又没力量强制他下船，只好听他走罢。这真是我途中最不快的一种经历。

　　一句话说，平伯是他的家庭把他害了。他有生以来这次上船是第一次离开家。他又中国文先生的毒不浅，无病呻吟的思想极多。他的性情又太孤僻，从来不和朋友商量，一味独断的。所以我竟不曾觉察出他的意思来，而不及预防。他到欧洲来，我实鼓吹之，竟成如此之结果，说不出如何难受呢！平伯人极诚重，性情最真挚，人又最聪明，偏偏一误于家庭，一成"大少爷"，便不得了了；又误于国文，一成"文人"，便脱离了这个真的世界而入一梦的世界。我自问我受国文的累已经不浅，把性情都变了些。如平伯者更可长叹。但望此后的青年学生，不再有这类现象就好了。

　　但平伯此次回国，未必就是一败涂地。"输入新知"的机会虽断，"整理国故"的机会未绝。旧文学的根柢如他，在现在学生中颇不多。况且整理国故也是现在很重要的事。受国文先生毒的人虽然弄得"一身摇落"，但不曾中国文先生毒的人对于国故的整理上定然有些隔膜的见解，不深入的考察，在教育尽变新式以后，整理国故的凭借更少。趁这倒运的时期，同这一般倒运的人，或者还可化成一种不可磨灭的大事业。

　　所以我写信劝平伯不要灰心，有暇还要多读西书，却专以整理中国文学为业。天地间的人和事业，本不是一概相量的，他果能于此有成，正何必羁绊在欧洲，每日想家去呢！

但有一件事要注意的。平伯回国，敢保其不坠落，但不敢保其不衰枯下去。当时有《新潮》一般人，尚可朝夕相共，现在大都毕业，零散了不少。如果先生们对他常有所劝勉，有所导引，他受益当不少的，否则不免可虑。

还有一层：别人对他回国不免有些怀疑，以为回国后思想必生大变。这是不然的。他生意挫折，自是必然的结果，但没有这事。他之忽然回去，乃是一向潜伏在下心识界的"浮云人生观"之突然出现，恐怕还有些遗传的精神病证。这虽是很不好的现象，但于作成学问无妨。况且平伯是文学才，文学正赖这怪样成就。

（《胡适来往书信选》，社会科学文献出版社，2013年，第76—77页）

关于傅斯年于1920年3月14日专门追到法国马赛堵截俞平伯回英国继续留学的友情，到1964年，俞平伯整理自己当年所记《国外日记》时，竟然不惮傅老同学于1948年接受国民政府任命出任台湾大学校长的政治忌讳，为已经猝亡14年的他写下一段充满感情的回忆："老傅追舟马赛，垂涕而道之，执手临歧如在目前，而瞬将半个世纪，故人亦久为黄土矣。夫小已得失固不足言，况乎陈迹回眸、徒增寂寞，其为得失尚可复道哉。"

字里行间，再现了傅斯年当年得知俞平伯中断留学之旅不告而别，他追到法国马赛港流着眼泪劝老同学跟他回英国继续留学的情景。

回说俞平伯从英国回国，来到夫人许宝驯和孩子们临时客居的杭州岳父家团聚，住到8月份，他回了一次北平；旋即由母校北大校长蒋梦麟推荐，又来杭州浙江省立第一师范任国文教员。住到次年（1921年）2月，他又回到北平，拜访昔日北大的老师胡适。

胡适对俞平伯，果然做到如傅斯年上述信中所说"对他常有所劝勉，有所导引"。其时，胡适正在大力实践其"研究问题、输入学理、整理国故、再造文明"的文化主张。他与上海亚东图书馆合作，爬梳古籍资料，用科学的方法进行考证，校订出版包括《红楼梦》在内的16种古代白话小说，借以推广白话文。在校订《红楼梦》的过程中，胡适根据考证所得，写出了第一篇红学论文《红楼梦考证》。在这篇堪称"新红学派"的开山之作中，他一反蔡元培等"旧红学派"索隐的所谓《红楼梦》是"康熙朝政治小说"，明确提出《红楼梦》乃是作者自叙身世的"自传说"；他还考定该书作者是曹雪芹，并理清了他的家世、际遇以及写作《红楼梦》的背景。胡适对《红楼梦》进行的科学而又认真的考证，使本来就对《红楼梦》有强烈兴趣的俞平伯受到影响，"受益当不少的"（俞平伯语）。

其时，俞平伯还去看望了自己那喜爱史学的苏州乡友兼北大同学顾颉刚。已经留校北大当助教的顾颉刚，正受老师胡适之托，发挥自己擅长史学的特长，几乎天天都去京师图书馆搜集有关曹雪芹身世家世的史料。受胡适、顾颉刚的感染，俞平伯也开始扎进《红楼梦》的史料堆里，并与顾就互相搜集到的史料证据进行讨论和研究。后来，顾颉刚在《古史辨·自序》中曾提到："我的同学俞平伯正在京闲着，他也感染了这个风气，精心研读《红楼梦》。"

同年（1921年）4月27日，俞平伯给人在天津的顾颉刚，写去后来为红学史上所津津乐道的"俞平伯、顾颉刚红学通信"中的第一封信。俞平伯在此信中说：

　　查书底结果如何？顾能满意否？我日来翻阅《红楼梦》，愈看愈觉后四十回不但本文是续补，即回目亦断非固有。前所谈论，固是一证。又如末了所谓"重沐天恩"等等，决非作者原意所在。况且雪芹书既未全，决无文字未具而四十回之目已条分缕析。此等情形，吾辈作文时自知之。您以为如何？

我想《红楼》作者所要说者，无非始于荣华，终于憔悴，感慨身世，追缅古欢，绮梦既阑，穷愁毕世。宝玉如是，雪芹亦如是。出家一节，中举一节，咸非本旨矣。盲想如是，岂有当乎？

（孙玉蓉编：《俞平伯书信集》，河南教育出版社，1991年，第90页）

没想到此信一发出，竟开始了红学研究史上的一段佳话。4月至10月，在北京的俞平伯与回苏州老家的顾颉刚，就《红楼梦》研究往还通信。其间，俞平伯曾"感病累日"，遂以与顾颉刚通信谈论《红楼梦》为"真药石"；进入盛夏，两个好朋友仍然通信不辍，都以"剧谈《红楼》为消夏良方"（俞平伯语）。半年下来，两人有关《红楼梦》的通信竟达27封（顾9封，俞18封）。其间，俞平伯还与胡适为《红楼梦》研究通信17封，又帮助胡适完善了《红楼梦》的版本考证。不可否认，在二十世纪二十年代的中国学界，胡适、俞平伯、顾颉刚师生三人确是一支耀眼的研究团队。

1922年4月，俞平伯去苏州看望回乡养病的顾颉刚，提出想把两人间有关《红楼梦》研究的通信，整理成一部辨证《红楼梦》的论著。顾当时兴趣已在历史学而不拔，又因手头正忙，遂建议俞平伯独立成书。这时候，俞平伯正好"开后门"得到一个公费出国机会：浙江省准备派遣数名教育官员前往美国考察教育，老泰山许引之得知后，便通过其妹夫、时任浙江省教育厅长夏敬观，安排已经辞去"浙江一师"教职的女婿俞平伯，以

"浙江省视学"的身份赴美访学。趁出国前还有三个月的时间，俞平伯在杭州岳父家立即动手，至7月，终于写成了其红学人生中的第一部著作——《红楼梦辨》的初稿。赴美考察教育之前，俞平伯将《红楼梦辨》手稿托付顾颉刚找人抄正。但顾却是好人做到底，他找人抄正后，还亲自对照俞平伯手稿校勘了抄正稿，这才向上海亚东图书馆交了稿。11月19日，俞平伯回国一到了上海，正巧《红楼梦辨》清样已经出来，于是，他亲自校对了一遍。他一面校对，一面感激着顾颉刚，该书的序言，他不请当时名动学界的胡适来作，而是请为该书出力最多的顾颉刚作。

　　1923年4月4日，《红楼梦辨》由上海亚东图书馆出版。全书共3卷17篇，第一次用绵密的考证、细心的体味、认真的分析，辨明《红楼梦》原

1923年4月4日上海《民国日报》刊出俞平伯《红楼梦辨》书讯

书只有前八十回出自曹雪芹手笔，后四十回则是高鹗续作的，不但后四十回本文是续补，而且回目也不是曹雪芹亲自撰拟的。"续书说"的提出，无疑震动了当时的红学界。俞平伯也由此确立为胡适领衔的以《红楼梦》作者和版本等考证为特征的"新红学派"奠基人之一。

　　然而，到了1954年，作为著名历史学家的顾颉刚，被从上海上调北京中国科学院历史研究所，与老同学兼老朋友俞平伯又生活在一个地方了。这本来是梦想而不得的好缘分呀，相交近40年的同乡学人终于可以聚首一起同气相求了。然而，历史的发展却不以善良人们的意志为转移。随着批判俞平伯、胡适的运动不断持续深入，也是从国统区学界象牙之塔走出来的顾颉刚，毕竟没有见过学术讨论变身政治围攻的阵势，惊恐之下，他被迫批判起同学俞平伯和老师胡适。顾颉刚女儿顾潮不为乃父讳，她在所编《顾颉刚年谱》（增订本）1954年一章中直书："十一月，参加批判俞平伯《红楼梦研究》之运动。"次页，她又记云："十二月，参加批判胡适思想之运动。"当然，她所记也是一笔带过，未详说乃父有没有写批判俞平伯、胡适的文章，有没有在大会上发言声讨，还是仅仅迫于众所周知的他与俞、胡有过深交，为应付运动压力而行敷衍之道？然而这一来，倒让敦睦忠厚的俞平伯弄不懂了：昨天还上门抚慰行老友之道的顾颉刚，今天就投身到批判自己和胡适的运动中去，这位当年都敢公开要起诉鲁迅的犟汉子，是真被政治运动整怕了，还是实在出自一种被迫自保的苟且之策？

　　事实上，顾颉刚自己当时也陷入了政治旋涡中。因为他被历史研究所所长尹达从上海调来之后马上关系不睦了，也因为他1926年在厦门大学任教时为维护胡适而与同校执教的鲁迅结下冤怨，以致在上世纪五十年代直至"文革"中，他都麻烦不断。

　　汪宁生所写《听顾颉刚谈鲁迅》一文称，1979年他去北京三里河顾寓拜访顾颉刚时，曾听他激动地诉说过与鲁迅结怨的那段往事："解放以后，历次运动批评我，'文化大革命'中批斗我，'排挤鲁迅、攻击鲁迅'总是我一条罪名。我曾一再解释，说明当时情况，从来无人听得进去。"

"知识分子思想改造运动"一波又一波的波次，终于把性格刚烈的顾颉刚敢于抗争的棱角逐渐磨平了，他变得谨小慎微了。"文革"后期，中国科学院哲学社会科学学部的学者们都从河南"五七干校"回到北京，偶而叶圣陶邀集，他与俞平伯、王伯祥、章元善一起到叶府观赏海棠。这就是"京城学界姑苏五老"的雅聚。聚会时，顾颉刚见到俞平伯还稍稍能聊上几句。到1978年，他搬到俞平伯同一个中国社科院宿舍区居住，却与老友俞平伯鸡犬之声相闻，不相往来。

1979年5月20日，是中国红学会成立暨《红楼梦学刊》创刊的日子。王伯祥儿子王湜华被主持中国红学会筹备成立工作的文化部副部长贺敬之派了一个任务——坐中国艺术研究院的小汽车去接俞平伯、顾颉刚两老来会场，出席庆祝"一会一刊"成立会议。他后来在所著《俞平伯的后半生》一书中说到一个细节：那天，俞、顾两老，"同车时，相对所语亦无多，即可看出"。"即可看出"什么呢？王湜华没展开说。俞、顾两老都出自苏州，又是北大老同学，58年前又一同研究《红楼梦》，照常理，两人关系应该亲密得难以复加，难得一起坐车应该有说不完的话，谁知出乎他们子侄辈的王湜华的料想，两人居然同车却不多说话。不幸的是，第二年，即1980年1月23日，顾颉刚去世，享年87岁。一般习惯甫一闻知亲友逝世噩耗当即撰写哀诗、挽联的俞平伯，这时候却闻老友顾颉刚哀讯而不唁一字。

上述两个细节，都给人们对俞平伯、顾颉刚这对老友兼同事晚年关系情况，留下无限想象空间。

然而，俞平伯和顾颉刚六十多年友情毕竟深厚浓郁。当顾颉刚离世一年后，1981年1月23日，俞平伯委托外孙韦奈代表他去参加"顾颉刚先生辞世一周年悼念会"；4月13日，他又应《顾颉刚纪念集》编委会邀约，还是补写了一年前应写而未写的挽诗——5首七绝旧体诗，题为《思往日五首——追怀顾颉刚先生》，并且还在每首诗之后都撰附跋语，一一追忆逝者给自己的诸般好处。兹照录如下：

其一

昔年共论《红楼梦》，南北鳞鸿互唱酬。

今日还教成故事，零星残墨荷甄留。

一九二一年与兄商谈《石头记》，后编入《红楼梦辨》中，乃吾二人之共同成绩。当时函扎往还颇多，于今一字俱无，兄处独存其稿，闻《红楼梦学刊》将甄录之，亦鸿雪缘也。

其二

少同里闬未相识，信宿君家壬戌年。

正是江南樱笋好，明朝同泛石湖船。

一九二二年初夏，予将游美国，自杭往苏，访兄于悬桥巷寓，承留止宿，泛舟行春桥外。自十六岁离苏州，其后重来，匆匆逆旅。吴趋访曲，挈伴司游，六十年中亦惟有此耳。

其三

悲守穷庐业已荒，悴梨新柿各经霜。

灯前有客翩然至，慰我萧寥情意长。

一九五四年甲午秋夕，承见访于北京齐化门故居。呴沫情殷，论文往迹不复道矣。

其四

朋簪三五尽吴音，合向耆英会上寻。

秘笈果然人快睹，征文考献遂初心。

六十年代初，兄每约吴门旧雨作真率之会。余浙籍也而生长苏州，亦得预焉。会时偶出珍翰异书相示。君凤藏《桐桥倚棹录》盖孤本也，予为题绝句十八章。其十七云："梓乡文献费搜寻，凤稔君家雅意深。盼得流传人快读，岂惟声价重鸡林。"其后此书于一九八〇年重印。

其五

毅心魅力迥无俦，长记闲谈一句留。

叹息比邻成隔世，而君著述已千秋。

兄尝以吴语语我夫妇云："吾弗是会做，吾是肯做。"生平坚毅宏远之怀，略见于斯。晚岁多病，常住医院。寓在三里河，与舍下毗邻。余去秋造访，于榻前把晤，面呈近刊词稿乞正，君呼小女读之，光景宛在目前，何期与故人遽尔长别哉！

（《俞平伯诗全编》，浙江文艺出版社，1992年，第537—538页）

然而，平生确实容易遭人误解，而今已经长眠泉下的顾颉刚，再也听不到老朋友俞平伯嘤嘤追思的心声了。

第五章　吾更爱真理

　　顾颉刚和俞平伯，都是胡适在北京大学教过的学生。虽然胡适仅比顾颉刚大了2岁，比俞平伯大了9岁，但上世纪二十年代，一部《红楼梦》将他们师生三人牵在一起研究、切磋、宣示，确实过从甚密，从而使师生三人这种亦师亦友的关系一直维持到1949年4月胡适离开大陆去美国为止。甚至在胡适匆匆飞离北平的前一天早上，俞平伯还不惮政局之危，去胡府向老师道别珍重。

　　那是1948年冬，人民解放军东北野战军挥师秘密进入山海关，剑锋直指古都北平和商城天津，平津战役一触即发。进入12月中旬，国民党"华北剿匪总司令"傅作义收缩部队，并将自己的总司令部从北平西郊迁至城内，率领50余万人的军事集团，与分割包围北平的解放军百万部队形成规模空前的对峙。

　　两个月前，俞平伯还未感受到大战将至的严峻。10月23日，他还应北平怀仁学会的法国神父善秉仁的邀请，与扬振声、梁实秋、李长之、朱光潜、沈从文、常风、冯至、章廷谦等人，一起到王府井的酒楼安福楼出席善秉仁举行的宴会。席间，大家谈笑风生，虽然也谈及六七百公里之外国共两党军队正在激战的辽沈战役，但总体气氛还是轻松的。善秉仁是个中国通。他编撰过英文版《一千五百种现代中国小说及戏剧》。眼下，他正着手编写另一本向世界介绍中国作家的英文版传记。为了搜集作家们的资料，他上个月刚去过上海。曾假座南京西路康乐酒楼别墅厅，宴请了在沪作家叶圣陶、徐调孚、赵景深、朱雯、罗洪、唐弢、梅林、臧克家、孔另境、范泉，以及上海神父高乐康和通晓法文的同济大学教授赵尔谦等。同样，今天在酒席上，善秉仁也向应邀前来的北平作家谈了编写中国作家传记的打算，并向他们索要个人资料及照片。宴毕，善秉仁还请俞平伯等出席宴会的北平作家、学者，到安福楼宴会厅门前拍照合影。

然而，时间仅仅过去两个月，形势就起大变化了！解放军一百万人团团围定北平城，城外四周无数门大炮闪着寒光引而不发，明显是傅作义部队占了下风。

此刻，俞平伯与胡适等一大批学者教授，也都被围困在北平城里。南京国民政府教育部长兼中央研究院代理院长的朱家骅，与刚刚被国民政府发表任命为台湾大学校长的傅斯年等，一起说服了蒋介石，开始紧急实施"抢运学人"的计划。人才是政权统治和国家建设的基础，"抢运学人"计划，与"抢运黄金白银和外汇""抢运故宫博物院和中央博物院文物精品"计划一样，都是国民党为迁台湾所作的准备。胡适，就是他们最先要"抢运"的"学人"之一。

12月16日，由南京飞来的一架小型飞机，冒着围城解放军开炮的危险，强行着陆北平南苑机场。这架飞机是来接胡适等"学人"的。当天下午，在傅作义派兵派车保护下，胡适携夫人江冬秀爬上这架飞机，离开北平去南京。同机离平赴宁的，还有新当选的国立中央研究院院士、清华大学教授陈寅恪和夫人及两个女儿，陈氏四口此去南京，正好与在彼念中学的二女儿陈小彭会合，一家人能在兵荒马乱的年月团聚，真是一桩大幸事。

关于胡适那次仓皇逃离北平的情景，整整11年后，1959年12月25日，他本人曾对秘书王志维回忆过：

十一年前的十二月十五日那天，在北平东厂我的家里。正等候着政府派飞机接我离开北平，上午乘车去南苑机场，因共产党已经围城了，车不能出城，飞机也不能降落，我同太太只好乘原车又回到东厂胡同家里。在这一天我日夜都不安，想想北京大学的同人，看看我的书房，满桌上堆的都是《水经注》，我真不忍离去。

夜里孟真从南京打来长途电话说："政府一定设法抢救留在北京的同人，飞机明天会再来，先生必须尽快离开北平。不要太难过。"

十六日上午我们在傅作义派专人、派专车护送下，于枪炮声中离开南苑飞机场。当天下午到了南京明故宫飞机场。夜晚在鸡鸣寺山下历史语言研究所的办公楼里，孟真和我长谈，这时政府已发表他任国立台湾大学校长。第二天是北京大学校庆的生日，孟真要我在校庆会上讲话，当时我心里最难过的就是将北京大学的同人留在北平不顾，一人逃到南京。孟真和我念到陶渊明的这几句：

种桑长江边，三年望当采。枝条始欲茂，忽值山河改。柯叶自摧折，根株浮沧海。春蚕既无食，寒衣欲谁待。本不植高原，今日复何悔！

念完后我们两个人相对痛哭！……

（欧阳哲生选编：《追忆胡适》，社会科学文献出版社，2000年，第319页）

其实，之前南京方面多人来电劝胡适多次，都劝说他尽早离开北平南下，但时任北京大学校长的他，坚持以要举办北大建校50周年校庆为由不肯离去。

时任北京大学东方文学系主任的季羡林，后来在《站在胡适之先生墓前》一文中称，"对任何人都是和蔼可亲，没有一点盛气凌人的架子"的胡适，在国共两党军队枪炮对峙的情势下，还是坚持举办这次北大历史特殊的校庆。他回忆：

> 适逢北大建校大喜的日子，许多教授都满面春风，聚集在沙滩子民堂中，举行庆典。记得作为校长的适之先生，满面含笑，做了简短的讲话，只有喜庆的内容，没有愁苦的调子。正在这个时候，城外忽然响起了隆隆的炮声。大家相互开玩笑说："解放军给北大放礼炮哩！"简短的仪式完毕后，适之先生就辞别了大家，登上飞机，飞赴南京去了。

（同上，第8页）

前文提到，胡适逃离北京，没能带走他多年与人来往互通的书信，自然更没能带走他辛苦半生搜罗的藏书和资料，尽管这些藏书和资料事先已经被打包成102只箱子，但最后还是鉴于飞机机舱狭小乘客又多，胡适无奈，只好留在自家寓所里，交由不愿跟随父母逃难的27岁小儿子胡思杜看管。

新中国成立后，尽管胡思杜公开发表文章表示与父亲胡适划清界线，并上交了父母亲走时留给他的一箱金银细软，但在1957年"反右"期间，时任唐山铁道学院教师的他，还是被划为右派分子，不久就因不堪批判折磨而自杀，死时身边没有一个亲人。自然，他没有能够完成父亲的托付。然而，作为父亲，胡适却丝毫没有怪罪小儿子的叛逆和败家，到了晚年，仍常常想念他。1961年5月14日，胡适还对其秘书谈起小儿子胡思杜："这个儿子五尺七寸高，比我高一寸，比大儿子高两寸，肩膀很阔，背也厚——孟真的肩膀很阔，所以孟真特别喜欢他。"（魏邦良：《胡适的家

教》，《温故》十九辑，广西师范大学出版社，2010年，第130页）

诚然，作为大学者的胡适，即便携夫人仓皇出逃，也并非什么书籍资料都不带，长别北京时，坚持随身带走的，是《水经注》研究手稿和清乾隆十九年（甲戌年）的《脂砚斋重评石头记》十六回抄本。

《脂砚斋重评石头记》十六回抄本因书中有"甲戌抄阅再评"一句，而被红学界称为"甲戌本"，是胡适于1927年从其一个崇敬者手里购得的，购得以后，胡适一直珍藏了20多年。因为他一直认为，这个《红楼梦》版本虽然只有不连贯的断断续续十六回内容，但却最有可能是曹雪芹亲撰的原貌。1921年11月，胡适发表《红楼梦考证》一文，批评旧红学"索隐派"蔡元培所谓《红楼梦》系"康乾政治小说"一说为"谬说"，蔡元培随即著文反击了他。大概是蔡戳中了他的痛处，使他之后7年未发表红学文章回应。但到1928年2月，胡适忽然发出论文《考证〈红楼梦〉的新材料》回击蔡元培。其底气就来自他上一年刚购得的这个"甲戌本"。胡适依据此书中边边缝缝中一个自称"脂砚斋"的人所写下的旁批、眉批、边批等为实证材料，坐实了他7年前假设的《红楼梦》系作者曹雪芹身世自传的"自叙说"。

身处离乱危难中的胡适，匆忙出走时居然还不忘带上"甲戌本"，足见《红楼梦》研究在他心目中有何等重要的位置。

胡适逃离北平前，还发生过一个与这部"甲戌本"相关的故事。故事的主角之一，就是后来名满天下的红学家周汝昌。他老人家晚年写过《我与胡适先生》的回忆文章，描述过这件往事——

1948年暑假前，北平时局已经相当危乱。抗战后重新考入燕京大学做"插班生"的周汝昌，受其四哥周祜昌的影响，对《红楼梦》和曹雪芹家世的考证研究感上了兴趣。在与胡适有过一面之缘后，"于是我冒昧向胡适先生提出：请求借阅他的珍藏'甲戌本'。这真是一个不知轻重的不情之请。不想没过多久，小说专家孙楷第先生到燕大四楼（即由西校门排下来的第四宿舍，未名湖畔）来找我，递与我一包书，报纸裹着，浓浓的朱笔写着我的姓名与住址。打开看时，竟是'甲戌本'！""迤逦已到1949年，北平和平解放之前，局势很显紧张了，古都文化命运如何，那时议论纷纷，没人敢预卜。我想起'甲戌本'还在我手，担心若有失损，无法补偿，觉得应该归还物主才是道理。于是专程又来到东城东厂胡同一号胡府上，叩门求见。出来开门的是一位中年人，问明是胡公长公子，说明来还书。他说父亲不在，书可交他。我就在门口交付了书，便匆匆告辞了。"（欧阳哲生选编：《追忆胡适》，社会科学文献出版社，2000年，第57页）

　　让人惊诧的是，6年后的1954年，大陆掀起批判俞平伯《红楼梦》研究的运动，实际是开始清除"胡适派资产阶级唯心论"影响。周汝昌出于自保不得不也附和其中。后来人们对他此举颇有诟病。实际上，站在周汝昌的角度想想，就能理解他的难处了。试想，在当时那种口诛笔伐、雷霆万钧的政治高压下，从来没有见识过属于阶级斗争范畴的政治运动的学人们，能不觳觫自惧吗？有意思的是，周汝昌在《我与胡适先生》一文中还回忆到一个历史细节：1953年，他的《红楼梦新证》一书出版了，次年就进入了批判胡适的运动。"有人买了一册寄给他，意在引他批我，他看了，复谢的信件中却说：这是一本好书，请再给我买几本，以备送朋友。而且还特笔点明：周某某'是我的好学生'。"看来，胡适的豁达大度，让曾经受过他"借珍之惠"的周汝昌晚年汗颜了。

　　同周汝昌一样，俞平伯也在胡适飞离北平前登门拜访过他。不过周汝昌没见着胡适，俞平伯可是见着了，因为他是起了个大早去的。关于这一细节，《俞平伯年谱》在记到谱主1948年经历时有记载，只是过于简单——

12月14日晨，访胡适。次日，胡适等即乘专机南飞。

（孙玉蓉编纂：《俞平伯年谱》，天津人民出版社，2001年，第251页）

这里所指的"次日"，应该是1948年12月15日，胡适飞离北平的日子是否是这一天？前述胡适对秘书王志维回忆，是1948年12月16日。既然是胡适本人的回忆自然应该更确切一些。不知是《俞平伯年谱》记错还是胡适回忆有错，有兴趣的读者可以进一步考证研究。因为这个时间节点是胡适人生中的重要日子。同时坐实这个日子，还可以考证北京大学究竟成立于哪一天。因为现在该校的校庆日放在5月4日这一天，虽然有着纪念五四运动由北大发端的历史意义，但却是不够尊重历史的。

胡适住的东厂胡同1号和俞平伯住的老君堂胡同79号，虽然都在北京东城，但相隔毕竟有点路。东厂胡同是北京一条颇有历史底蕴的老胡同，它由明朝设立肃清异己、镇压反叛的特务机构东厂而闻名。到清朝始称东厂胡同。晚清重臣荣禄在该胡同东口路北建府第，里面有亭台楼阁、花园假山，他命名这座宅子为"余园"。辛亥革命后，袁世凯为了笼络黎元洪，花了10万银圆买下余园东半部送给他住。这样说来，该胡同出入过不少历史名人。胡适的宅子虽然不可与余园同日而语，但也甚为阔气，它光是藏书的房间就有5间。但人要远离了，今后能不能回来还不知道，这么巨量的藏书又带不走，小儿子思杜不肯一起走，胡适临别北平时的心中苦痛可想而知。

俞平伯为什么起个大早去见胡适，是怕"左倾"人士看到说他立场不坚定，还是怕重兵压境下的北平影响自身安全？还有，师生俩都谈了些什么，是思想已经"左倾"的学生劝老师留下不要走，抑或两人一般性地按师生礼节互道珍重？都无史料可考。在政权即将更迭前，这一对北大师生兼"新红学派"同道的匆匆长别，其情境心境都可想而知。相识相知已逾30年的胡适与俞平伯，从此天各一方再也没能相见。

　　1948年底胡适夫妇逃离北平后，先到南京，不久，就进入了1949年这一中国现代史上的重要年份。1月，他夫妇俩到上海。当时周作人正好也在上海。周作人是胡适在北大执教时的同事，两人关系一直友好。周后来在《北大感旧录》一文中提到，胡适夫妇逗留上海期间，他曾经托人带口信，劝过胡适不要出国而留在国内。他写道："及一九四八年冬，北京解放，适之仓皇飞往南京，未几转往上海，那时我也在上海，便托王古鲁君代为致意，劝其留住国内，虽未能见听，但在我却是一片诚意，聊以报其昔日寄诗之情，今日王古鲁也早已长逝，更无人知道此事了。"然而，胡适与同机离开北平的陈寅恪最终选择留在大陆不同，陈接受了岭南大学的聘请，南下广州赴该校任教职。而胡适呢？《陈寅恪的最后20年》一书称："4月6日，怀有万般心事的胡适，在上海登上客轮，奔赴美国，开始了将近十年客寓美国的生活。"民国时期中华学坛的两大巨擘，曾一起被"抢运学人"计划从危城北平捞出，但到了南京后还是匆匆分手了。

　　老师胡适去大洋彼岸美国了，学生俞平伯留在中华大陆上，两人作别长辞天各一方后，从此就断了音讯。在北京，俞平伯古籍校校，文章写写，确实过起了平静自得的书斋生活。但真是做梦也没想到，这种平静自得的生活仅仅过了6年，他就为老师兼《红楼梦》研究同道的胡适，付出了举国挨批的沉重代价。

　　为什么要通过批判俞平伯来批判胡适？

　　1954年11月5日，时任中宣部文艺处处长的林默涵在一个内部会上明确阐述过："胡适是资产阶级中唯一比较大的学者，中国的资产阶级很可怜，没有多少学者，他是最有影响的。现在我们批判俞平伯，实际上是对他的老根胡适思想进行彻底地批判，对知识分子思想改造等都很有意义……如果不找一个具体的对象，只是尖锐地提出问题，说有这种倾向、那种倾向，这样排列起来大家也不注意。现在具体提出《红楼梦》的研究来，斗争就可以展开了。"（陈徒手：《人有病，天知否：1949年后中国文坛纪实》，生活·读书·新知三联书店，2013年，第11页）

其实，实事求是地考察俞平伯与胡适的关系，可以看出两人其实并非一贯师唱生随，而始终是一种师生兼文友之间"教学相长"的关系。两人既互助，也互批；既互援，也互责；既是师生，又是诤友，得理时都不肯让对方，有情时引为知己。不像俞平伯的苏州乡谊兼北大同学顾颉刚，尽管只比胡适小了2岁，但无论是当面还是信中，都对胡适执以师礼。俞平伯就不同了，尽管是胡适真正的学生，还比胡适小了9岁，但他即便是称呼，无论在胡适当面还是背后，都是"适之""适之"地直呼其名，这从他与顾颉刚的通信可以看出来。

其实俞平伯与胡适的这种师生关系，典型地体现了北京大学提倡亚里士多德改变业师柏拉图学说所表现的"吾爱吾师，吾更爱真理"的精神。

俞平伯是1915年秋考入国立北京大学国文预科求学的。他入学第二年，北洋政府聘任蔡元培为北大校长。由于曾留学德国的蔡元培，立志要将北大办成一所像西方大学那样的国内权威学府，他便竭力奉行"循自由思想原则，取兼容并包主义"的办学思想。他甚至还"网罗百家"，进北大执教。因此，当时北大光是文科教师，就有黄侃、钱玄同、朱希祖、陈独秀、刘文典、周作人、胡适、沈尹默、马裕藻、李大钊等名士俊彦，一时间，北大新文化人物荟萃，新思想激荡。

留学美国归来的胡适，是通过已在北大担任文科学长的陈独秀，于1917

年9月10日被蔡元培聘为北大文科教授的。当年冬天，俞平伯与同学傅斯年等，选定小说为自己的研究科目，担任他们指导老师的，就是胡适、周作人、刘半农。就这样，年长9岁的胡适就成了俞平伯的老师。受胡适的影响，18岁的俞平伯在北大积极投身新文化运动，开始创作白话诗，到毕业之后，他已经以新诗创作和研究的成就崭露文坛了。1920年2月，胡适要出版新诗集《尝试集》第四版。著文做事都讲究认真的他，在请任叔永、陈莎菲、鲁迅等名家删改过后，居然会不惮屈尊，请刚毕业的学生俞平伯再度删改。

1919年，胡适在《新青年》上发表文章《文学改良刍议》，开始大力提倡白话文写作。他还提倡用科学的方法、新式的标点"整理国故"。为了推广这些文化主张，胡适的眼睛盯上了流传下来的古代白话小说。他认为中国古代小说有"言文合一"的典范意义和巨大的民间影响，实在是再好不过的白话文推广平台。于是，他开始"搜寻它们不同的版本，以便于校订出最好的本子来"（胡适语）。

1921年初，他与其安徽绩溪同乡、上海亚东图书馆编辑汪原放合作，陆续校订出《红楼梦》《三国演义》《水浒》《儒林外史》等一共16种古代白话小说，而且全部有标点、有分段，让人方便阅读。16种古代白话小说中，胡适花力气比较大的就是《红楼梦》。他校订的《红楼梦》版本，后来被红学界称为"亚东本"。

3月，北京发生了"国立学校索薪罢课"风潮。北大很多老师也参与其事不去上课，以抗议北洋政府拖欠工资。胡适便趁机躲在家里，为《红楼梦》"亚东本"作了一篇代序。这就是他的第一篇红学论文《红楼梦考证》。在文中，他"大胆假设"，提出了与旧红学派"索隐说"相抗衡的新说。他认为："《红楼梦》是一部隐去真事的自叙，里面的甄贾两宝玉，即是曹雪芹自己的化身，甄贾两府即是当日曹家的影子。"这篇文章，后来被认为是"新红学派"的奠基之作。因为胡适校订"亚东本"投入的考证功夫比较深，使他对红学研究兴趣越来越浓、钻研越来越深。5月，包括《红楼梦》在内的16部古代白话小说出版以后，人们果然感到面目一新，书市上一时洛阳纸贵。

胡适《红楼梦考证》此文一出，不啻在当时的红学界扔下一块大石头，震荡起巨大的涟漪。因为此文矛头，指向了当时旧红学派几位著名人物的著名观点。胡文既直指其北大老上司蔡元培1917年在商务印书馆出版的红学专著《石头记索隐》提出所谓《红楼梦》是一部影射汉民族排满的"康熙朝政治小说"，也直指王梦阮提出《红楼梦》"全为清世祖顺治与董鄂妃而作"，更直指徐柳泉"主张《红楼梦》记的是满族甡家公子纳兰性德的事"。不仅如此，胡适在此文中，还依据俞平伯曾祖父俞樾所著《小浮梅闲话》有关《红楼梦》后四十回"俱兰墅所补"等史料，认定"兰墅"即为高鹗的字，是他读写了《红楼梦》后四十回，因此，曹雪芹只写了前八十回后就没写下去。胡适这篇《红楼梦考证》一发表，新旧红学学派相争顿成滥觞。

北京"国立学校索薪罢课"风潮发生前，已经担任杭州"浙江一师"教职的俞平伯回到北京，既看望了老师胡适，又看望了好友顾颉刚。其时，顾颉刚已经留在北大当助教了。"国立学校索薪罢课"风潮发生后，顾颉刚闲下来，胡适知道他史学功底深，便托付这位学生去京师图书馆搜罗有关《红楼梦》的史料。顾天天去，果然不负胡适所望，他"从各种志书及清初人诗文集里寻觅曹家的故实"，使"曹家的情形更清楚了"，为老师胡适完成《红楼梦考证》一文作了贡献。俞平伯亲眼见到胡、顾师生二人正热衷《红楼梦》研究而不拔，他加上家学渊源以及本来就熟读《红楼梦》，于是在往来中，也与他们展开了研究和讨论，还帮助胡适完成了一些《红楼梦》版本考证方面的工作。

到了4月下旬，人在北京的俞平伯忽然生病。从4月27日开始，他与好友顾颉刚开始了红学史上的著名"红学通信"，以此为"祛病的真药石"。进入夏天，他更是以与顾颉刚的红学通信为"消夏神方"，不足4个月，两人的红学通信信稿就已经订有几大本。

俞平伯与顾颉刚之间的红学通信，应该是他后来长达70年的《红楼梦》研究生涯的最初之始。虽然他是追随胡适开启这一研究生涯的，也接受并附和胡适的主要观点，如"自叙说""曹著高续说"等等，但却没有跟着他在红学研究之路上亦步亦趋。

例如，在4月27日他写给顾颉刚的第一封信中，就对胡适的一个红学观点"回目原有"提出了异议。原来在胡适《红楼梦考证》一文中，依据《红楼梦》程甲本上程伟元序中有"原本目录一百二十卷，今所藏只八十卷，殊非全本"一言，就认定曹雪芹虽然只写了八十回，但却拟好了后四十回的回目，以致高鹗能够一回一回地照着续书。俞平伯却在信中表示了反对意见。他举证道，既然前八十回回目中有了"因麒麟伏白首双星"，那么后四十回中就不应该有"薛宝钗出阁成大礼"这一回目。他甚至还进一步举证："又如末了所谓'重沐天恩'等等，决非作者原意所在。"顾颉刚收到俞平伯的信后，就转寄给胡适看。5月13日，胡适收到顾颉刚来信，看了信中所附俞平伯信后，马上承认他的观点有道理，便在当天的日记中记云：

　　……

　　得颉刚信，论曹雪芹事，是纠正我在天津的第六条假设。

　　俞平伯说《红楼梦》后四十回的回目也是高鹗补的。他说的三条理由之中，第二个理由最可注意。第三十一回目"因麒麟伏白首双星"确是可怪！湘云事如此无结束，确有可疑。其实不止湘云一人。小红在前八十回中占一个重要地位，决不应无有下场。司棋必不配有那样侠烈的下场。平伯又说，宝玉的下场与第一回说的完全不对。这也是很可注意的。后八十回中，写和尚送玉一段最笨拙可笑。说宝玉肯做八股文，肯去考举人，也没有道理。

（沈卫威编：《胡适日记》，山西教育出版社，1998年，第109页）

6月30日，俞平伯又在致顾颉刚的信中，对胡适引证清代散文家袁枚《随园诗话》认为随园就是大观园的观点不予苟同，率直地批评道："适之所做的《考证》现在看来的确是'七穿八洞'了！"

1922年2月，蔡元培借他的红学著作《石头记索隐》出第六版的机会，发表反诘胡适的文章《〈石头记索隐〉第六版自序——对胡适之先生〈红楼梦考证〉之商榷》。文章虽是为了反击胡适诘难，但却不失大学者风范。他开头便说："近读胡适之先生《红楼梦考证》，列拙著于'附会的红学'之中。谓之'走错了路'；谓之'大笨伯''笨谜'；谓之'很牵强的附会'；我实不敢承认。意者我亦不免有'敝帚千金'之俗见，然胡先生之言，实不能强我以承认者。"

论战的另一方胡适在5月10发出《跋〈红楼梦考证〉》一文，全面回答了蔡元培的诘难。尽管这场论战给他带来不愉快，但他的态度一直是端正的、友好的。他说：

我很盼望读《红楼梦》的人都能平心静气的把向来的成见暂时丢开，大家擦擦眼镜来判断我们的证据是否可靠，我们对证据的解释是否不错。

这样的批评我是极为欢迎的。

……

讨论这个学说使我们感觉一种不愉快，因为主张这个学说的人是我们的朋友。但我们是爱智慧的人，为维持真理起见，就是不得已把我们自己的主张推翻了，也是应该的。朋友和真理既然都是我们心爱的东西，我们就不得不爱真理过于爱朋友了。

（欧阳健、曲沐、吴国柱：《红学百年风云录》，浙江古籍出版社，1999年，第102页）

胡适最后还特别写上一句话："我把这个态度期望一切人，尤其期望我所敬爱的蔡先生。"

不知道是蔡元培有感于胡适论争态度的谦和，还是看了胡文又重念起与胡在北大的旧情，反正他再也不应战了。应该说，蔡、胡的这场红学论争，彼此的态度都是坦诚、平易和友善的，实开一代学术争鸣的新风气。

然而，这时正在杭州城头巷3号舅父兼岳父许引之家流寓的俞平伯，却插进胡、蔡之间的这场红学论争中来了。2月份蔡文刚发表，他就在3月7日的上海《时事新报》上发表《对于〈石头记索隐第六版自序〉的批评》一文，不揣冒昧地批评了其北大老校长蔡元培，对老师胡适进行了声援。没想到胡适对他的声援并不领情。3月13日，胡适收到顾颉刚写来为俞文叫好的信，当天，他就在日记里写道："颉刚此论最痛快。平伯的驳论不很好；中有误点，如云'宝玉逢魔乃后四十四回内的事'（实乃二十五回中的事）。内中只有一段可取。"在这天日记里，胡还耐心地抄下俞文"可取"的"一段"文字，作为存照。

1923年4月，俞平伯在上海亚东图书馆出版了《红楼梦辨》一书。他在这本书里，赞同胡适所谓《红楼梦》里的贾宝玉就是作者曹雪芹自己经历的"自叙说"，然而，仅仅过了一年，他就怀疑起胡适的"自叙说"了，甚至不揣冒自我否定的风险，多次表示要"修正"。

就在俞平伯《红楼梦辨》出版之前，顾颉刚接到俞平伯邀请，为其书作序。作为俞、胡有关"《红楼梦》一百二十回回目究竟是不是曹雪芹原已拟好"之争的中间人和见证人，顾颉刚在序言中特意讲到这件事："适之先生的初稿里，因为程伟元序上说，'原本目录一百二十卷，今所藏只八十卷，殊非全本'，疑心后四十回的目录或是原有的。平伯对于这一点，自始就表示他的反对的主张。"他对于俞平伯既追随胡适但又独立自主开展红学研究的学术态度，给予赞扬。

到了1925年1月，俞平伯与胡适在红学研究上的"冲突"升级了——俞平伯发表论文《〈红楼梦辨〉的修正》，正式公开宣称他要背反胡适的"自叙说"。他在文中说："《红楼梦辨》待修正的地方很多，此篇拣最重要的一点先说罢。……究竟最先要修正的是什么呢？我说，是《红楼梦》为作者的自叙传这一句话。这实是近来研究此书的中心观念，说要贸贸然修正它，颇类似"索隐之学"要复活了，有点儿骇人听闻。但在明智的读者们，我信决不会轻易抱此杞忧。所谓修王只是给它一个新解释，一个新看法，并不是全盘推翻它。至于索隐行怪之徒，我岂敢尤而效之！"

还有一个事实也可以证明，在红学研究上俞平伯并不与胡适亦步亦趋——胡适于1927年从他人手中购得《脂砚斋重评石头记》十六回抄本（即甲戌本）时，曾兴奋地宣布，这是"世间最古的《红楼梦》写本"，是"雪芹最初的稿本的原样子"。但是俞平伯却并未盲目信从，1931年6月19日，他写下《脂砚斋评〈石头记〉残本跋》一文。尽管此文是应胡适之命而作的，但他却照样对胡适上述说法提出疑问。他说：

"此余所见《石头记》之第一本也。脂砚斋似与作者同时，故每抚今追昔若不胜情。然此书之价值亦有可商榷者，其非脂评原本，乃由后人过录，有三证焉。自第六回以后，往往于抄写时将墨笔先留一段空白，预备填入朱批，证一。误字甚多，证二。有文字虽不误而抄错位置的，如第二十八回（页三）宝玉滴下泪来无夹评，却于黛玉滴下泪来有夹评曰：'玉兄泪非容易有的'，此误甚明，证三。又凡朱笔所录是否均出于一人之手，抑经后人附益，亦属难定。其中有许多极关紧要之评，却也有全没相干的，翻览即可见。例如'可卿淫丧天香楼'，因余之前说，得此益成为定论矣；然第十三回（页三）于宝玉闻秦氏之死，有夹评曰：'宝玉早已看定可继家务事者可卿也，今闻死了，大失所望，急火攻心，焉得不有此血，为玉一叹。'此不但违反上述之观点，且与全书之说宝玉亦属乖谬，岂亦出脂斋手乎？是不可解。以适之先生命为跋语，爰志所见之一二焉，析疑辨惑，以俟后之观者。"

从上可见，即使是胡适"命为跋语"，俞平伯依然卓立己见：一是《脂砚斋重评石头记》十六回抄本的价值并不像胡适所说的那样高，因为他疑心"非脂评原本，乃由后人过录"；二是他认为脂批"是否均出于一人之手，抑经后人附益，亦属难定"。俞平伯因此成为红学史上怀疑脂本脂批价值的第一人。

胡适与俞平伯不仅在红学研究上有聚有讼，另外还在新诗创作上同样你争我议。

1922年3月上旬，俞平伯的第一部新诗集《冬夜》由上海亚东图书馆出版了。俞平伯的挚友、当时的诗界才子朱自清作序评价道："在新诗才诞生了三四年以后，能有《冬夜》里这样作品，我们也总可以稍稍自慰了！"

　　然而，作为中国新诗的奠基人和开拓者胡适，却并不因为俞平伯曾经帮其修改新诗，以及他的这本诗集《冬夜》广受诗坛好评而附和恭维。在当月15日的日记中，他先是比较客气地批评道："俞平伯的《冬夜》诗集出来了。平伯的诗不如白情（即康白情——笔者注）的诗；但他得力于旧体诗的地方却不少。他的诗不很好懂，也许因为他太琢炼的原故，也许是因为我们不能细心体会的原故。"

　　次年，《冬夜》风靡诗坛已将近一年，亚东图书馆都已经再版了，胡适依旧不改其批评的立场，他索性公开发表批评俞平伯这部新诗集的评论《俞平伯的〈冬夜〉》，指出："平伯主张'努力创造民众化的诗'，假如我们拿这个标准来读他的诗，那就不能不说他大失败了。"

　　与此同时，闻一多也发表了近3万字的大块文章《〈冬夜〉评论》，批评俞平伯的诗好处在于注重音节的"修饰"，坏处在于"死死地贴在平凡琐俗的境域里"。

　　对于胡适、闻一多以及其他人的批评，俞平伯这位出身文化世家、惯以敦厚豁达的性格脾气去处世的诗人、作家，依旧既不因胡适学界地位尊崇而屈膝，也不因闻一多系诗坛新人而鄙薄，而是认为对的就吸收，认为不对的则一笑了之。盖因他与胡适结交相识的北京大学，老师之间、师生之间、同学之间交锋谠争，实在是太平常不过的现象。

　　同为北京大学毕业生的张中行，就曾在其《红楼点滴》一文中回忆胡适和俞平伯在北大执教的往事，来赞赏民国时期北大师生之间的民主和自由。他写道：

　　"一次是青年教师俞平伯讲古诗，蔡邕所作《饮马长城窟行》，其中有'枯桑知天风，海水知天寒'两句，俞说：'知就是不知。'一个同学站起来说：'俞先生，你这样讲有根据吗？'俞说：'古书这种反训不少。'接着拿起粉笔，在黑板上写出六七种。提问的同学说：'对。'坐下。另一次是胡适之讲课，提到某一种小说，他说：'可惜向来没有人说过作者是谁。'一个同学张君，后来成为史学家的，站起来说，有人说过，见什么丛书里的什么书。胡很惊讶，也很高兴，以后上课，逢人便说：'北大真不愧为北大。'"

"吾爱吾师，吾更爱真理"一语，虽出自古希腊哲学家亚里士多德，但却被北大奉为校风的传统，树为师生关系的圭臬。因为这句话体现了两极，即既要树立师道尊严，又要探究普遍真理。

师道尊严的观念，在俞平伯的脑畔肯定打下深深的烙印。且不说他出身近代中国文化家族家庭传统影响深厚，就对他本人民国时期当过多年教师而言，他焉能不守师道尊严？因此，在1954年秋到1955年春约5个月的时间里，当他被作为"这个反对在古典文学领域毒害青年三十余年的胡适派资产阶级唯心论的斗争"的目标人物，大批判的政治风雨劈头盖脸地袭来，尽管他明白这场运动实际是要通过批判他进而清除胡适思想体系影响，但他却坚持独自承受运动的冲击而不"出卖"老师胡适。

俞平伯为胡适死扛达五个月。其间，他出席本单位和外单位的各种讨论会、批判会可谓多矣，甚至还参加了连续召开八次的中国文联和中国作协主席团联席会议扩大会，但他都坚持只作口头的自我批判，丝毫不去触动胡适，甚至没有撰写文章去批判胡适以解脱自己。在这一点上，看起来他是一个忠厚敦睦的"老实头"，没想到却比貌似脾气刚烈的顾颉刚来得硬气。

在俞平伯为胡适"死扛"的五个月里，人们看到的，是一个服帖认罪的俞平伯。他不仅将自己在有关会议上的发言稿送给周扬审查，自觉接受周扬批评，还参加自己所在组织——九三学社北京市分社沙滩支社举行的批判座谈会，并发言检查自己的《红楼梦》研究在立场、观点、方法三方面存在的错误。在"九三"检讨后不几天，他又将发言稿做了修改，到自己的单位——中国科学院哲学社会科学学部文学研究所举行的批判座谈会上作了检讨发言。然而，他这里发言，那里检讨，都只批自己不批胡适。实际上，俞平伯为胡适死扛，是他个性所致——不愿做无中生有的事情。他认为自己的红学并非胡适红学的翻版，不能说自己就是"胡适派"。

五十年代的政治运动，确如顾颉刚所说的："每一运动皆过于紧张迫促，无从容思考之余地。"（顾潮编纂：《顾颉刚年谱》第347页）运动中所采用的众口铄金、强人所难的手法，确实能给被批判者造成强烈的恐惧感，迫使其最终不得不按"大胆假设"出来的套子钻，最后投降服帖。但人们没料到，貌似胆小羸弱的俞平伯，居然坚持不按当初发动批判他时就设计好的那个政治套子钻，坚持只批自己的《红楼梦》研究，不批胡适思想体系。

直到1955年3月，俞平伯才首次公开发表书面检讨文章《坚决与反动的胡适思想划清界限——关于有关个人〈红楼梦〉研究的初步检讨》，此文刊登在《文艺报》半月刊1955年第5期上。即使在这篇公开发表的书面检讨中，俞平伯仍然独自挑下各方强加给他和胡适的所有指责和罪名。他在文中说：

　　我进行《红楼梦》的所谓"研究"工作，前后断续地经过三十年，主要的错误在于沿用了资产阶级唯心论的思想方法。这种思想方法的表现形式是多端的，无论是属于大胆的假设也好，猜谜式的梦呓也好，烦琐的所谓考证也好，所谓趣味性的演绎也好……基本上只是主观主义在作祟。这样才不可避免地引出种种迷惑的看法，种种不正确的结论，以自误而误人。我出身于封建家庭，带有封建统治阶级的思想和感情，于五四前后又沾染了资产阶级的思想；因而在学术方面、文艺方面并没有从客观的现实出发，而只由个人的兴趣去考虑。我个人的兴趣，其实质乃是半封建半殖民地的、封建遗留与资产阶级相结合的阶级趣味。这样发展下去，以致我的一切有关著作不仅跟劳动人民的需要背道而驰，而且，在不觉中把读者引导到脱离政治斗争的迷雾中去。

我的研究方法在客观上是替旧中国的统治阶级服务的，所以错误是严重的。如对《红楼梦》这部文学经典巨著的看法上，我只是片面地提出一些烦琐的证据，主观地作出一些枝节的结论，迂回曲折地运用陈旧的美学观点作所谓的文艺批评，歪曲并抹煞了这部名著的社会内容，便是明显的事例。这都跟社会主义现实主义文艺理论完全相反。

（欧阳健、曲沐、吴国柱：《红学百年风云录》，浙江古籍出版社，1999年，第293页）

此文与其说是一篇政治检讨，不如说是一篇学术论文。文章经他反复修改后，又请时任中宣部副部长周扬阅改，他才交《文艺报》发表。他在文章中回顾了自己从事《红楼梦》研究的历史，陈述了自己红学研究30年来的观点递变，总结了自己发生在红学研究上种种政治的和学术的错误。即使谈到胡适，他也没有大批特批来洗刷自己，而是巧妙地祭出两个招数，一是强调自己与胡适产生过的红学观点分歧，二是只批自己少批胡适。试看他在文中的这一段：

我在学术思想上并没有跟胡适划清界限。胡适本来是拿"脂评"当宝贝来迷惑青年读者的。我的过信"脂评"无形中又做了胡适的俘虏，传播了他的"自传说"。说到我的封建趣味，非但不妨碍资产阶级唯心论，两个杂糅在一起，反而帮助它发展了。至于结论的或此或彼，并不能因而推论我与胡适有什么不同，正可以用来说明实验主义的研究方法绝不可能认识客观的真理，只能得到一些主观的解释。所谓"大胆假设，小心求证"，事实上只是替自己先肯定了一个主观的假设，然后多方面地企图去说明它。"小心"二字是自欺欺人的话，"大胆"倒是实供。证据变成了奴役，呼之使来，呵之即去，岂能不服从主观的假设？"小心求证"事实上是任随自己惬意地"选择证据"。作为深受实验主义毒害的典型者之一，我愿意陈述。

（同上，第296—297页）

时过60年的今天再细细品味，俞平伯的人品和智慧依然清晰可见。虽然他自身已经被置于干柴烈火上了，却依然没有推出胡适遮挡自己，虽说文章难免点到胡适，但批判的锋芒却只对自己。

惺惺惜惺惺。彼时彼刻，远在大洋彼岸美国的胡适，自然洞悉中国大陆上演的这出"假虞伐虢"式活剧，他当然知道批判俞平伯《红楼梦》研究中所谓"资产阶级唯心论"的观点，实则是要批判并肃清他的思想体系影响，为此，他日夜焦虑，寝食难安。"他对大陆批判自己的思想而累及了一大批留在大陆的学者（这些学者几乎不是胡适学生，就是胡适的朋友），非常不安。他给沈怡写信说：'此事（指大陆批胡适的运动）确使我为许多朋友、学生担忧。匡为胡适的幽灵确不止附在俞平伯一个人身上，也不单留在《红楼梦》研究或古典文学研究的范围里。这幽灵是扫不清、除不尽的。所苦的是一些活着的人们因我受罪苦！除夕无事，又翻看你寄来两批资料（指大陆批胡适的剪报），不禁想念许多朋友，终夜不能

安睡。'"（赵映林：《毛泽东与胡适》，《温故》（之九），广西师范大学出版社，2007年）

1957年，胡适不知是为了声援俞平伯抑或是为自己辩诬，发表了为"纪念颉刚、平伯两个《红楼梦》同志"而作的《俞平伯的〈红楼梦辨〉》一文。他在文章中重提了36年前俞平伯、顾颉刚及他本人关于《红楼梦》研究而频密通信的往事，他强调："我的《红楼梦考证》初稿的年月是民国十年（1921）三月二十七日。我的《考证》（改定稿）是同年十一月十二日写定的。平伯、颉刚的讨论，——实在是他们和我三个人的讨论，——曾使我得到很多好处。"（欧阳健、曲沐、吴国柱：《红学百年风云录》，浙江古籍出版社，1999年，第47页）

当时，身处中国大陆正噤若寒蝉的俞平伯，是不可能看到胡适这篇文章的，如果看到，他应该会多少感到些许安慰的。

第六章　两度故乡行

　　1955年5月25日傍晚，俞平伯踏着暮色，坐上由北京开往上海的京沪列车，他作为浙江省第一届人大一次会议选举的全国人大代表，开始首次回选区进行工作视察的旅程。

　　据俞平伯当天日记记载，同行的代表除了他，还有纺织工业部副部长、党组副书记张琴秋，民进中央副主席、教育部司长林汉达，政务院外交部条约司专门委员、钱币收藏家张絅伯，全国人大常委会委员、国家出版总署署长胡愈之，全国妇联常委、宣教部部长兼《中国妇女》总编辑沈兹九，北京航空学院筹备委员会委员、著名流体力学家陆士嘉，民盟中央常委、中央人民政府华侨事务委员会文教宣传司司长费振东等7位。他们与俞平伯一样，都是由去年8月13日至20日召开的浙江省第一届人民代表大会第一次会议选举的在京工作、生活的第一届全国人大代表。他们基本上都是浙江籍人士，如女代表张琴秋是浙江桐乡人，典型的江南女子。但她却有着艰苦卓绝的传奇革命经历，她1924年加入中国共产党，曾留学苏联，参加过长征，她担任过红四方面军政治部主任，是唯一的红军女将领，是红四方面军总政委陈昌浩的第二任妻子，新中国成立后，她成为共和国第一代女部长。另一位女代表沈兹九，则是浙江德清人，与俞平伯同一家乡。她的弟弟沈西苓是三十年代的著名电影导演，作品有《十字街头》等。她还是此次同赴浙江视察的代表、浙江上虞人胡愈之的夫人，夫妇俩同回浙江视察不失一桩美事。

　　火车南行途中，俞平伯与胡愈之同住一个软卧包厢。胡愈之在民国时期主要从事新闻和出版业。他也是一个作家，纪实性文学作品写得比较多。如他流亡法国三年后，1931年回国途中访问了苏联。回到祖国后，他写下了介绍苏联十月革命后成就的作品《莫斯科印象记》，曾经名噪一时。他还组织翻译并出版美国记者埃德加·斯诺那部后来闻名海内的长篇纪实作品《西行漫记》。他还在抗战烽火连天的极端困难条件下出版《鲁迅全集》。能回故土浙江视察，而且还有妻子相伴，胡愈之一上车就很开心，毫不介意与刚刚于半年前因《红楼梦》研究而遭到举国批判的俞平伯住同一个包厢旅行。

说起来，俞平伯与胡愈之也是老熟人了。1921年1月4日，郑振铎、茅盾、叶圣陶等在北京中央公园来今雨轩发起成立文学研究会，稍后，俞平伯和胡愈之都加入过该会。新中国成立后，胡愈之出任《光明日报》总编辑，俞平伯也在该报发表文章。

由于新近刚刚发生了"胡风事件"，因此在南下的京沪快车软卧包厢里，去年9月15日至28日，还与胡风一起坐在北京中南海怀仁堂出席第一届全国人大第一次会议的俞平伯与胡愈之，在聊天中也谈到了胡风。可惜俞平伯在第二天即5月26日的日记中，对这一堪称重要的细节记载太过简单：

> 晨五时醒后车过黄河，五点半过济南，下午一时过徐州，三时半逾淮过蚌埠。与愈之谈胡风事。九时抵浦口，原车轮渡过江，十一时发南京即睡。
>
> （《俞平伯全集》第拾卷，花山文艺出版社，1997年，第323页）

"与愈之谈胡风事"，如此简单的一笔记载，自然无法让人知晓俞平伯与胡愈之"谈胡风事"都谈了些什么，是气愤自己追求闲适、知性、古雅美学特色的文学作品一直遭到主张文学要反映"人民大众的血火生活"的胡风的鄙弃，还是庆幸由于胡风突然跳出来挑战周扬一派而让自己金蝉脱壳？反正俞平伯在全篇基本都在叙述行车过程的日记里，突兀地插入跟上下文意都不相干的一句记彧，说明两人围绕胡风的话题说了不少。

俞平伯等8位全国人大代表是到上海后再转沪杭列车，于5月27日中午11点多抵达杭州城站的。浙江省副省长杨思一已经率员在月台上迎候了。杭州人习惯把杭州的火车站称作"城站"，是因为1929年该站建在紧挨杭州城墙边的缘故。当俞平伯从软卧车厢下来时，猛一回眸，城站还是老模样，但自己却全无30年前写下散文《城站》那种欢快的心情了。

1925年10月6日，俞平伯曾在散文《城站》里温馨地写道：

> 城站无异是一座迎候我的大门，距她的寓又这样的近；所以一到了站，欢笑便在我怀中了。无论在哪一条的街巷，哪一家的铺户，只要我凝神注想，都可以看见她的淡淡的影儿，我的渺渺的旧踪迹。觉得前人所谓"不怨桥长，行近伊家土亦香"。这个意境也是有的。
>
> （《俞平伯全集》第贰卷，花山文艺出版社，1997年，第154页）

文中"她的寓"，指的就是俞平伯一家羁旅杭州期间住过的岳父兼舅父许引之家——城头巷3号。这座有着高高墙门的宅第与城站近在咫尺。1920年1月，俞平伯去英国自费留学，妻子许宝驯便与公公俞陛云、婆婆许之仙，带着2岁半的大女儿俞成和5个月大的小女儿俞欣，从北京南下来杭州投奔娘家。3个月后，俞平伯中断留学回国，嗣后羁留杭州4年半。其间，他曾在上海大学谋得过教席，因此常坐沪杭快车出入杭州城站。《城站》这篇散文，写的就是那期间他每次从上海回到杭州温馨的家之真切感受。

1920年4月20日，许宝驯带着两个女儿和公公、婆婆，才在杭州娘家住了3个月，赴英留学的俞平伯突然回到杭州，出现在众多家人面前。

人多了，许引之见严衙弄老房子不敷所住，便租下附近城头巷3号朱老太爷家的房子，带领几家人都呼啦啦地搬过去一同居住。搬到城头巷3号朱家的房子居住后，1922年5月29日，许宝驯在那座宅第里，为俞平伯生下了唯一的儿子俞润民。直到1924年3月31日，许引之主持整修外公俞樾传下来的西湖边"俞楼"完工，许、俞两姓10多口人，便结束租房暂住的生活，迁入俞楼居住。

对于城头巷3号这座房子，俞平伯的印象无疑是美好的。墙门里有花园、亭子和太湖石，还有铺着青石板的宽敞天井，女人们可以坐在廊下闲聊，孩子们可以打棍子、踢小皮球、竹竿拔河、追黄猫……秋天到了，朱老太爷的橘树便会结出累累橘子。俞平伯为之写下散文《打橘子》，后来同《城站》等散文作品一起，收入他第一本散文集《燕知草》。

杭州是俞平伯留下美好回忆的地方，他第一部新诗集《冬夜》在这里编就，第一篇红学论文《石头记底风格与作者底态度》在这里写出，第一部红学著作《红楼梦辨》在这里作成。他还为杭州写下许许多多的诗歌和散文。特别是西湖西面的三台山下，还有他俞家的墓园，里边筑有曾祖父母俞樾夫妇、伯祖父母俞绍莱夫妇、祖父母俞祖仁夫妇，以及父亲俞陛云前妻彭见贞等先人的庐墓；西湖西南面的九溪杨梅岭上，还有岳父兼舅父许引之的墓地。

然而，毕竟31年过去，俞平伯自己也成了举国批判之的，如今他即使以全国人大代表身份"荣归"当年的客居之地，亦不复能像那时那样由衷地"欢笑"了。

5月27日，俞平伯他们7位全国人大代表一到杭州，被安排在西湖湖滨的西湖饭店住下，随后，他们又被领到市中心有名的"杭州酒家"吃午饭。因下午仍是代表报到时间，于是，饭后他便利用这段空闲，独自一人雇了一辆三轮车，去三台山祭扫俞氏墓园，看看从1879年墓园筑成至今76年来，曾祖父俞樾和曾祖母姚文玉的合葬之墓以及其他三座先人庐墓到底怎么样了。然而，当他来到三台山之右台山山脚，抬头一打量，却发现"墓在芜草中，不可上"（俞平伯语），原来大片大片芜杂不堪的野榛茅草，让他根本无法涉足进入到祖宗庐墓跟前。他好生懊恼，好不容易来一趟杭州，却扫不了祖墓。他蹲下来抽了一支烟，想到堂弟俞铭铨住在杭州，兴许可以委托他代为清扫墓园。于是，他便返回到湖滨，坐船穿越西湖，去北滨的孤山，在西湖名店"楼外楼"吃了晚饭，这才到几步之遥的"俞楼"，去住在该楼的堂弟俞铭铨家做客。

俞楼是俞平伯的曾祖父俞樾的学生们为老师集资兴建的。当时，俞樾在杭州的书院诂经精舍讲学，家在苏州，经常往来苏杭甚有不便。当他杭州讲学9年之际，1878年，学生徐琪（字花农）与一班同学筹资，择址西湖孤山六一泉西侧，广化寺旁边，为他造了一座小楼，人称"俞楼"。此楼还未落成，俞樾当时的朋友后来的孙辈亲家、清同治朝兵部侍郎彭玉麟（字雪琴）又锦上添花，出资为俞楼扩大院落，还叠石为山，引泉为池，遂使俞楼品位更高。俞平伯的岳父兼舅父许引之任职杭州后，出钱并花了三年时间，主持改造俞楼，他将原先假山占地较多房子占地较小的俞楼，变身成一座占地较大、四方正正的两层仿古楼宇，以敷自己、妹夫俞陛云和外甥兼长婿俞平伯三家十多口人起居之用。

俞铭铨，字海筹，他是俞平伯曾祖父俞樾的哥哥俞林之长曾孙。他的曾祖父俞林名声虽不及乃弟俞樾，却也官至福建福宁知府。排下来，俞铭铨是俞平伯的堂弟。他曾在抗日战争中参与修建中缅边境的"史迪威公路"，后来到杭州铁路局工作。由于他擅拉京胡，又是杭州城里有名的京剧票友，因此，新中国成立之初，杭州铁路局的上级单位上海铁路局，便调他去上海，担任新成立的上海铁路局京剧团的专职琴师，但他妻子毛曼曾仍然在杭州守家。因俞樾一支已经没人住在杭州了，俞楼完全空着，于是，俞铭铨便携妻子毛曼曾和儿子俞泽民等住进该楼。

时光如白驹过隙，自俞平伯的岳父兼舅父许引之彻底整修俞楼以后，一晃又是31年过去。如今的俞楼，已经成了一座大杂院。因新中国成立之后的人口迅速膨胀，国家为解决民众住房问题，采取了"经租房"的政策，即由地方政府向私房房主租下他们富余的房子，转租给急需住房的民众。杭州人多房少矛盾十分突出，因此，"经租房"政策也不可避免地落到古老的俞楼来。

俞平伯看到如今"七十二家房客"的俞楼，联想31年前与岳父一大家入住此楼时焕然一新的昔日景象，不由感慨万千。但因是挨批之身，不便说多少安慰话来给堂弟媳毛曼曾听，更何况，他来做客的目的，是想委托她代为清扫三台山祖坟的，所以，稍坐一会便说了来意。毛曼曾告诉他，墓园被草树湮没，那是当地实行封山育林所致。他听了，觉得既然是政府要封山育林，那也是为了要美化西湖景区，这是老百姓没办法反对的事，便无奈告辞回住地西湖饭店了。

那天傍晚，俞平伯是坐船穿越西湖而回住地的。其时，西湖上暮色苍茫，湖光朦胧，湖边的群山欲隐还现。这让刚刚看到俞楼昨是今非、自身前途又难测的他，一时间竟勾起无限愁绪。于是，他口占《湖船怅望》一绝：

南屏凄迥没浮屠，宝石娉婷倩影孤。

独有青山浑未改，湿云如梦画西湖。

（《俞平伯诗全编》，浙江文艺出版社，1992年，第390页）

　　回到西湖饭店，俞平伯马上将这首七绝记下来，寄给北京的夫人许宝驯看。

　　5月28日，代表们便开始进行视察活动。当天下午，俞平伯与胡愈之、陆士嘉等代表到省委宣传部，参加由副部长黄源召集的地方文教人士座谈会，听取他们对本省教育文化事业发展的意见和建议。黄源是一位老革命，三十年代曾在上海与鲁迅一起办过《译文》杂志，抗战中参加新四军，解放后由华东局调到浙江工作。晚上，俞平伯又和所有来浙视察工作

1955年6月，浙江杭县农民在向俞平伯等全国人大代表反映情况

的全国人大代表，在浙江省省长沙文汉的陪同下，到新落成的杭州人民大会堂观看了文艺演出节目。

这次来浙江视察的22天时间里，俞平伯基本上没离开过杭州，因为他与沈兹九、陆士嘉被分在由张琴秋任组长的代表视察小组。这个组主要视察杭州的经济和社会发展情况，时间为三个星期。

那时，如今已经成为杭州市辖区的余杭区还是县治，称为杭县，县党政机关设在杭州东北面的临平镇。其间，张琴秋带领俞平伯、沈兹九、陆士嘉等代表，除了听取省、县、乡领导人的报告外，还视察了杭县的一些工厂和农村，访问了农业合作社社员。由于张琴秋是纺织工业部副部长、党组副书记，因此，俞平伯他们跟着她还特别多看了几家纺织企业，如塘栖镇上的和平、利华和崇裕三家丝厂，杭州城里的杭州绸厂、麻纺厂等。

6月4日那天上午，张琴秋带领俞平伯等代表乘汽车、换汽艇、后又步行，来到杭县的塘栖镇，视察和平、利华和崇裕三家缫丝企业。塘栖是个具有江南特色的古镇，人家枕河，廊棚逶迤，白墙黑瓦，市井辐辏。迈步其间，俞平伯恍如来到生他养他的姑苏老城。

下午，当俞平伯他们坐车去塘栖镇上的公私合营崇裕丝厂视察时，猛然望见，对岸就是他魂牵梦萦的故乡德清，一时间不由心驰神往。尽管故乡田园已经近在咫尺，但他因公务羁身，不可能过去亲睹故园，只能站在塘栖镇的运河堤岸上，隔着宽宽的京杭大运河遥望故土德清。

俞平伯看到，对岸故乡德清有大片的田野，还有青青的桑园和汩汩的河流，间或还有一个个绿荷田田的池塘；眼下正是夏收夏种时节，他看见乡亲们正挥汗收割小麦，刚刚割尽小麦的田块上，他们马上又驱牛架犁翻耕土壤，忙着插下碧绿的稻秧。放眼望去，蓝天白云之下，故乡大地金黄色渐渐褪去，浅绿色被慢慢涂上，宛如一幅让他看不尽、爱不够、离不了的水彩画作。

俞平伯想起，自己还是9岁那年，跟着家中大人为曾祖父俞樾出殡去杭州，由苏州坐船到故乡德清过了一宿。但那次是在船上过夜的，并没有踏上故乡的土地走一走，以至活到今天56岁了，还未曾亲自去捏一把故乡的土，掬一捧故乡的水，吸一垄故乡的空气！

到了故乡德清对岸，却未能跨过去到桑梓故园走一走，看一看，俞平伯确实心有遗憾。晚上回到杭州住地，他在当天的日记里，怅惘地回忆了9岁那年的故乡之旅，聊慰今天不能亲临故园的憾事。他写道："车行三刻抵塘栖……人家多临水，衖上覆以瓦檐，如长廊然。余九岁时曾一到，至姚致和堂，今不存矣。运河对岸即德清之白云乡，经长桥，即曾祖昔年观承嬉之地……"

"近乡情更怯"。一连几天，俞平伯的心被越来越浓的乡情所围裹。6月8日早晨，他还是为4天前在古镇塘栖遥望故乡德清的感受，写下一首七绝，题为《塘栖舟中感旧》。诗云：

> 浮家一舸苏杭道，罗绮年光笑耍多。
> 重过长桥风景似，还依北斗望京华。
>
> （《俞平伯诗全编》，浙江文艺出版社，1992年，第390页）

写好此诗，俞平伯便随张琴秋等代表去杭县的康桥，去访问农业合作社的社员们，了解当地农村发展和农民生活情状。

然而，俞平伯虽然身在杭县的康桥农庄，心里却还在回味4天前看到过的故乡德清的春耕情景，以致在傍晚回住地的船上，竟又填下《鹧鸪天》词一首，副题为《杭县康家桥舟中作》。词云：

学作新诗句未平，卧听柔橹汩波里。

软红尘土成遥想，新绿畦塍快远情。

收麦穗，插秧针，早中迟稻待秋登。

不须明日愁泥足，却为田家问雨晴。

（孙玉蓉编纂：《俞平伯年谱》，天津人民出版社，2001年，第292页）

6月11日晚，当俞平伯结束由张琴秋带领参观杭州绸厂的行程，回到湖滨的西湖饭店时，居然见到他的表哥兼大舅子许宝驹，这令他十分高兴！许宝驹是俞平伯夫人许宝驯的大弟弟，比他大一岁，两人35年前还曾经一同在杭州的省立一师教书。许是民革中央宣传部长，作为杭州籍人士，他也是浙江省人大选举产生的全国人大代表，前几天他去了浙江中部的金华视察工作，一到杭州，见到姐夫兼表弟俞平伯，也很高兴，于是两人畅谈了一个晚上，尽情交流这次回原籍浙江视察的所见所闻。第二天，两人还一同游览了平湖秋月、孤山放鹤亭、西泠印社、玉泉和灵隐等西湖景点，共忆31年前在杭州共同度过的快乐时光。

见缝插针，俞平伯还抽空重回清河坊、严衙弄、城头巷等31年前曾经流连过的旧地看看。堂弟俞铭铨从上海回杭州家里休息，得知堂兄来了，也与妻子毛曼曾一起，于6月12日晚上到西湖饭店看望俞平伯。

6月15日，正在杭州履行全国人大代表工作职责的俞平伯，收到儿子俞润民寄来的一封家书，说他的儿子俞李（字昌实）本月9日在天津出生。俞平伯见信后一时间高兴得不能自已。当天，他在日记中写道："得家书，

俞平伯（中）与儿子俞润民
（左）、孙子俞昌实、曾孙
俞丙然四代同堂

知月之九日润儿举一子，余预名之曰李，字以昌实，今果验矣。"包括这
个孩子在内，俞平伯自其父羕俞陛云起，往下已经四代单传。作为传统书
香门第出身的他，自然格外重视家族传宗接代。所以当他接到儿子的信
后，便当场赋诗《李孙初生》三首，还写下跋语：

　　津书言润儿于四月十九日举一子，于旅舍中为赋三绝句。

其一
岁星在戌汝生年，戋泛行春桥外船。

今日杭州梅雨里，又传喜气出幽燕。

其二

耳长颐阔好肌肤，得似而翁往昔无。

旧德先畴须尔力，湖楼山馆任它芜。

其三

迢遥百四十年事，六叶传家迨汝身。

且誉佳儿都似玉，敢期奕世诵清芬。

（《俞平伯诗全编》，浙江文艺出版社，1992年，第391页）

俞平伯喜得单传孙子俞昌实的喜悦心情跃然纸上。他在诗中，不仅引用了他的曾祖父俞曲园在他当年出生时的赞语"耳长颐阔好肌肤"，而且还对孙子提出了"且誉佳儿都似玉，敢期奕世诵清芬"的期望，此二句亦蕴含了曾祖父俞曲园在他出生时所题对联"培植阶前玉，重探天上花"的意旨。

6月15日晚上，浙江省文联主席、浙江省文史馆馆长宋云彬邀请俞平伯到他杭州家里吃晚饭。俞平伯因当天获知孙子出生的消息，心里高兴，便欣然应邀而往。宋云彬也是第一届全国人大代表，他比俞平伯大3岁，浙江海宁人。他1924年加入过中共，曾任黄埔军校政治部编纂股长，1927年他到武汉任《民国日报》编辑，兼国民政府劳动部秘书。同年，汪精卫发动武汉"七一五"事变，他遭到通缉。上世纪30年代，他任开明书店编辑，主持编辑校订大型辞书《辞通》，主编过《中学生》杂志。抗战期间在桂林参与创办文化供应社，编辑《野草》杂志。抗战胜利后，他到重庆主编民盟刊物《民主生活》。1949年他到北京，参加教科书编审工作。1952年回浙江工作。他还是著名文史学者、杂文家。俞平伯到他家吃过饭以后，与他的关系更亲近了。次年，俞平伯操办业余昆曲团体北京昆曲研习社，因浙江对昆曲老戏改编颇有成就，他和曲社的联络组长张允和写信请教过宋云彬好几次。这是后话。

6月18日，俞平伯和来浙视察工作的全国人大代表们结束视察活动回到北京。他踏进位于北京朝阳门内南小街老君堂79号自家的四合院，但见"绿荫满院，马缨正开，节近端阳，全然夏景矣"。

因刚刚去了一趟一贯喜爱的杭州，又在塘栖古镇遥望过家乡德清，孙子俞昌实又如愿降临人世，回到北京家中又看到花木葳蕤，所以俞平伯心情十分之好，因此，他会在这次赴浙视察日记的最后，写下上述几句话。

1956年，是上世纪五十年代整个国家相对平静的一个年份。

4月17日，浙江国风苏昆剧团晋京在怀仁堂演出了新改编的昆剧老戏《十五贯》，大获成功，周恩来总理两次发表讲话予以赞扬，说是"一出戏救活了一个剧种"。《人民日报》还发表社论《从"一出戏救活了一个剧种"谈起》。作为昆曲资深票友的俞平伯看了，马上想到妻子许宝驯对自己《红楼梦》受到的大批判还在害怕，但她会唱昆曲，自己三十年代在清华大学执教时也组织过课余昆曲同人团体"谷音社"，既然现在昆曲又时兴了，如果再组织一个业余昆曲研究和演出社团，不仅妻子宝驯可以慢慢转移情绪不再害怕，而且自己在完成《红楼梦》八十回本校勘整理任务后也能继续做点文化工作。主意一定，他便开始联络昆曲同好，筹建业余昆曲研习团体。

5月，俞平伯在助手王佩璋的协助下，历时3年半，终于完成了文化部艺术局交给他的《红楼梦》八十回本校勘整理任务，书稿送到了人民文学出版社准备出版。他还写了《〈红楼梦八十回校本〉序言》，先一步在《新建设》月刊1956年第5期发表出来。

正当俞平伯为筹建业余昆曲研习团体而忙碌的时候，他接到又一次要南下浙江开展全国人大代表视察活动的通知。

这一次与俞平伯一同去浙江视察的全国人大代表，有民革中央社会联系工作委员会主任邵力子、民革中央宣传部长许宝驹、北大校长马寅初、林业部部长梁希、北京大学法律系教授严景耀、政务院人民监察委员会厅长甘祠森、北京一中校长徐楚波以及中国音乐家协会副主席、中央音乐学院民族器乐系主任查阜西。其中，严景耀是著名法学家，系后来出任全国人大常委会副委员长的雷洁琼的丈夫，查阜西则为著名古琴演奏家和民族音乐理论家。

5月15日中午，俞平伯一行全国人大代表们坐上京沪列车出发去上海，5月17日早上抵达上海北站。上海市交际处派员陪他们游了老城隍庙、文化俱乐部、静安公园等景点，下午3点就送他们上了沪杭列车。当天傍晚6点半，他们便到了杭州。沙文汉省长、杨思一副省长都来城站迎接，他们住进浙江省方面安排的西湖一公园边的大华饭店。

在杭州最初的4天时间，俞平伯他们的视察活动是紧张而又丰富的。

第一天下午，在浙江省有关部门的组织下，俞平伯与严景耀、梁希、甘祠森、徐楚波、查阜西等代表一起，乘西湖游船游览了湖中三潭印月、湖心亭，还去了西湖西面新落成的西山公园。

第二天，俞平伯他们全天都在杭县（今杭州市余杭区）开展视察活动，还特地深入到该县双林乡红旗农业合作社，了解农业合作化发展和社员劳作、生活等情况。

第三天，俞平伯等代表上午到杭州近郊拱宸桥康家桥乡政府，听该乡党支部书记介绍当地农村的发展情况；下午，又跑了马家桥、康桥两个乡，分别与干部、社员进行座谈，了解实际情况。

在座的代表中，就梁希和俞平伯是杭嘉湖地区籍贯人士，梁希是湖州安吉人，俞平伯是杭州北邻的德清人，都能听懂这一带的方言，所以大家公推俞平伯担任记录。俞平伯也不推辞，他边听边记，不觉已记下满满一大本笔记。晚上，连续紧张了三整天的大伙儿终于可以轻松一下——集体到查阜西的房间，听他和正好来看望他的友人金致淶联袂演奏古琴和洞箫。61岁的查阜西，13岁就开始学琴，曾开办"今虞琴社"致力于推广古琴。他演奏的琴曲深沉细腻，演唱的琴歌古朴典雅，具有一种悠闲雅致的文人格调。查、金二人演奏了民乐名曲《平沙落雁》。俞平伯听后不由来了兴致，也跟着他两演奏的苏州评弹唱起来，他尽管唱得都跑调，但众人还是热烈鼓掌。

第四天，其他代表继续视察之旅。带队的叫俞平伯不必随去，可以留在住地撰写有关前两天视察双林、康桥两乡的情况报告。但他却因惦记俞氏墓园各座先人庐墓，上午便去西湖俞楼，找到堂弟媳毛曼曾，同至右台山俞氏墓园扫墓，并和她一起游了法相寺和六通寺。下午，他才开始写视察双林、康桥两乡情况的报告，还开了个夜车，终于完成，送交省政府。

在杭州视察了四天以后，一贯循规蹈矩的俞平伯却做出了一件让人意外的事情：居然提出"我改变计划"，"不拟去"计划安排好要去视察的绍兴，独自一人要去自己的老家德清县开展视察活动。带队的考虑到德清与杭州近在咫尺，这两天他又是担任记录员，又帮团里写视察报告，委实也辛苦了，于是便同意了他的请求，还商请浙江省方面派一位干部陪他前往。其他代表则按原计划继续去古城绍兴视察。

暌违故乡48年，俞平伯终于有机会回望魂牵梦萦的故园，心里别提有多高兴！从他5月22日到24日去德清视察的三天日记看来，他的心情是愉快而轻松的，几乎可以说，是他自前年秋天受到全国大批判以来难得有过的好心情。

5月22日早上，天气虽然变化了，一时风雨交加，俞平伯还是与省政府派来陪他视察的干部熊铭烈，到卖鱼桥码头，登上杭州开往湖州中间经停德清的小火轮。7时40分船开了，只开行一刻钟就到了拱宸桥码头，又上客。他看见八十多位嵊县手工业者挑着蚕茧担子，上船要去德清烘蚕茧，便油然想起眼下正是春茧收获的时节。他知道，故乡德清历来享有"鱼米之乡，丝绸之府"的美称，县域东部就是富饶肥沃的杭嘉湖平原，生活在那里的人们历来具有种桑养蚕的农作传统，那水成网、桑成行的景象，多么令人神往！

由于天下雨，又加上逆风，小火轮晚点一小时，中午过后，才抵达德清县治所在地城关镇。俞平伯知道，县城原名"馀不镇"，1950年才改称"城关镇"。虽然天仍然下着雨，但俞平伯和熊铭烈还是冒雨走到县政府机关，见到等候已久的县长陈立平。故乡的官员并未将俞平伯视作两年前被点名批判的戴罪之人，而是将他当成从首都荣归的乡贤予以热烈欢迎，安排他与熊铭烈一起入住小镇古城墙下的县政府招待所。他吃罢中饭午休一会儿。下午，去县长办公室与陈县长晤谈，双方都感到亲切，好像有说不完的话。

这次俞平伯来到老家德清，正值江南梅雨季节家乡特产逆鱼汛发之时，晚饭时，陈县长便特意招待他吃了红烧逆鱼。

俞平伯虽然不是在德清长大，却知道家乡这特产逆鱼的来历。原来德清的母亲河馀不溪流经城关镇的这一段，人称"长桥河"，每年五六月间江南地区梅雨季节到来，太湖里便会游来成千上万条呈一字形、长五六寸的鱼儿，其形状如白鲦鱼，但嘴巴是圆的，头尾也不昂起。它游经长桥河，因水流湍急，岸线曲扞，便在这里产卵，产下卵后再继续游往上游宽阔的东苕溪。因该鱼逆水而游，激流勇进，故被称为"逆鱼"。其肉质细嫩，烹制后味道鲜美，是德清城关一带著名特产。"清蒸逆鱼"，便是当地的一道名菜。俞平伯曾祖父俞樾曾记逆鱼，"多时贱至每角银毫十余斤，城内店家常积数担，以为待客佳肴。此鱼以清炖最宜，煎熟晒干后，久藏而不变味"。

陈县长说俞平伯口福好，正逢逆鱼上市时回故乡。他开心地品尝着，还说，他青少年时代住在苏州，也吃过家乡的逆鱼，但都是逆鱼干，是故乡亲朋来访做客时馈赠的，而今天却在家乡吃到了新鲜的逆鱼，还用油煎红烧，太好吃了！

吃好晚饭，俞平伯虽然由于天气变凉又在船上吹了风，稍感不适，但因回到故乡，意犹未尽，便又与陈县长谈了一会儿。还提出，自己自从9岁时为曾祖父送葬到过故园南埭圩附近水面，而且当时仅在船里住了一夜而已，并没有踏上过故园的土地，即便如此，也时隔48年了，很想明天去故园南埭圩好好看看。陈县长当场答应安排。直到7点钟，他才与陈县长告辞，回到招待所。

就寝前，俞平伯不忘先给夫人许宝驯写一张明信片报平安，告知她自己已经如愿回到家乡德清。他与妻子许宝驯婚史已近40年，却仍如新婚，每次离开北京去外地，他都要随带很多明信片，到哪里都会给夫人写上几句报个平安。这次到了家乡德清，更不例外了。他写好明信片，马上洗了一洗，就寝了，前后不过半小时。当晚，他只是起来关了一下窗门，整夜基本上都是安睡深眠的。他感到很满意，这一夜熟眠，不知是不是回到故乡温暖怀抱的缘故。

　　5月23日早晨，俞平伯5点钟还不到就起床了。迈步出门，他怡然见到招待所边上古城墙下面的树林里，一时间群鸟翔集，鸟儿斜睛如漆，啁啾啼鸣，婉转动听宛若天籁。特别是黄莺的叫声，清脆而悠长；远远的，好像还有布谷鸟的鸣叫声传来："布谷布谷，种田插禾……"声声长鸣好像是在催人们赶紧耕田插秧。看到眼前这幅动人的百鸟朝凤图，他的心也不由放飞起来。禁不住步出招待所，到城关镇街上信步而逛。行至高处，他举目望去，但见四围青山如黛，田畴广阔，东苕溪汩汩穿城而来，河岸杨柳依依，真是一派烟桥柳画的江南好风景。他心情好，不知不觉竟走了一个小时，到了6点钟才回到招待所吃早饭。

　　吃好早饭，俞平伯想到今天就要回故园南埭圩，会见到同宗族人和村里乡亲，便先去县政府大院门前的小理发店，花了2角钱理了头发。没想到，他刚理完发，本家小辈俞小毛就前来县委招待所找他。小毛是接到县里的通知特地一大早从南埭圩赶出来陪他一起回村的。他告诉俞平伯，老家南埭圩村现在属于德清县城东乡所辖，村里乡亲们响应毛主席的号召，与附近的自然村一起组织起来，改名为"金星农业合作社"，干劲大着呢！近来，又在全国农业合作化不断推向高潮的进程中，由低级社发展为高级社，已经建成了"金星农业生产合作社"，自己还被众乡亲推选为社长呢！俞平伯听了十分高兴，说下午一定要去老家村庄好好看看。

　　上午9点钟，陈立平县长来邀请俞平伯和省政府干部熊铭烈到城关镇四处走走。他们踏上横跨城河的古老的县桥（又名通济桥），又登上横跨东苕溪的古桥长桥（即阜安桥），一直走到南门的上水城门，然后又到了东门的下水城门。站在这里，俞平伯忽然望见虹桥，油然忆起1908年他9岁时，随家中大人为曾祖父俞樾送葬的往事。当时，他们的船从苏州来故乡，就是开行到虹桥水域，停泊下来住了一个晚上的，意即为从故园走出去的曾祖父招魂，让他魂兮归来。转眼48年逝去，光阴真像眼前的馀不溪水不舍昼夜啊！

俞平伯放眼远眺，虹桥水域依然是一片宽阔浩渺的水面，景色十分清丽空旷，远远的，古老的文明塔依旧耸立在下兰山之阳、馀不溪畔，如同一支毛笔倒插，尖尖的笔锋直指苍天，好像在激励着故乡的莘莘学子。小时候，俞平伯就听曾祖父俞樾说过，故园的文明塔，建于明代万历朝二十二年（1594）八月，为的是振兴文运，开德清学风，故又名文风塔。此塔为楼阁式，高约18米，八角七层，厚砖实砌，每层均有棱角腰檐，最下面两层有小佛龛相间，每面筑有壶门式壁龛，或相间以砖雕魁星像。传说魁星是掌管人间文运的天神，他赤发环眼，头生两角，面相狰狞，左手握毛笔，右手持墨斗。"文明塔祭祀的魁星神，果然给我们俞家带来文运呢！"曾祖父捻着长长的白须如是说。

接着，陈县长又带着俞平伯和熊铭烈去参观德清有名的古城墙。德清城关镇的城墙始建于宋朝，宋时的城墙逶迤蜿蜒，横跨长桥河南北，周长约6里，共设7座城门。到明朝嘉靖二十五年，7座城门改为4座，均用条石砌成拱圈，城上建有望楼；明朝嘉靖三十二年，德清城墙又进行过加固，筑成石头城墙；民国时，德清城墙还有过一次修缮。解放以后，除了城墙上的城楼因风雨侵蚀木质建筑已经朽坏外，古城墙整体保存完好。

俞平伯攀上已是苍苔斑驳的古城墙头，举目四望，但见铅灰色的天底之下，古城墙雉堞规整、望楼高耸，让人感到雄浑古朴；长长的墙脊蜿蜒逶迤，忽上山头，忽下河流，宛如一条气势不凡的长缨；雉堞下、箭垛里、墙脊上，偶而横生杂树绿草，无疑又平添了一种渺远苍凉之感。

俞平伯眺望好一会儿，忽而，又想起自己刚才给妻子许宝驯寄出的明信片。离别她已经一个星期了，亲临家乡的古城墙，他不禁记起《诗经》里那首歌颂男女约会恋爱的美好诗篇《静女》，于是，便在心底里吟哦开来：

> 静女其姝，俟我于城隅。
> 爱而不见，搔首踟蹰。
> ……

这时，陈立平县长扯了扯俞平伯的衣袖，说还要带他下去到古城墙下六朝时留下的古窑址参观，于是，他才恋恋不舍地从古城墙的下马道走下去。

"折戟沉沙铁未销，自将磨洗认前朝。"来到古城墙下面这座六朝时代的古窑址，俞平伯又开心不已。作为长期浸润文史领域的他，俯着身子，认真察看着窑址的里里外外，还不时提出问题。可惜当时文物保护意识几近于无，窑址既没有设立文保石碑，也没有安放说明牌匾，陈立平县长也回答不了他的专业性问题。他只好捡了一小块陶片，说是要把故乡的古风带回北京珍藏。

俞平伯回到招待所，俞小毛已经和他的两个远房堂兄忠林、德林兄弟俩在等他了。这两兄弟都比俞平伯年长，至今还在南埭圩村务农，听说远房堂弟俞平伯要回村，便特地赶进城，准备陪他回老家看看。俞平伯听了俞小毛的介绍，便紧紧握住兄弟俩的手寒暄，还一口一声"兄"。陈县长见俞平伯亲戚来，便安排他们吃了早中饭，还专门调来一艘汽艇，送他们去南埭圩村。因为陈县长知道，南埭圩地处水乡，水乡的路就是河道港汊，进出全靠船行。

尽管天又下起雨来，但却丝毫挡不住俞平伯回乡亲睹故园的迫切心情。12点差一刻，他就和一干亲属撑着伞出发了。钻进汽艇，他和大伙只能坐在舱间里，然而，他的眼睛却始终望着舷窗之外。那故乡的天，故乡的水，故乡的桥和房舍，都是他57岁生命年华里经常向往的呀！

汽艇在雨帘中穿出城关镇东门下水城门，风景就显得辽阔旷远起来，一派烟雨江南的朦胧景色。南埭圩村其实并不远，它就坐落在城关镇东门外的乌牛山南麓。汽艇开行仅一会儿，就过虹桥了。堂兄忠林指着前方说，乌牛山看到南埭圩就要到了！果然，俞平伯望见了半世人生反复梦见的故园标志性景物——乌巾山！这是一座独立的山，四周是平原，全山都披着厚厚的植被，独自伏在大片的田畴上。

小辈俞小毛见俞平伯眺望乌巾山，便在他耳边讲："这乌巾山如今被乡亲们唤作乌牛山了，您看，多像一只默默耕耘的老牛啊！"俞平伯一边看，一边连连点头称是："以后我也要改口叫它乌牛山了。"俞平伯记起，曾祖父俞樾于清道光辛巳年（1821年）出生在家乡德清乌巾山南面的鹊喜楼里。因有喜鹊筑巢楼檐之下，故此楼得名；馀不溪远远流来，流到鹊喜楼前陡然变宽，一派山清水秀，所以乡人都说俞家有好风水，能从普通农家变身为中国文化名门。今天他远望那乌巾山之阳，山河旧景宛然，只是那古楼鹊喜楼早已倾圮，不复存世，心中不免有一丝遗憾。

前后不过40分钟，汽艇就抵达南埭圩村的小码头了。俞平伯跟着大伙儿下了汽艇，进了村庄。虽然天依然下着雨，村里阡陌小路泥泞难行，但他仍然兴致高昂，撑着伞，随忠林、德林兄弟俩和小辈俞小毛，踏着泥路，溜滑前行。省政府陪同干部熊铭烈见他艰难行路，怕他有点年纪了，又惯走京城马路，会不习惯乡下雨天的泥途，行进间，他便不时伸手扶"俞先生"一把，但俞平伯却叫他只管自己走，说我能行。

眼下正是江南特有的黄梅雨天气，村子边那潺潺的馀不溪涨起青莲色的春潮，岸边杨柳依依，婀娜轻扬的万千柳条，如同一双双欢迎京城游子俞平伯回到故园的纤手。举目四顾，南埭圩浮荡起迷蒙的烟氲，古老的四仙桥依旧沐着风雨，荷叶田田的小池塘里，不时发出鱼儿戏水的"啵嗤"声。南埭圩村庄看起来不大，人家也不很多，但却比较古朴安谧，一座座平房草舍掩映在樟树竹林之间，偶而，房舍屋后的牲畜棚子里还传出牛哞和猪叫。

俞平伯记得，四仙桥建于清嘉庆年间，曾祖父俞樾捐资修过。桥上有铭文："光绪庚子三月里人俞樾题。"光绪庚子年是1900年。两座桥墩各有隶体阳文所书桥联。东联是："野渡傍溪山会有才人题驷马，嘉名登志乘不劳仙迹访骖鸾"；西联是："一条横略彴青辔安稳往来人，双桨泛轻舠绿水潆洄南北埭。"他还记得，曾祖父俞樾当年将桥修好后，曾为此桥作了上联"一橹二桨三人摇过四仙桥"，征求文人雅士对出下联，但没想到，一直无人续出下联。直到上世纪三十年代，四仙桥重修都有30多年了，德清徐宗楷先生在上海任《大美晚报》编辑，他开办"古联征对"活动，复征当年俞樾所作四仙桥上联的下联。有人应征曰："五音六律七孔吹成八板调。"公布备选后，亦有方家指出，"律"字处须用平声，用仄声不合，可为："五歌六麻七遇写成八景赋。"此为他俞氏故园南埭圩的一段佳话。

忠林、德林兄弟俩和小辈俞小毛走在头里，俞平伯和熊铭烈跟在后头。他大概是终于回到故园感觉特别兴奋的原因，一进村庄，话就出奇的多，几乎看到一样景致就要说什么或者问什么。

俞平伯和熊铭烈先到了忠林家做客。他家的瓦屋已经颇有些年头了，墙头斑驳剥落，梁上蛛网粘结，堂屋里家生粗陋、锄耙横陈，但俞平伯却有宾至如归的感觉，一点也不觉得陌生。他赶紧掏出特意带来的好香烟，敬忠林兄和大伙儿抽。忠林则尽地主之谊，忙不迭地泡上香咸交叠的烘豆茶，一一敬难得回来的远房堂弟俞平伯和在座众人。俞平伯喝了几口烘豆茶，连说好喝好喝。儿时他曾祖父俞樾还健在时，家乡亲戚来苏州他家做客，烘豆茶往往也是一件礼品，因此他早就知道家乡的这一特产。但却一直不知这茶是怎么个做法，今天回到故园，喜欢美食的他，便问起堂兄忠林。忠林说做这烘豆茶，主要的东西是茶叶和烘青豆，其他还要配上腌制在一起的橙子皮丝、萝卜丝、嫩笋扁尖和芝麻，客人来了，开水一泡，香喷喷、咸辣辣，三泡过后，香去咸消，客人可以对住自己嘴巴轻敲杯底，将所泡的烘豆茶作料抖进嘴里，慢慢咀嚼，还有余味呢！俞平伯一边听一边品尝，觉得果然清香入脾、滋味绵长。他和远房堂兄忠林抽着烟，喝着烘豆茶，互相间自然也聊起了他曾祖父俞樾。他念及此地是老人家的出生之地，而作为曾孙的自己今天特意前来瞻仰，却并没做到衣锦荣归，于是不免浮起几分凄怆之感。

　　远房小辈俞小毛自然不晓俞平伯内心的感受，又和他谈起"金星高级社"的情况来。他告诉俞平伯，南埭圩村是个小小的自然村，只有30来户人家，现在还保持着"曲园老祖宗"迁走时的农耕传统，以种桑养蚕、种稻养鱼为主业。过去是一家一户单干，土改以后，上面说，单干是"三月桃花一时红，风吹雨打一场空"，因此，村里人响应党中央、毛主席的号召，搞起了农业互助合作，先是互助组，再是初级社，去年则在中国农村走向社会主义高潮的进程中，在上级城东乡党政领导的主导下，南埭圩和旁边的自然村合并成行政村，建立了农业生产合作高级社。合并成大村庄了，自然不好再叫南埭圩，叫什么呢？有人说，我们已经进入社会主义高潮了，再"高"上去，便碰到天空，摸到星星了，星星中，金星最亮，那么还是叫个"金星高级社"吧。这一来，邻近那个也是通过合并自然村成为大村的行政村，便选了火星，叫"火星高级社"了。我们金星农业生产合作高级社推举我俞小毛当社长，想的就是要我领着大家大干苦干，一心奔向"楼上楼下，电灯电话"的共产主义生活呢！

俞平伯听了很振奋，他记起了报上宣传过的"'穷棒子'三条驴腿办合作社"的事迹。那说的是河北省遵化县王国藩合作社，最初入社的23户农户拿得出来的生产资料，只有一头毛驴的四分之三，即"三条驴腿"，但复员军人王国藩就是不信邪，他带领23户乡亲照样办起初级社，因缺乏生产资料，王国藩合作社被人讥称为"穷棒子社"。可是，王国藩坚持带领大伙大干苦干。在三年时间里，从山上取来大批生产资料，终于开拓出地茂粮丰的好光景，顺利进入农业合作化的"高级社"阶段。领袖毛泽东知道后，特地为"穷棒子社"的事迹作出批语，说："我看这就是我们整个国家的形象。难道六万万穷棒子不能在几十年内，由于自己的努力，变成一个社会主义的又富又强的国家吗？"

俞平伯勉励小毛要学习"穷棒子社"的事迹，特别是要学习王国藩同志敢于带领社员们艰苦奋斗的精神，争取迎接全国农业合作化的社会主义高潮到来。

在忠林家做了客，天还下着小雨，村子里的道路泥泞难行，但俞平伯还是跟着德林去了他家做客。都是远房堂兄，难得来一趟一碗水总得端平。

这时候，一些乡亲闻讯赶来。他们一直为村子里能出一户"朝为田舍郎，暮登天子堂"的俞家而自豪，也早就知道当前俞家出了一个大名鼎鼎的文学家俞平伯，更听说他两年前遭大批判日子不大好过，所以一闻知俞平伯真的来了，便都纷纷撑着雨伞过来看稀奇。俞平伯则赶紧上前，与大伙儿一一握手，还分烟给大伙儿抽。他在忠林家，他们也到忠林家，他到德林家，他们也跟到德林家。这个下午，仅30多户人家的江南蕞尔小村南埭圩，如同过节一般热闹。

俞平伯坐在农家的长条凳，喝着家乡特有的烘豆茶，抽着北京带来的香烟，与故乡乡亲促膝交谈，感到十分惬意。

下午3点钟，熊铭烈提醒俞平伯应该回去了，说晚上陈立平县长还要安排他听取德清县人民委员会多个部门汇报全县工农业和社会发展情况。于是他只好站起来，依依不舍地跟大家告别。

走前，俞小毛拉住他的手，说堂叔您回北京后要寄一张相片来，好让老家的人留个念想。他重重地点头答应。乡亲们没把他看作"资产阶级知识分子"，这使他十分感动。他还说自己校勘整理了一部《红楼梦》，已经差不多要完成了，如果人民文学出版社出版发行，一定寄一套送给你们留个纪念。

3点15分，俞平伯满怀眷恋地告别了众老亲眷和同村乡亲，告别了故园南埭圩，与省政府陪同干部熊铭烈登上汽艇，返回县城城关镇。

回去的水路是逆流的，汽艇"突突"前进，一路溅起浪花。当汽艇行进到宽阔的东苕溪江段时，俞平伯见到一江汤汤大水滔滔向北流去，水天相接的远处，便是芦荻苍茫、水面浩渺的太湖了。他知道，苕溪虽名溪，实则是两条宽阔的大江，它分东西两条名曰苕溪的江河，东苕溪发源于浙江临安东天目山北麓，流经家乡德清纳余英溪而折向北流湖州去，西苕溪则发源于浙江安吉和安徽宁国交界的西天目山南麓，也一路向北流向湖州，东、西两条苕溪在湖州会合并流后，日夜不舍地注入太湖，因此，苕溪是我国唯一的姐妹江河，两条河滋养了我国最富庶的杭嘉湖平原膏腴之地。于是，他油然想起南宋"词中之圣"姜夔的组诗《除夜自石湖归苕溪诗》，情不自禁，吟出其中一首：

笠泽茫茫雁影微，

玉峰重叠护云衣。

长桥寂寞春寒夜，

只有诗人一舸归。

姜夔是南宋时期的"词中之圣"，深受范成大、杨万里等推崇。他一生转徙江湖，曾经流寓湖州。《除夜自石湖归苕溪诗》描写了诗人自苏州越太湖经吴江而至湖州的情景，诗中歌咏的，就是俞平伯眼前这条风光旖旎、江水滔滔的苕溪江。他早年读到姜夔的这组诗时，就曾经对家乡的苕溪神往不已，如今竟有机会身临诗境，而且也是"只有诗人一舸归"，不由感到人生的奇妙！

下午4点，俞平伯和熊铭烈回到了县委招待所。低头一看，他才发现，顶风冒雨去了一趟故园南埭圩，不仅鞋子沾满了烂泥，而且连白袜子也布满泥点，想到晚上还要与陈县长他们座谈，便赶紧脱下鞋子、袜子洗涤。虽然麻烦了点，但心里还是感到开心，因为终于回到过故园。所以，五点半他吃了晚饭，竟又兴致勃勃地邀熊铭烈下了一盘象棋。

晚上7点，县长陈立平召集德清县人民委员会下属的农业局、水利局、粮食局、计委和商业局负责人，到县人委机关开座谈会，以便全国人大代表俞平伯全面了解家乡的经济和社会发展情况。寒暄的时候，部门负责人一口一个"俞先生"，丝毫没有一丝因为他两年前受到全国大批判而鄙视他的神情。会上，他们分别汇报了农产品收获、工商业改造、水利建设、粮食生产、计划调配等项工作的情况。每当一位部门负责人汇报时，陈县长便介绍他的单位和姓名：农业局，张克；商业局，金德慎；水利局，赵佐丰；粮食局，马承宪；计委，庞巧生。他们一面说，俞平伯忙着一面记，他们满口乡音，他听来感到亲切，他们说的这些有关故乡德清县经济和社会发展的数字和事例，作为长期钻在故纸堆里的他虽然不大弄得懂，但却还是很乐意听的。因为他想要了解故乡，实在是不厌其多。座谈一直持续到夜深10点半，57岁的他一点不觉困乏，以致回到招待所，他仍然跟昨晚一样，给夫人许宝驯写了一张明信片，然后再睡下。此夜，又是一夜深眠。

他在当天的日记里，记下故乡如此风景：

> 仍阴。近五时起，听好鸟睍睆，颇似黄莺，云系春鸟。远远则有布谷之声。吾邑四面有山，而为平原。苕水穿城而过，洵胜地也。
>
> ……出县桥、长桥（县桥跨城河，名通济桥，长桥跨苕水，名阜安桥），至南门上水城门，又至东门下水城门。望虹桥，即余九岁时送先祖之殡泊舟一夕之地。风景清旷，远望文明塔。
>
> ……舟行风景，苕溪北流入太湖，尝读白石《自石湖归苕溪》诗，不胜向往，今诗中境界仿佛见之。
>
> ……
>
> （《俞平伯全集》第拾卷，花山文艺出版社，1997年，第337页）

5月24日早上，俞平伯5点45分就起床了。吃罢早饭，8点45分，陈立平县长就来邀请他，说是要陪同他到城南乡去看供销社的茧站收购蚕茧的情况。他知道，种桑养蚕是故乡德清的一项重要农事活动，蚕茧也是乡亲们的一项重要收入来源，眼下正是春蚕登场的时候，亲眼去看看蚕茧收购情况，应是自己回乡视察工作的题中之意。

当俞平伯在陈县长的陪同下来到城南乡茧站，只见码头边挤挤挨挨停

德清县城关镇（今乾元镇）
大家山顶俞平伯半身像

泊着七八条木船，每条船上都堆放着盛满白花花蚕茧的竹筐，蚕农们将一筐筐的蚕茧肩挑上岸，踊跃交售给茧站。当他看到茧站里白如银子的蚕茧堆成了一座座小山，心里别提有多高兴！离开城南乡供销社茧站，他又瞥见路边有卖现蒸的当地特产海棠糕和梅花糕，便掏出钱来买了好几块，与陈县长和省政府陪同干部熊铭烈分食。

10点钟，俞平伯在县政府机关院内吃了一些点心当早中饭，10点45分，就与熊铭烈搭上杭湖小火轮，回杭州去。陈立平县长送他们到码头，还欢迎俞平伯找机会再次来家乡德清做客。他连连答应，他何尝不想再来呢？作为一个传统文化浸润出来的文人，自己的家乡可是千百遍也看不够的呀！

在回去的水路上，俞平伯又瞥见去年他曾凭高遥望过故乡德清的塘栖古镇了，便又攀住船窗贪婪观看。果然，去年他和张琴秋部长等全国人大代表曾经视察过的利华、和平两家丝厂，还有水光潋滟的长桥风景，都一一扑入视野，又一一逝去。在暮春的江南风景浏览中，不知不觉4个多小时过去，下午2点40分，他和熊铭烈抵达杭州卖鱼桥码头。

这趟家乡之行，虽然连头搭尾只有三天，但俞平伯却很满意：因为他不仅深入视察了德清农村，还听到了德清经济和社会发展情况，真正履行了作为全国人大代表的政治责任；特别是他还第一次回到南埭圩村故园，见到了俞氏本家亲眷和村里耆乡亲，目睹故里的山水、田园和村庄，一解怀揣48年的乡愁。

俞平伯回到西湖边的大华饭店，竟收到夫人许宝驯和儿子俞润民的来信。他看完信后，到街上去走走。逛到号称"江南第一面馆"的杭州名店奎元馆，点了一碗虾爆鳝面，咻溜咻溜地吃下肚。随后走不远，又瞅见杭州有名的点心店"正兴馆"，便又要了一份该店名点烧麦，坐下来倒点米醋蘸着吃将起来。他忆起，二十年代携夫人孩子暂寓杭州岳父兼舅父许引之家的时候，曾常到这些店家吃点心，时间真如白驹过隙，一晃，这些已是30多年前的前尘往事了。

晚饭后，俞平伯先洗了个澡，然后给妻子许宝驯和儿子俞润民各回了一张明信片。不一会儿，他又接到堂弟媳毛曼曾打来的电话，约他明天去她家吃中饭，还问候他来杭州以后过得好不好。他连声说好，还说最高兴的莫过于终于有机会回了一趟德清老家南埭圩。毛曼曾在电话里说，还是你好，有机会回故里，我和你堂弟铭铨住在杭州，离德清故里不远，但水乡的路云水铺就，进进出出都靠船，很不方便，所以我们都好久没回去过呢！通完电话，查阜西主任来唤他，叫他去取6天前一起游西湖时拍下的照片。这些照片是那天浙江省的陪同人员给代表们照的，可惜拍得不够清晰，但毕竟也可作个留念，所以俞平伯还是很高兴地收下了。

当晚8点，严景耀、许宝驹等去绍兴视察的代表也都回到杭州大华饭店。俞平伯跟他们交流了自己回故里视察的见闻。大家都认为不虚此行，看到了在北京看不到的景象，了解了闻所未闻的情况。见到许宝驹，他一则由于回过故乡的喜悦还充盈心头，二则德清南埭圩也是许宝驹曾外公的故乡，他有半支根脉在那里，于是俞平伯便不顾自己与表哥兼舅佬宝驹的旅途劳累，又到他的房里大聊一阵，直到晚上10点钟方才意兴阑珊回房入睡。

5月25日，俞平伯也过得颇开心。这一天，带队的领导和浙江省接待方面都考虑到，代表们都是北京来的，难得一到人间天堂杭州，故未安排视察活动，而是让他们自由活动。

俞平伯迟至9点半才走出大华饭店。没想到，他竟在杭州街头巧遇自己所在的民主党派九三学社的老同志、著名心理学家陈立，于是，两人便站在街边寒暄交谈起来。陈立是湖南平江人，1928年毕业于上海沪江大学，1930年留学英国，师从著名心理学家斯皮尔曼教授，1933年获得英国伦敦大学理科心理学博士学位。曾先后在英国剑桥大学、英国工业心理研究所、德国柏林大学心理研究所从事研究工作。他1935年回国后，任中央研究院和清华大学合聘的工业心理研究员。1939年起，他任浙江大学心理学教授、文学院院长。新中国成立后，他任浙江大学教育系主任。俞平伯是九三学社中央委员，多次在本党派开会或活动的场合见过陈立，如今能在杭州巧遇他，真是太高兴了！交谈中，陈立告诉他，自己最近出任新成立的浙江师范学院副院长、教授。他知道俞平伯两年前因《红楼梦》研究挨了批判，但见他仍然能够当全国人大代表，并且出来视察，感到十分欣慰，还要他多保重。

告别陈立教授，俞平伯坐划子斜穿西湖，去俞楼堂弟媳毛曼曾家赴宴。因时间还早了点，他便先到孤山中山公园游玩。见公园新栽了雪松、龙柏等大树木，还设置了洋蔷薇花架，一扫昔日他流寓杭州4年所见过的破败衰萎之相。他特别赞赏该公园西侧的西泠印社将沿孤山路的围墙拆除殆尽，让游人得以尽赏我国著名印石团体的这座园林里的精美景致。游览至11点，他才去孤山之西的俞楼，赴堂弟媳毛曼曾所设家宴。堂弟俞铭铨仍在上海没回来，妻子便为他一尽地主之谊，因堂弟媳"款待殷挚"（俞平伯语），以致他稍稍有些醉了，只得午休一下再走。回到大华饭店，他收到儿子俞润民的明信片，还出去买了一些杭州特产。那个时候，公务接待比较严格，说好今天是自由活动就不安排吃饭的，所以，俞平伯只好再加买些面包、咖啡，权当晚餐。

尤其让俞平伯高兴的是，这一天晚上，浙江省文化局干部刘坚民与昆剧《十五贯》的改编者陈静，来大华饭店与俞平伯交流昆曲问题。原来俞平伯人虽然出来了，心里却还惦记着组织业余昆曲团体的事情。上个月，浙江的昆剧《十五贯》晋京演出一炮打响，他到了杭州后就想：怎能错过当面向改编这出古老戏目的专家请教的机会呢？他的心思让陪同他回故里的省政府干部熊铭烈看出来了。经熊联系，刘、陈二人便上门来了。刘、陈二人都是浙江省文化局的干部，陈则亲手改编了昆曲古戏《十五贯》，他们向俞平伯介绍了改编传统剧目的经验，俞平伯则谈了正在着手组织业余性质的同人团体的打算。双方还约定，今后互相之间要多交流、多帮助，共同振兴昆曲，使这一古老剧种有朝一日能像京剧、越剧一样，走向全国观众。

5月26日，恰逢浙江省第一届人民代表大会第四次会议在杭州的浙江省人民大会堂举行。俞平伯与北京同来的全国人大代表们都应邀列席了会议，他们与到会的浙江省人大代表一起，听取了省长沙文汉的报告。会议开了一天。

在会上，俞平伯又巧遇一位故人，即民国时期二十年代的浙江省教育厅长张阆生。1920年9月，俞平伯经母校北京大学校长蒋梦麟推荐，出任杭州浙江省立第一师范国文教员，其时，张已任省教育厅长。第二年，张做了一件让俞平伯称道的好事：他以省教育厅的名义，邀请俞平伯的北京大学同学、一起参加五四运动的战友方豪，从蛰居的家乡金华来杭州办中学。五四学潮中，方豪也是北大学生领袖，与傅斯年、罗家伦、张国焘齐名，并与他们一起领导了五四运动，但运动结束的当年底，他毕业回家乡金华，竟无谋生的工作。是张阆生慧眼识才，方豪才得以有了饭碗。此次能够巧遇张老前辈，俞平伯自然要与他晤谈一会儿。

第二天，俞平伯一行代表按照日程离开杭州。离杭后，俞平伯又在上海、苏州转了几天，一直流连到6月8日，才乘火车回北京。

俞平伯到北京以后，乡愁乡情依然不时浮上心头。他一直记着南埭圩远房堂侄俞小毛要他寄照片留念的嘱咐，因此一回到家，马上找出自己的一张标准照底片，特意拿到照相馆放大为十二寸的大照片，并在底下白边上题词："沿着农业合作化道路前进"，装入一个大信封袋，用挂号寄去。俞小毛收到后，特地去城关镇买了一个大镜框，将照片装好，挂在金星高级社办公室的墙上，让乡亲们经常看看，激励大家要像俞平伯及其老祖宗那样，发扬"耕读传家，诗书继世"的文化传统，并按照照片下面俞平伯题写的话，向农业合作化的道路高歌猛进。

两年后（1958年），俞平伯校勘、王惜时（即王佩璋）助校的《红楼梦》八十回本由人民文学出版社出版了，俞平伯也给南埭圩村寄上一套留念。

第七章　慰妻办曲社

在俞平伯遭到举国批判之时，有一位学人虽然眼睛瞎了，却还一直翘首向北默默关注着他。

这位学人就是1949年1月与胡适在上海分道扬镳的陈寅恪。当时，他举家离沪以后，南下去了广州，出任岭南大学教授，因为这之前，该校校长陈序经已经向他发出聘任之请。解放后，高校院系调整，他又到中山大学历史系任教授。

要说臧否俞平伯，陈寅恪最有发言权。早在上世纪三十年代，他在清华大学任教时就与俞平伯同事；1953年，俞平伯红学研究如日中天之时，陈寅恪完成于同一时期的著作《论〈再生缘〉》，也与《红楼梦》有多处比较，一时与俞平伯形成一南一北的学术唱和。"1954年11月，中山大学举行大型的对俞平伯所著《红楼梦研究》进行讨论的座谈会，中文与历史两系的教授全部出席，唯独陈寅恪没有参加。在历史系，先后举行过多次批判会，陈寅恪依然缺席。"（陆键东：《陈寅恪的最后20年》，生活·读书·新知三联书店，1995年，第132页）陈寅恪多次缺席对俞平伯的批判会议，说明了他对这场政治运动的态度。

对于旨在批判俞平伯和胡适所谓"资产阶级唯心论"的政治运动，陈寅恪有过一个意味深长的八字评价："一犬吠影，十犬吠声。"看似无褒贬，但却被学校负责人注释为"讽刺积极参加运动的那些人是共产党的应声虫"。陈寅恪原意是否如此？现已不可考，但陆键东在《陈寅恪的最后20年》一书中称，他当时对俞平伯这位老友，"流溢着'兔死狐悲'的痛楚"，并写下《无题》一诗，"凄惋地表达了对俞平伯'泣枯鱼'之哀"。"三年后陈寅恪此'心结'终于有机会宣泄，对着来访的北国友人，连连询问俞平伯的情况，甚至连俞氏家族在苏州的祖居是否还在也问到了，局外人也许只将此视为一般的问候，其实这里面蕴含着多少的牵挂与深情的凝视！"

如果俞平伯有知应该快慰。因为自从遭受全国批判以来，他一直生活在惊慌不安之中。他太缺少安慰了！好在1955年春夏之交，他靠着全国人大代表的牌头去杭州参加代表视察活动22天，故地重游，这才多少缓和了他惶恐的情绪。

然而，1955年9月30日，俞平伯却吃惊地看到，新出版的第18期《文艺报》半月刊一篇题为《友谊的访问》的报道提到，"今年六月以来，我国作家与前来我国访问的外国文学家和社会活动家进行了频繁的接触"。"外国朋友最关心的问题，是关于《红楼梦》研究中的错误思想的批判及对胡适和胡风反革命集团的批判和斗争。……黄药眠、杨朔、蓝翎等向朝鲜作家……介绍了对俞平伯研究《红楼梦》的唯心主义思想的批判以及对胡适的反动文学观点的斗争的情况。"

上述文字不禁又让他心惊肉跳起来！原来自己并没有安然过关。胡风的遭遇足以让他觳觫不已了，而报道里却将他与胡风相提并论，于是心里不由一阵阵发抖！

平地起灾，家人受累，妻子害怕。俞平伯儿子俞润民和夫人陈煦在合著书《德清俞氏：俞樾、俞陛云、俞平伯》中称："1954年秋，对俞平伯先生《红楼梦研究》的那场不公正的批判，使他们夫妇糊涂了，为什么学术性问题要搞成这样呢？夫人更是不明白，而且害怕。"

俞平伯对妻子、对家人乃至朋友的热爱，是众所周知的，因为他早在《一九二三年四月十日残言》一文中，就表露过这种热爱："在狭的笼里的唯一的慰藉，自然只有伴侣了。故我们不能没有家人，不能没有朋友，否则何可复堪呢。以心情狭小的我，人类决不能做我们的同类。所谓我的同类，全世界只有几个人，我如失了他们，便如失了全世界。空廓的世界于我本无系属的。"

然而，俞平伯还认为，只是从物质上去爱妻子，关心家人，帮助朋友还是不够的，他觉得，既为自己的妻子、家人和朋友，还应该在精神上互相激励，共同提升。因此，到了1932年，他又写下一篇题为《代拟吾庐约言草稿》的文章，既向属于家人亲眷的"吾庐"人们提出一个约定，又对个体生命如何活着提出了见解。该文如下：

我们认为一个人对于自己的生命与生活，应该可以有一种态度，一种不必客气的态度。

谁都想好好地活着的，这是人情。怎么样才算活得好好的呢？那就各人各说了。我们几个之间有了下列相当的了解，于是说到"吾庐"。

一是自爱，我们站在爱人的立场上，有爱自己的理由。二是平和，至少要在我们之间，这不是一个梦。三是前进，惟前进才有生命，要扩展生命，惟有更好前进。四是闲适，"勤靡馀暇心有常闲"之谓。如此，我们将不为一切所吞没。

假如把捉了这四端，且能时时反省自己，那么，我们确信尘世的盛衰离合俱将不足间阻这无间的精诚："吾庐"虽不必真有这么一个庐，已切实地存在着过了。

这是一种思想的意志的结合，进德修业之谓；更是一种感情的兴趣的结合，藏修息游之谓。生命至脆也，吾身至小也，人世至艰也，宇宙至大也，区区的挣扎，明知是沧海的微沤，然而何必不自爱，又岂可不自爱呢。

（《俞平伯全集》第贰卷，花山文艺出版社，1997年，第301—302页）

俞平伯的外孙韦柰介绍过外祖父俞平伯此文的写作背景：

所谓"吾庐"，并非真有其地，实际上只是外祖父与外祖母兄弟姐妹们的一个"家庭组织"。外祖父与外祖母一家人相处极好，除平日聚会游乐之外，他与我的几位舅公许宝驹、许宝骏、许宝騄更有许多学问文字上的往来。俞许两家书香门第，六世姻亲，因此亲情融洽，往来十分繁密。这样，他们聚在一起，商议为他们的"家庭组织"起个名，由"吾亦爱吾庐"引出"吾庐"，定名后，即刻印章，个人购书，均盖此印，以为共同志趣，互勉互进。至今在我收藏的书中，有许多是盖有此印的。这就是"吾庐"的由来。"吾庐约言"则是他们那个组织的"纲领性文件"。

（韦柰：《旧时月色：俞平伯身边的人和事》，中国华侨出版社，2012年，第262页）

俞平伯写下这篇文章时才32岁，但却已有深刻的人生感悟。他把人对待生命的态度归结为四个字——"不必客气"，既明了又深邃，意即人生在世要乐观向上，实现生命价值要当仁不让，畏首畏尾要不得。具体到如何"不必客气"，他提出了"自爱""平和""前进""闲适"四条途径，其中，他特别强调了"自爱"。因为"生命至脆也，吾身至小也，人世至艰也，宇宙至大也"，个体"区区的挣扎"，对于"沧海"般的自然或社会，都莫如螳臂挡车。同时，还要看到他所谓的"自爱"是建立在"爱人"的"立场上"的，这就否定了自私心理，说明不"爱人"你就无法实现"自爱"。可见青年俞平伯在为一群同样处于青春蓬勃期的家人"约言"时，已经有了颇为深邃的生命智慧。

值得一提的是，作为当时"吾庐"成员的许氏三兄弟，也就是俞平伯的三个表兄弟兼妻舅，后来的人生果然都辉煌：老二许宝驹，在抗战时期发起成立中国民主革命同盟，新中国成立前夕在政协会议上，与周恩来编在一组起草《共同纲领》，后为民革中央宣传部长；老六许宝骙，是民革中央《团结报》总编辑；老七许宝騄，是北京大学数学系教授，著名数学家，在中国开创了概率论、数理统计的教学与研究工作。当然，这些都是后话。

回说俞平伯。当时他感到，自己的这场人生危机可能会延续很长时间，但自己和一大家子的日子要过下去，生活要继续，既然日子要过下去，生活要继续，那么自己和家人老是被危机压着可能会被压垮，只有积极纾难和解压，自己才能挺起生活的脊梁，夫人宝驯才不至于老是担惊受怕。目前自己还在进行的校勘整理《红楼梦》八十回本，固然可赖以纾难解压，但那只是自己得益，况且这项工作估计做到明年（1956年）大致就差不多了，接下来，再往后，夫妻两人将如何共避艰难呢？

《俞平伯年谱》说他是"依苏州老宅曲园中的'乐知堂'匾额，得八字云：乐天、知命、安闲、养拙。引申为二十字：乐天不忧惧，知命不妄想，安闲啬心神，养拙慎言行。缩之为四字：乐知闲拙"。这四句，每一句都对应了人生的一种状态。因为在他看来，人活在世上，总不免有顺境、逆境，有空闲的时候，也有烦恼的时候，这样，人就不能只秉持一种活法。人在顺境中应该享受快乐，就不要去忧虑和恐惧；平时呢？要安知天命，不去作脱离实际的胡思乱想；空闲时候应该节省精神，不要刻意去找事情做；而人逢到逆境遇上烦恼，则应该韬光养晦，注意自己的行为，千万不能乱说话。

正像当年周作人到苏州专程去游曲园，不是意在游园，而是意在要到园中的厅堂坐一坐一样，曲园之所以名声在外，不是因为其有花园，而是因为其有两座颇有人文底蕴的厅堂："春在堂"和"乐知堂"。春在堂是俞平伯曾祖父俞樾为纪念其当年进士及第后，覆试以"花落春仍在"一诗博得主考官曾国藩赏识而命名，堂匾也由他请曾文正公亲书；而"乐知堂"则"取《周易》乐知天命之义"（俞樾《曲园记》中语）而命名，堂匾请的是清同治朝兵部侍郎，后来与俞樾结成孙辈亲家的彭玉麟（字雪琴）所书。1900年1月8日，俞平伯是在乐知堂里降生的。此后，他在曲园生活了17年，从小耳濡目染，自然深知"乐知"的意境。

俞平伯所谓"乐、知、闲、拙"四字箴言，其中"乐、知"二字，是他从苏州祖居曲园内乐知堂堂名活剥而来的。后面"闲、拙"二字，其中"闲"，即俞平伯在《代拟吾庐约言草稿》中提出的四条生命智慧中的第四条"闲适"；最后一个"拙"，即提醒自己要韬光养晦。

俞平伯于突遭全国大批判的苦难中悟到的上述四句话二十个字，无疑蕴含了一种行藏有度的文人智慧。

时间进入了相对平静的1956年。

1月，俞平伯所在的北京大学文学研究所，改为为中国科学院哲学社会科学学部文学研究所。趁研究所升格之机，他向所领导提出研究唐代诗人李白的计划，获得所里领导何其芳的同意。

俞平伯出身文化世家，从小古文底子好，上北大时又师从国学大师黄季刚（黄侃），因此对古代文学修养更上层楼。民国时期，他又先后执教浙江第一师范学校、上海大学和北京燕京大学、清华大学、北京大学，先后讲授过《诗经》《论语》《清真词》等古典文学方面的课程，也穿插讲授过唐诗。然而，系统地研究唐诗，则是他一直存有的愿望。他向文学研究所报上研究唐代诗人李白的计划，一来可偿夙愿，二来可以借以"养拙慎言行"。但没想到，经他这么一"养"，后来"养"出了一部《唐宋词选释》，虽然迟至1979年10月才由人民文学出版社正式出版，但一经出版，以后的18年里，该书累计印数居然达到21.5万册。这是后话。

也就在1956年春上，俞平伯忽然找到了一条纾散家难缓解压力的渠道。

4月17日，现在的浙江昆剧团，当时还叫"浙江国风苏昆剧团"，首度晋京在中南海怀仁堂演出了由该团新改编的昆剧古装戏《十五贯》。该团的昆曲"传"字辈演员周传瑛饰况钟、王传淞饰娄阿鼠、朱国梁饰过于执、包传铎饰周忱。首演时，毛泽东、周恩来等曾到怀仁堂观看。

周恩来看了《十五贯》，马上发表观后感，称赞浙江国风苏昆剧团"做了一件好事"，"一出戏救活了一个剧种"。到了5月17日，他再次发表讲话，指出："昆曲有很多剧目，要整理改革。很多民族财富要好好发掘、继承，不要埋没。"5月18日，国歌词作者、著名剧作家田汉就周恩来两次讲话精神，为《人民日报》撰写社论《从"一出戏救活了一个剧种"谈起》。结果，《十五贯》这出戏在北京连演46场，观众多达7万人次。同年，还拍成彩色戏曲艺术影片发行全国。

杭州昆剧《十五贯》的走红，特别是《人民日报》社论所披露的周恩来两次谈话内容，无疑深深启发了俞平伯。他觉得，研习濒于失传的昆曲，弘扬祖国传统文化，可能是一件既能做出成果，又能躲避政治风雨的事情。况且，夫人许宝驯也擅长昆曲。如果能联络昆曲同好，成立一个业余的昆曲艺术研究演习团体，不就自己有一件经常性的事情好做，而且夫人也能消除害怕，获得快乐了吗？自己在，夫人在，家庭就在，家庭在，子孙们就有了精神的庇护。

俞平伯出生在苏州，青少年时代也是在姑苏度过的。苏州是昆曲的发祥之地，俞平伯从小就对古老而又雅致的昆曲情有独钟。他到北京大学求学后，1919年，曾进熟稔昆曲的老师吴瞿安开的一个歌曲班，学了《南宫调》《绣带儿》两支曲子。1924年底，他携家人离开客居的杭州回到北京定居，不久就认识了来自浙江嘉兴的昆曲民间艺人陈延甫。陈能教授昆曲三百余折，还吹得一支好笛子，而且对鼓板金奏尤其熟练老到；特别难能可贵的，是他对曲文的读音，有些还保留着三百多年前明清时代的特点。于是俞平伯便虚心向他求教，1933年秋天，他携家人南游，还专门拐到嘉

1933年俞平伯夫妇（下右
一、二）陪父母（上左一、
二）游青岛

兴请教陈延甫。

俞夫人许宝驯幼年学过古琴，师从她的六伯父学唱过昆曲。她嗓子好，唱起昆曲来不仅好听，而且字正腔圆、余音绕梁。她还能谱曲，后来在六十年代曾为她大弟弟许宝驹所创作的昆剧《文成公主》谱曲。于是"曲不离口"，便成为俞平伯夫妇婚后业余生活的重要内容了。

上世纪三十年代，俞平伯在清华大学执教，还专门请了一个笛师，来家里对他夫妇俩进行指教。课余或节假日，他还拎一只篮子，装上笛子、曲谱、热水瓶、茶杯之类，领着妻子许宝驯和笛师，到学校后面的圆明园废墟中连吹带唱，往往一唱就是一天。天气不好时则在家里唱，有时候能唱到后半夜。俞平伯的一些故旧和学生，对他夫妇俩专注昆曲颇有些印象。他执教北京大学时的学生张中行后来回忆："记得三十年代前期的一个夏天，我同二三友人游碧云寺，在水泉院看见俞先生、许夫人，还有两位，围坐在茶桌四周唱昆曲。"

1935年，俞平伯在清华园执教，为了振兴昆曲，使之流传，还主动召集爱好昆曲的师生，结集成立一个叫"谷音社"的昆曲课余研习团体。他曾在《忆清华园谷音社旧事》一文中回忆道：

其时犹未有社之正式组织，而对外已用谷音社名义，以冀稍得学校之补助。二月十三日（廿四年三月十七日）在平寓所开成立会，作首一次同期。用二月十五为花朝之说，定为本社成立之日，以后每用旧历者以此。遂定社约，选职员，以平主其事，并通过同期细则，规模差具焉。其时社员十有四人，后来者二十，共三十四人。中有因事暂时离社者，实际曾在社度曲者二十有四人。

（《俞平伯全集》第贰卷，花山文艺出版社，1997年，第688页）

"平寓所开成立会""以平主其事"，说明当时谷音社的成立会是在俞平伯在清华园内的寓所召开的，社务也是他主持的。好景不长，1937年，"卢沟桥事变"引发全民抗战，俞平伯苦心办起的清华大学谷音社被迫中断。

到了新中国成立之初，一些旧友相聚，还是常常怀念起在清华大学谷音社研究昆曲、学唱昆曲的往日时光。大家还提出希望，最好能由俞平伯再次牵头组织成立一个像当年谷音社一样的业余昆曲团体，借以经常活动和切磋。

眼下，浙江的昆曲一炮打响，周恩来又予以热情赞赏昆曲重登舞台，党报又发表社论推动昆曲，这一切都启发了俞平伯：组织成立业余昆曲研究演习团体，这是多好的一个纾难解压的平台啊？况且，这又是他那些昆曲同好的一贯要求。于是，他开始奔波联络他们，试图组织成立一个同人业余昆曲团体，既弘扬古老的传统文化，又借以自己与夫人度难。

5月15日，全国人大常委会办公厅发来的一张通知，暂时中断了俞平伯为筹建业余昆曲团体的忙碌——他要第二次南下浙江参加全国人大代表视察活动。这次赴浙视察之机会，他不仅回了一趟故乡德清，而且还见到了昆剧《十五贯》的改编者陈静和浙江省文化局的刘坚民，他们向他介绍了改编昆剧古老剧目的成功经验，他也谈了组织成立业余昆曲团体的打算。双方还商定，今后要多交流，一南一北，遥相呼应，共同振兴古老的昆曲艺术。

6月13日，《人民日报》全文发表了中共中央政治局候补委员、中宣部部长陆定一5月26日在全国思想宣传工作会议上所作题为《百花齐放，百家争鸣》的报告，全面宣传了24天前（5月2日）毛泽东在最高国务会议第七次会议上正式宣布的"百花齐放、百家争鸣"方针精神。上一天，俞平伯他们结束了赴浙江的全国人大代表视察活动刚刚回到北京。第二天，他看了《人民日报》，心里升起了十分激动的心情。他感激陆定一在报告中以他为例，实际上是在帮他解脱"箭垛"之苦；同时，他也拥护毛泽东提出的"双百"方针，特别是"百家争鸣"四个字，简直说到他心里去了。

　　于是乎，在6月17日至23日九三学社中央常委会召集在京中央委员座谈"双百"方针时，俞平伯抑制不住内心的激动发了言，他提出，民主党派有责任把"百家争鸣"的方针向群众做进一步宣传。

　　7月8日，俞平伯所在的九三学社北京市分社第一综合支社举行全体会议，座谈讨论"百花齐放，百家争鸣"方针。会上，俞平伯居然一反其"养拙慎言行"之道，在会上首先发言，他着重就"百家争鸣"四个字谈了自己的理解和认识。他说："有人把'争鸣'比作乐队合唱，不很恰当，因为那是和鸣而不是争鸣。争鸣容许不同意见的存在，即使在矛盾统一以后，仍然容许再提出不同的意见。我认为'百家争鸣'的方针，和'百花齐放'一样，都是用比喻来说明政策，不宜过分在字面上打圈子。争鸣主要地要求'持之有故，言之成理'，不许无理取闹。意见虽有不同，但可以殊途同归，目的都是为了社会主义建设。"

　　这番话从两年来都受批判的俞平伯口中说出来，在座的一些尚且心有余悸的文化学术界人士听了，不由一愣一愣的。

　　又过了7天，7月15日晚上，九三学社中央常委会举行第三次会议，座谈中国共产党和各民主党派长期共存、互相监督的方针。由于俞平伯在前两次九三学社召开的有关会议上均有叫座的发言，加上他在两年前又因《红楼梦》研究上的学术观点问题受到广泛批判过，因此邀请他出席有一定的象征意义。会上，俞平伯在发言中巧妙地借会议主题，引申点到自己大受批判的

"唯心主义的思想"的问题。但他仅仅小作发泄，点到为止。他说：

> 过去我认为到了社会主义社会，只能有一个党，只能有一种思想，因此民主党派可能做的工作，也就越来越不多了。自从中共中央提出长期共存、互相监督和在学术上要实行"百家争鸣"的方针以后，我才认识到我过去的看法是不对的。到了社会主义和共产主义社会，还存在着先进与落后的矛盾，存在着生产关系与生产力的矛盾，从而也就必然存在着不同的思想，例如唯物主义与唯心主义的思想，因此，民主党派必然还有存在的必要。
>
> （孙玉蓉编纂：《俞平伯年谱》，天津人民出版社，2001年，第300页）

俞平伯毕竟古今兼修、思维绵密，他觉得眼下还远没有到"乐天不忧惧"的时候，自己依然需要奉行既定的"养拙慎言行"之道。

接下来的日子里，俞平伯仍然在为组织昆曲业余研究演习团体而不辞辛苦。经过他将近4个月的奔波联络，有关建立业余昆曲研究演习团体一事终于瓜熟蒂落，愿意来参加这个团体的曲友有25人。他与同人们商定，这个团体就定名为"北京昆曲研习社"。

8月19日，北京昆曲研习社召开成立大会，通过了俞平伯亲自拟订的《北京昆曲研习社简章》，选举了第一届社务委员会，俞平伯被选为主任委员，项远村、许时珍、伊克贤、袁敏宣、周铨庵、许宝驯、张允和、许季珣、郑缤、钱一羽等11人为社务委员，社务委员会下设传习、演出、研究、联络等7个组。其中演出组长由社务委员袁敏宣兼任。袁是清光绪戊戌科进士、翰林院编修袁励準的次女，世称"袁二小姐"，曾师从昆曲大师俞振飞学戏，工小生。联络组长由社务委员张允和兼任。张就是被叶圣陶视为"谁娶了她们谁就幸福一辈子"的民国名媛"合肥四姐妹"中的老二，她后来嫁给著名语言学家周有光。小时在苏州成长的岁月里，她就学了昆曲，擅长上台演出。俞平伯联系她参加曲社时，她因原先单位人民教育出版社开展"三反五反运动"，她被指为"地主""反革命"，辞退回家已逾4年，正闲得发慌，加上丈夫周有光又支持，她便与俞平伯一拍即合，以后竟成俞平伯举办曲社的得力助手。

北京昆曲研习社一经成立，俞平伯就按有关规定向上申报。10月16日，张允和在文化局的帮助联系下，去民政局拿来表格，下午，她就把表格拿到老君堂79号俞平伯家，与他商量并填写。其时，俞夫人许宝驯的四妹、"京城昆曲八姐"之一的许宝騄也在，于是，她执笔填，俞平伯口授，大家其乐陶陶地填好表格。

曲社成立后，一时没有活动的地方，俞平伯便把老君堂79号私宅作为社址。外孙韦奈在《我的外祖父俞平伯》一书中回忆：曲社每每来家举行活动，外祖父母"他们便拿出自家的钱，做些点心，买些冷饮供大家享用"。

张允和也曾回忆过俞平伯夫妇热情待她的一件往事：

　　有一年夏天，我的大弟张宗和由贵阳来。我和有光带大弟一同到老君堂开社务会议。这些委员们大吃大喝了一顿。下午忽然雷雨交加，来势十分凶猛。雨还没有停，客人大多走了。大姐（指许宝驯）留下了我和大弟，还有有光，要我们三人等雨停了再走。雨老不停，只好又吃了晚饭。好不容易雨停了，我们正预备走，可是有人告诉我们："外面的水有两尺多深，汽车、电车都不通。"这下我们急得不得了。大姐说："急什么，今晚就在我这儿将就睡一晚，好在是夏天。"我们三人就在沙发上、藤椅上度过了一宵。

（张允和：《我与昆曲》，百花文艺出版社，2014年，第84页）

俞平伯组织北京昆曲研习社第一次亮相演出，是为庆贺社务委员兼演出组长袁敏宣的母亲汪静老人80寿辰。事先，曲社彩排了一出传统昆曲折子戏《乔醋》。该折出自昆曲传统剧目《金雀记》，全剧讲的是晋代文人潘安仁未及第时，与一乐妓巫彩凤两情相娱，订下白头之盟。潘有金雀一对，以其中一支赠巫为表记。旋经丧乱，彼此分离。既而潘出宰河阳，巫闻讯后寄一书备述别后情状，并言暂度尼姑，以明其不渝初志。讵料，此书为潘妻拾得，遂多方盘诘，欲一观其所藏另一支金雀。潘初尚掩饰，继被再三逼问，终于辞穷，只得直陈，且长跪请命。潘夫人佯作含酸，不遽许可，实则潘夫人极贤淑，非但毫无醋意，还想玉成他们，只不过她是乔装以怡夫君潘安仁。《乔醋》还是小生、正旦的重头戏，俞平伯他们建社伊始，就能排演这折一向为昆班所看重的戏，可见他们昆曲艺术功力积淀之深。

9月8日那天，北池子50号袁府正厅专门搭起了戏台，刚成立不到一个月的北京昆曲研习社专门前来举行祝寿堂会。57岁的俞平伯居然也粉墨登场，与袁敏宣、陆剑霞合作表演了《乔醋》。俞平伯能上台演出，实在太难得了！由于他"五音不全""并不擅演唱"（韦奈语），平时家庭聚会拍曲，曲社举行演出，他一般都担任乐队司鼓，此次他亲自登台演戏，曲友都称"实在罕见"。那天晚上，前来祝寿和观戏的有一百多人，场面颇为热闹。俞平伯他们这次私人性质的演出，后来被称作是"北京历史上最后一次传统意义上的堂会"。

文化部副部长、著名剧作家丁西林也获知俞平伯办曲社的事。祝寿演出第二天，他就邀请俞平伯夫妇、张允和夫妇去开茶话会，了解他们成立曲社的前因后果。那天，大家相谈甚欢。出于昆剧《十五贯》晋京公演和周恩来两次讲话影响犹在，丁西林觉得俞平伯他们这是在振兴古老剧种，应该予以支持，茶话会后，他就协调北京市分管文教的副市长王昆仑一起扶持曲社。

10月13日晚上，丁西林打电话给曲社联络组长张允和，约曲社的人明天去庆霄楼谈谈。

庆霄楼在北海公园里。次日上午，俞平伯带着周铨庵、袁敏宣、张允和、许宝骙等5人到北海公园，丁西林已在等了。他先是领他们到双虹轩交谈，到了10点钟，又请他们移座庆霄楼，参加王昆仑召集的座谈会。丁西林首先介绍说，《十五贯》不久就要到苏联演出了，北京市也打算要成立一个公私合营的昆剧团，还想建立一个戏曲学院，这一团一院如果建立，需要依靠北京昆曲研习社，以形成振兴古老昆曲的三足鼎立之势。大致打算是，剧团管演出，学院管育人，曲社管研究。座谈会上，俞平伯报告了组织成立曲社的经过，张允和等介绍了社里各组的情况，大家反映最多的是没有活动场所。丁、王两位领导人当场表示会认真考虑。到了12点半，丁西林还做东，请他们到仿膳用午餐。饭后，王昆仑还请他们用茶点，继续座谈，一直到3点钟才散。

11月2日，张允和给《北京晚报》写了一篇新闻稿，稿子经过俞平伯的亲笔修改。从这篇新闻稿中，可以看到北京昆曲研习社成立三个月来的初步成就：

　　北京昆曲研习社，自七月间由俞平伯等人发起组织成立。举俞平伯、项远村、袁敏宣等十一人为社务委员，并成立传习、公演、研究等七组。

　　俟后又经文化部与北京市政府大力扶助，社员由最初二十五人发展至七十人。现已由文化部领导进行研习工作。

　　10月28日下午，北京昆曲研习社在文化俱乐部举行社员联欢大会。

　　由俞平伯主任委员报告成立经过，上海虹社李洵如同志赠礼。便装表演《琴桃》《思凡》《学堂》等戏。小社员胡保棣（十一岁）、许宜春（十岁）化装演出《游园》。胡保棣饰杜丽娘端庄稳重，一入园门，看到满园春色的喜悦情绪曲曲传出；许宜春饰春香，玲珑活泼，女孩儿天真烂漫的神情亦颇有情趣。小《游园》由周铨庵等人在暑假中排演，已演出数次，均得观众好评。

（同上，第201—202页）

　　丁西林、王昆仑两位领导人果然是办正事的。座谈会结束两个月后，北京市文化局发来通知：一是规定北京昆曲研习社由北京市文化局领导；二是每月拨给曲社250元作为活动经费补贴；三是安排曲社每周到东单文化馆活动一次，以解决活动场地不足的问题。

　　张允和还回忆过在俞平伯主持下北京昆曲研习社惨淡经营的情况："这段时期（指曲社存在的8年）内，我们除社员每季交很少的会费外，社员请笛师拍曲，交费四元。曲社每月收入在三百元以上，每周拍曲一次，演出有时还有点小收入，每个月存钱，用十元一月租了陆剑霞的房子，租一间，借给两间用。到1964年结束时，我们有了一些行头，有两付（副）水钻头面，一付（副）点翠、凤冠，《游园惊梦》的杜丽娘、柳梦梅的服装，《小宴》的黄帔，《后亲》的红帔、褶子等。彩鞋、福字履、靴都是个人自备的。"

　　为了节约使用经费，曲社彩排和演出中用到的幻灯字幕，也都不拿出

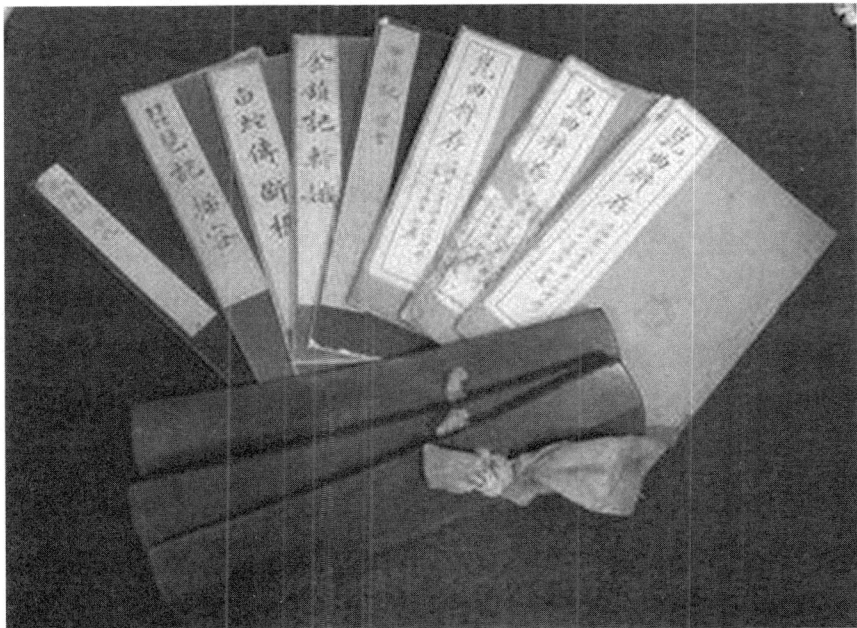

俞平伯使用过的昆曲曲谱和檀板

去专门制作，而是由俞平伯与袁敏宣等人辛苦写就。俞平伯的楷书十分美观，袁敏宣又是晚清翰林之女，他们写出来的唱、白字幕用幻灯一放，观众反而十分欣赏，认为"有气派""书卷气浓"。

山雨欲来风满楼。1957年6月，整风反右运动开始了，国家政治生活的短暂平静又被打破……

在这场急风暴雨式的政治运动中，三年前就遭点名批判的俞平伯却能安澜。说起来，5月16日召开的戏曲座谈会上，俞平伯甚至还唱了点"反调"，他说："《十五贯》唱红之后，昆曲并没有脱离危险时期，电台广播极少，自身力量不够，政府支持不够，对群众联系太少……"（陈徒手：《人有病，天知否：1949年后中国文坛纪实》，生活·读书·新知三联书店，2013年，第19页）好在参加这个座谈会的康生认同了俞平伯的意见，他在会上的讲话中好几次提到"俞先生"，这才使俞平伯上述发言没有被抓辫子。

然而，与俞平伯生活在同一屋檐下的长女俞成，却不幸被打成"右派"。

说起长女俞成，作为父亲的俞平伯没有少操心。她18岁那年正逢"七七"事变，卢沟桥燃起抗战烽火，北大、清华两所高校南迁。俞平伯因要侍奉父母高堂不便随迁，但又担心正值妙龄的一双女儿俞成、俞欣遭到不测，于是就将她们托付给随清华大学一起南迁昆明的好友朱自清，请

俞平伯在长女俞成陪伴下出门

他当姐妹俩的监护人，两姐妹还在朱自清的安排下，上西南联大读书。其中，老大俞成学的是英语专业。1943年的一天晚上，25岁的俞成在昆明英国新闻处举办的舞会上，结只了来中国报道抗日战争的该处葡萄牙籍记者约瑟夫，不久，两人在昆明结婚。俞成的浪漫之举，让千里之外的俞平伯不知所措，唯有无奈写下总题为《大女于归》的七绝诗二首。其中第二首云："人言此事何须诧，愧我痴愚却损眠。蛮语参军应不恶，只愁冰玉两茫然。"最后两句的意思是：讲外语和参军都不是坏事，只担心中国岳父与外籍女婿如何相处。抗战结束后，俞成为约瑟夫先后生下儿子韦奈和女儿韦梅。抗战结束后，约瑟夫的工作调到香港。1948年底，俞成带着2岁的儿子韦奈和1岁的女儿韦梅从广州到北平，看望父母亲及爷爷奶奶。她本只打算在北平家里短暂停留后，就带孩子赴香港与丈夫会合的，不想正逢上解放军挥师入关兵临北平城下，他们一时出不了城；等到北平和平解放，连忙去买船票，却因海上封锁再也买不到去香港的船票了，于是俞成和两个孩子只能滞留北平父母家中。到1950或1951年时，约瑟夫欲在香港结婚另组家庭，他写信给俞成提出离婚，她鉴于政治形势觉得不可能带孩子去香港团聚了，便表示同意。此后，俞成竟患上一种叫"腰脊椎结核"的病，三年卧床不起，后经治疗，加上自己顽强的毅力和乐观的精神，终于重新站起。1958年"大跃进"运动中，她响应政府号召走出家门，去一所中学教语文课，但马上被补划为右派分子。这样一个久已游离社会生活之外的知识妇女，怎么会成为"右派分子"的呢？据她儿子韦奈说，"后来方知是因为所在学校没有完成指标，把她硬划进去。从此她再没有工作"。（韦奈：《旧时月色：俞平伯身边的人和事》，中国华侨出版社，2012年，第49—50页）这让天天处在一起的父亲俞平伯情何以堪？

然而，再不顺心的日子还是要过下去的。1957年下半年里，俞平伯依旧大行"保存、改革昆曲"之道。他甚至还开始与昔日执教清华大学时的学生、时任天津戏曲学校副校长华粹深共同改编昆曲《牡丹亭》。

却说早在上世纪三十年代，俞平伯在清华大学组织谷音社，最欣赏的就是汤显祖的名作《牡丹亭》，其词读之数十遍，其折又歌之数百遍，并且一直有志于将《牡丹亭》缩编全本成为一剧。当时，华粹深就是谷音社的一员。新中国成立后，他在天津戏曲学校任教，依旧研究昆曲不辍。俞平伯与他合作改编昆曲《牡丹亭》，一共花了两年时间，师生俩你切我磋，京津两地奔波探讨无数次，终于改编成功。

周恩来总理也关心着俞平伯主持下的北京昆曲研习社，好几次，他都拨冗前来看他们排练或演出。张允和回忆："总理每次来，都没有前呼后拥的随从，静悄悄地当一名普通的观众。但我只要知道总理要来，一定把前几排和总理的座位四周都安排好熟识、可靠的人。"

1957年11月2日晚上，北京昆曲研习社在中国文联礼堂第一次举行公演。俞平伯组织社员们上演了昆曲折子戏《胖姑》《出猎》《琴桃》《卸甲》《佳期》等。周恩来兴致盎然前来观看，叶圣陶、陈叔通、张奚若、康生等也都到场。演出中，出现不少遗憾之处，照张允和当天日记中的说法，"《出猎》的胡保棣，说白好，扮相第二，工架第三，唱得差些。李三娘身段稳，气氛不够，咬字、唱腔不够好。我的王旺不好，扮相太矮小，没气派，举起手来太轻，嗓子太尖，水桶几乎挑不起。最后的《絮阁》，周的杨贵妃，唱做均佳，扮相不够好。苏姐的唐明皇唱得勉强，表情全无"。年已58岁的俞平伯，又一次粉墨登场，但他演得怎么样，张允和没有评点。而照他儿子俞润民称，"俞先生也粉墨登场扮演角色，一时传为佳话"。尽管是业余水平的演出，周恩来却看得很认真，张允和演完她那一折《出猎》下来，还没坐到剧场自己的座位上，周恩来就伸过手来与她握手。小演员许宜春戏演完转进剧场，刚要到第三排自己的座位上落座，坐第四排的周恩来不仅跟她握手，还问她几岁了，读几年级了，是哪里人。当小宜春一一回答后，反问你是哪里人，周恩来却很和蔼地回答："我是淮安。"

在1957年这一年里，俞平伯一共参加有关昆曲的座谈、演出、会议达36场，发表文章3篇。北京昆曲研习社，果然成了他躲避批判，苦中寻乐，安慰妻子的风雨亭。

进入1959年。这一年似乎是俞平伯在整个五十年代日子最好过的一年。

3月18日至30日，连任第二届全国人大代表的他与同为代表又兼苏州乡友的叶圣陶、王伯祥等，一起赴江苏开展代表视察活动。他们先后到了南京、扬州、淮阴、涟水等地，听取了整治大运河的报告，参观了"解放台湾"的宣传工作展览，视察了农村村庄和城里的居民新村，还看了工厂和学校。

在俞平伯的主持下，到这一年，北京昆曲研习社社员已经发展到近百人。他还特别重视吸引青少年学昆曲，因为他知道，昆曲要传承，必须要有新生力量。所以他把自己不满10岁的外孙女韦梅也发展进曲社学唱昆曲。但昆曲词句很难懂，要孩子们学唱不容易，好在这些孩子的长辈不乏资深曲友，如小社员许宜春的爷爷许潜庵、爸爸许芷方都懂昆曲，俞平伯就督促大人们认真教练。如外孙女韦梅，就是由他和夫人许宝驯一手调教出来的。在曲社近百人的社员队伍里，时时可见年轻人的身影。

北京昆曲研习社人强马壮了，俞平伯便带领社员们开始排练他和华粹深共同改编成功的全本昆剧《牡丹亭》。《牡丹亭》堪称昆曲中的皇冠之珠，难度非同一般。曲社作为业余班子居然敢碰，业内不由啧啧称奇。曲社几乎安排了三分之二的社员投入到这部戏的排练中去，袁敏宣饰柳梦梅、周铨庵饰杜丽娘、范崇实饰杜宝、伊克贤饰杜母、张允和饰石道姑，十二岁的小演员许宜春饰春香，连音响、前后台、幻灯字幕，都由曲社社员们一手操作。社员樊书培回忆："俞先生排戏一直盯看，看得很细。谁唱得好，就大声夸奖，并会说一些典故；谁谁以前这段唱得不错。"张允和回忆，有时都要排练到晚上11点钟才停下。为了排演好《牡丹亭》，俞平伯甚至还从上海专门请来昆曲"传"字辈名家朱传茗、沈传芷、张传芳、华传浩等来京指导排练。这部戏一排就是好几个月，终于排出了建国后第一个全本昆剧《牡丹亭》的舞台演出版。

10月3日，是俞平伯举办业余昆曲团体史上引以为豪的日子。这天晚上，他带领北京昆曲研习社在长安大戏院首次举行全本昆剧《牡丹亭》汇报演出，以此庆祝中华人民共和国成立10周年。

是夜，北京东长安街上灯火璀璨，人流熙熙攘攘，建于1937年的长安大戏院古朴典雅。俞平伯领着11岁的外孙女韦梅站在戏院门口迎迓各路来宾。有熟识的曲友一进来，先是与俞平伯热情握手，然而摸摸小韦梅的脸蛋，夸赞俞平伯将小外孙女培养成又一个"杜丽娘"。曲友说的是八个月前的2月5日，曲社在九三学社春节联欢晚会上，演出了昆剧《牡丹亭》里"学堂""游园"两出折子戏，小韦梅演出了其中"游园"一折，当时，她的一唱一做、一招一式，还赢得满场喝彩呢。

当晚演出大获成功，专门从天津赶来的华粹深十分高兴，演出结束后，他张罗俞平伯与主要演员们都到长安大戏院门口照了一张合影。戏院方面见过当晚演出盛况，便高兴地请他们到10月8日晚上再加演一场。

如果说，《牡丹亭》公演成功让俞平伯感到高兴的话，那么，更加让他喜出望外的是，作为戏剧界"业余人士"的他居然接到人民大会堂国庆宴会的请柬。张允和是北京昆曲研习社的联络组组长，出席这样的大场面，俞平伯自然要带她一起出席。直到86岁时，张允和还清楚地回忆起当年这一盛况：

> 1959年10月8日，是个好日子。天安门广场上的人民大会堂举行第一次国宴。这是一次不平凡的宴会，有五百桌客人。他们都是参加国庆会演的全国戏剧团体。我们的北京昆曲研习社，参加了这次宴会，是唯一的业余戏剧团体。我们曲社参加宴会的是俞平伯社长和我，我是联络组长（俞先生出席宴会，总是捎带着我）。这是我们北京昆曲研习社参加全国戏剧会演的一次盛大的宴会。
>
> （同上，第82—83页）

事实上，张允和的回忆把宴会的级别搞错了，这场宴会不是"国宴"，而是"市宴"。据《俞平伯年谱》记载："10月8日午，中共北京市委、北京市人民委员会在人民大会堂欢宴参加国庆十周年献礼演出团体，俞平伯和张允和代表北京昆曲研习社出席。"

1960年11月20日，俞平伯接到通知，北京昆曲研习社自明年起改由北京市文联领导。于是，他们常常得到市文联下属的戏剧家协会的业务指导。

时光流转，俞平伯携夫人许宝驯同心戮力举办北京昆曲研习社，度过若干政治"运动"风波，安然挨到1964年。举办曲社的8年时光里，夫妇俩在昆曲中找慰藉，寻快乐。俞平伯发现，夫人不再害怕了，脸上也有了笑容。在他看来，昆曲研究演习，果然是一座行藏养拙的风雨驿亭。

然而，弄笛奏弦、低吟浅唱的韬光养晦的日子终于到头了。

1964年6至7月间，北京戏剧舞台举行了一场声势浩大的"京剧现代戏观摩汇演"。全国各地京剧团纷纷带着有关"工农兵"题材的剧目晋京演出。这是共和国成立以来首次集中如此之多的京剧现代戏同时晋京上演，共有5000多位演职人员参与其盛。汇演期间，江青明确提出京剧要刻画当代生活，塑造工农兵形象。她还表示，要亲自把上海爱华沪剧团的革命现代沪剧《红灯记》和哈尔滨京剧院的革命现代京剧《革命自有后来人》，改编成"京剧样板戏"《红灯记》。

京剧现代戏观摩汇演让俞平伯坐不住了！他隐约感到曲社再改编上演昆曲古装戏不合时宜了，而要编出一个"革命现代昆剧"来，他既没有合适的题材，又没有这份政治素养。

据张允和回忆，当时俞平伯夫妇曾与她根据话剧《岗旗》改编过一出同名"革命现代昆剧"，俞平伯夫妇谱了前半部的曲，让张谱后半部的曲，俞平伯还邀请他上北京大学时的昆曲老师吴梅（字瞿安）的儿子吴南春也来参与。甚至到了规模盛大的京剧现代戏观摩汇演举办前三月，俞平伯还邀文坛大家叶圣陶合作，试图将《岗旗》顺利搬上昆曲舞台。然而，终因大家都感到不伦不类而告终。

既然不能"行"，那就还是"藏"吧。于是，京剧现代戏观摩汇演结束后，1964年8月，俞平伯提议北京昆曲研习社自行解散。

曲社社员王湜华回忆："曲社停办时，账目很清楚。"张允和根据自己的日记记载统计，北京昆曲研习社在"1956—1964年的八年中，举行了四十多次彩排，其中有传统戏四十多折，曾节编全本《牡丹亭》，参加1959年国庆献礼，举行更多次数的大小曲会，其中规模最大的，有纪念汤显祖、关汉卿、曹雪芹及《琵琶记》的曲会（又叫"同期"）"。她一直认为，这八年是北京昆曲研习社最成功、最美好的时期。

第八章　犹不废红学

　　俞平伯因《红楼梦》研究而遭受大批判最为激烈的时段，当属1954年10月至1955年12月之间。说起来，在这一年零三个月的时间，他几乎没有关于红学文章发表问世，其间，他仅仅在1954年11月21日《北京日报》上发表过一篇红学札记《西城门外天齐庙》，那也是他早在受到大批判之前就投给该报《文化生活》副刊的。除这一篇外，他再没有发表过任何红学文章，他对大批判，不辩解、不发声，甚至对信口雌黄、肆意抹黑的文章也不著一字澄清和反击。

　　也许人们要问：当时，俞平伯本人对遭受大批判是什么态度呢？是接受，还是不服？其实这个答案，连在他身边生活着的最亲热的外孙韦柰都不得而知，因为韦柰曾经两次在他写的书中说到这个问题：

　　　　在我与外祖父共同生活的40年中，从未听他议论过1954年那场对他来说是极不公正的批判。

　　　　（韦柰：《我的外祖父俞平伯》，团结出版社，2006年，第12页）

　　　　1954年那段历史，外祖父平日很少提及，在他的日记和信件中也很难找到只言片语。在我们家里有个不成文的规矩，若不是他主动提及《红楼梦》，家人都绝口不谈。

　　　　（韦柰：《旧时月色：俞平伯身边的人和事》，中国华侨出版

社，2012年，第14页）

　　按韦奈等俞平伯亲属回忆，1954年10月至1955年12月，正是他与助手王佩璋校勘整理《红楼梦》八十回本工作逐渐走向收尾的阶段。照他在开展这项工作之初的习惯做法，他是一有所得所悟，就会随时撰文发表，以期引起关注和辨证。然而，直到1956年5月，他终于完成了《红楼梦》八十回本的校订工作，但他还是没有红学方面的文章发表出来，哪怕是一篇短小简约的随笔、札记。

　　人们都以为俞平伯"一遭挨蛇咬，十年怕井绳"，从此对红学研究噤声了！

　　然而，令人们没有想到的是，1956年5月，俞平伯突然在当月新出版的《新建设》月刊第5期上发出一篇长文：《〈红楼梦八十回校本〉序言》。这篇《序言》本该是出版《红楼梦》八十回本时放在书上用的，但俞平伯却将其抽出先期公开发表。难道他吃苦不记苦吗？

　　更有甚者，5月31日，由九三学社主办的《九三社讯》第五号不仅转载了作为九三学社中央委员的俞平伯上述文章，而且还为之加了"编者按"。编者按称，"俞平伯同志这篇《序言》对于《红楼梦》研究中的一些重要问题，提出了作者的新的看法，这些看法，我们认为基本是正确的"。

　　上述这件事，颇能体现俞平伯的文人智慧。

　　因为他提出过："乐天不忧惧"，"惟前进才有生命，要扩展生命，惟有更前进"。这两句话，是俞平伯文人智慧的基础。在他看来，自然规律不会改变，人要善于遵守而不要忧伤恐惧；跟无限的时间比起来，人的物质生命是极其短暂的，因此唯有有所作为才能在精神意义上扩充和伸展生命。有鉴于此，他并没有因为受到举国规模的批判运动而停止了对《红楼梦》的研究，而是顽强执着地继续在红学领域求索。

与"乐天不忧惧"和"惟前进才有生命"两句话相对应的，是俞平伯还提出"养拙慎言行"和"勤靡余暇，心有常闲"两句话。这两句话是他文人智慧的精髓。因为他认为，人不可能永远处于顺境，当人处在逆境之时，就应藏锋养拙，这个"养拙"不是"装笨"，简单一味地"装笨"是下策，可能功亏一篑。而所谓的"养拙"，则是与古代政治家所推崇的"韬光养晦"是一个道理。

当然，这时候国家的意识形态形势也悄然发生了变化。

5月2日，领袖毛泽东在最高国务会议第七次会议上正式宣布了"百花齐放、百家争鸣"的发展科学、繁荣文艺的方针。5月26日，中共中央政治局候补委员、中宣部部长陆定一在北京怀仁堂举行的思想宣传工作的会议上，作了题为《百花齐放，百家争鸣》的报告。他在报告中，除了全面宣传"双百"方针精神外，还举到了俞平伯的例子，并对两年来批判他的文章作了审视。陆定一说：

> 他政治上是好人，只是犯了在文艺工作中学术思想上的错误。对他在学术思想上的错误加以批判是必要的，当时确有一些批判俞先生的文章是写得好的。但是有一些文章则写得差一些，缺乏充分的说服力量，语调也过分激烈了一些。
>
> （陆定一：《百花齐放，百家争鸣》，《人民日报》1956年6月13日）

陆定一在报告中提到俞平伯时，不仅把对他的批判从政治运动的层面拉回到学术讨论的层面，而且还特地帮他开脱了两年前如《云南日报》所刊《从"孤本秘笈"谈起》之类文章关于他"专恃孤本秘笈"的指责。陆定一指出："至于有人说他把古籍垄断起来，则是并无根据的说法。"

　　1957年，上海古籍出版社再版了他三年前由上海文艺联合出版社出版的《脂砚斋红楼梦辑评》一书。

　　进入1957年6月，反右运动已经开始。然而，俞平伯却仍然不惮谈论《红楼梦》。

　　当月19日，他在《语文学习》第6号上，发表了一篇类似答读者问式的短文《〈刘姥姥一进荣国府〉里板儿的辈分和青儿、板儿的关系》。由于提出问题的读者，分别是吉林、山西的两位中学老师和安徽的一个中学教研组，所以，他是应该刊之约回答读者问题的。

　　1958年2月，俞平伯校订、王佩璋（出版时署名"王惜时"）参校的《红楼梦》八十回本终于由人民文学出版社正式出版。该书的序言是俞平伯自己作的，即他于1956年5月发表在《新建设》月刊第5期上的长文《〈红楼梦八十回校本〉序言》。俞平伯校勘整理的《红楼梦》全书共四册，即《红楼梦》八十回本上、下两册，《红楼梦后补四十回》和《红楼梦八十回校字记》各一册。俞平伯将这套书如此分册，是为了将曹雪芹所著的《红楼梦》前八十回与高鹗所补的后四十回截然分清，同时再附一册"校字记"，是为了向读者说明他是从哪些版本校订的，以便对照参考。这样一套四册有分有合有说明的《红楼梦》版本，既符合推广普及中华传统文化的需要，也适应红学专业研究者和业余爱好者研究的需要，因此，受到读者普遍欢迎，人们称之为"俞校本"。该书发行以后书市上一时洛阳纸贵。顺便说一下，据俞平伯所在单位中科院哲学社会科学学部文学研究所党总支书记王平凡后来回忆，"到1962年《红楼梦》（指"俞校本"）印数有14万部"。

　　1959年是开展反右倾运动之年。俞平伯似乎依旧无视政治风云的变幻。

　　在6月25日的《北京晚报》上，他发表了一篇随笔《"不当家花拉的"》，对《红楼梦》里二十八回和八十回里各出现一次的北京俗语"不当家花拉的"进行了考正。"不当家花拉的"一语，读者从字面上很难理解，况且现代的北京已经没听见人们使用了。但俞平伯通过查阅《儿女英雄传》和《帝京景物略》等古籍，考证此语在明清时期的北京话里确实曾经使用过，"不当家"又作"不当价"，意即不忠于职守；"花拉的"是词语语气的后缀，相当于江浙一带口语中称"罪过""作孽"为"罪过不勒"一样。

仅隔了三天，俞平伯在6月28日的《北京晚报》上，又发表了一篇红学随笔《略谈新发见的〈红楼梦〉抄本》。7月8日，香港《大公报》也刊载了此文。在文中，俞平伯首先发布消息："最近中国科学院文学研究所买到一部一百二十回抄本的《红楼梦》"，"据从前的收藏者说，是高鹗手定的《红楼梦》稿本"。然而，经他与现存的程伟元、高鹗的一百二十回《红楼梦》文本比较，就发现了问题：程高本第十六回末尾，写到秦钟死前，是对宝玉说了一段话才死的，而新发现的《红楼梦》抄本却写"无奈痰堵咽喉，不能出语"。因此，俞平伯怀疑它不是高鹗手定的稿本，而是程高刊行《红楼梦》以前约两三年的本子。根据这个新发现的本子，他甚至在文中宣称，他所认为的后四十回不像是程伟元、高鹗所续写的谜底，大概快要"揭晓了"。

1959年上半年，俞平伯还写下过《〈红楼梦〉札记两则》，其中一则题为《东风与西风》，一则题为《宝玉得名的由来》。定稿后，他交给何其芳看，何其芳看过以后，俞平伯曾拟在《光明日报》的《文学遗产》专版第263期上发表，但不知什么原因没有发表出来。一直到俞平伯去世后第二年，1991年11月22日，此文才在这一天的《天津日报》上发表出来。何其芳尽管是俞平伯上世纪三十年代执教清华大学时"听过几堂课"的学生，但俞平伯却对这位1953年2月22日北京大学文学研究所一成立就任主持日常工作副所长的"学生"十分尊重，自从在何其芳手下工作后，有事有文，都要跟何其芳商讨，更何况，何其芳本人也是一位富有研究成果的红学家。

进入六十年代，俞平伯仍然不惮公开评说《红楼梦》。

他先是在1961年11月26日《光明日报》的《文学遗产》专版上，发表了一篇札记《读〈桐桥倚棹录〉，注〈红楼梦〉第六十七回数条》。原来，其时他借阅了苏州乡谊兼挚友、历史学家顾颉刚收藏的"流传甚稀"的清道光时期古籍《桐桥倚棹录》，忽尔对《红楼梦》六十七回里有关薛蟠带来的苏州虎丘玩物有所感悟，于是援笔成篇，并公开发表。

之后，俞平伯甚至不屑在报纸副刊上发表短文，而是开始在有广泛影响的载体上发表长篇论文了。

当年12月1日，他应中华书局之请，就该社影印出版《脂砚斋重评石头记》十六回本（即甲戌本），写了一篇文字很长的《后记》。他在文章一开头，就肯定了中华书局影印甲戌本的意义：

> 在清程伟元活字排印以前，《红楼梦》一直以"脂砚斋评本"流传着，自成一系列。我们已有己卯、庚辰两本，戚蓼生序本，甲辰梦觉主人序本，独有这较早的"甲戌再评本"十六回没有流传。现在将它重印出来，在《红楼梦》版本史上是很有意义的事情。研究《红楼梦》的人，他们将更能了解本书早年的情况，作者、批注者和本书的关系。
>
> （《俞平伯全集》第陆卷，花山文艺出版社，1997年，第241页）

此文洋洋洒洒，一万余字，有文字有图表。俞平伯在文章中讲了三层意思，一是甲戌本的概观；二是从各种迹象看甲戌本应该不止十六回；三是甲戌本的重要性。特别是他在文章中认为甲戌本十六回，"虽然这样零乱残缺，而在考证研究《红楼梦》上仍不失为很重要的第一手资料"。通过它"可以推测著作《红楼梦》的大概时期"，"可以确定著作者为曹雪芹"，"可以确定著者的卒年"。他还认为，"版本有先有后，也有优劣。优劣当以本身为断，和先后不必有固定的关系"。俞平伯此文，还没等到中华书局出版影印《脂砚斋重评石头记》十六回本（甲戌本）的书，就分两次发表在1962年《中华文史论丛》第一、第三辑上。

顺便补述一下。中华书局影印《脂砚斋重评石头记》十六回本出版以后，有红学圈里人提出，俞平伯在该书《后记》中认定，这个本子是个残缺本，其中的第八册已经亡佚，但从现存第二十八回后附的一些题跋看来，这一册应该是第八册而不是俞文所认定的第七册。为此，1963年，俞平伯又在中华书局的《中华文史论丛》第三辑上，发表了《影印〈脂砚斋重评石头记〉十六回后记的补充说明》专门回答了这个问题。

1962年，人民文学出版社找到俞平伯，说是他校勘整理的《红楼梦》八十回本于1958年2月出版发行以后，广受读者欢迎，各地书店纷告售罄，因此，该社打算重印。重印前，他们想请他重新校阅全书。他一听，马上欣然接受，乐意重校，还认为这是出版社给了他一个好机会。

原来十年前俞平伯开始校勘整理《红楼梦》八十回本时，被红学界广泛认为最有可能是曹雪芹亲创的《脂砚斋重评石头记》十六回本（甲戌本）还没有原书，况且当时他校勘整理所依据的底本，是清末民初上海有正书局石印的戚蓼生作序本（戚序本），虽然他也用甲戌本作辅材来对照改字，但那甲戌本是"辗转过录的"，"而且是残缺讹乱的"（俞平伯语），不仅不完全，而且还不免有错误。而现在人民文学出版社要他重校《红楼梦》八十回本，正好上一年甲戌本已经由中华书局出了影印版，完全可以用这一新材料对照修订一个更符合曹雪芹原创面貌的《红楼梦》八十回本了，这对保护和流传这部堪称海内奇书的古典文学巨著说来是十分重要的。

尽管人民文学出版社给俞平伯重校的时间很紧，但年已63岁的他，还是说干就干，马上伏案工作，只用了大约一个月的时间，就完成了重校，按时交了稿。

当时，俞平伯对古籍校勘整理的认真态度，几乎到了一丝不苟的程度，直到他身故以后，后人仍在称道。1996年6月，中华书局（香港）有限公司再版"俞校本"《红楼梦》，在说明中就称他的这一校本是一个"典范"，"而其方法与理论，即使在今天，依然具有指导作用和启发意义"。他"丰厚深湛的古代文化知识与修养"，"令人钦佩"。

俞平伯重新修订《红楼梦》八十回本交稿前，还写了一篇文章，题为《重订〈红楼梦八十回本〉弁言》，时间是1962年10月23日。在此文中，他认为自己当时校勘《红楼梦》八十回本用有正本（即戚蓼生序本）作底本是不错的。甲戌本确实质量很高，而戚序本又很接近甲戌本。况且，甲辰本和程甲本，也有与甲戌本相合的，因此，年代较晚的甲辰本和程甲本不能一概抹杀。因此，俞平伯认为自己的这次重新修订工作，还是很有意义的。

时至今日，再细细品读俞平伯的这篇《重订〈红楼梦八十回本〉弁言》，人们也许会感到颇有意思，因为或许能够从中品味一点他对1954年10月突发的"红楼梦研究批判运动"的态度。文章一开头，他就宣称，想谈谈对重订《红楼梦》八十回本的感想。他有什么感想呢？文章的第二自然段便说：

首先感到五八年校本的质量还不够好：其一是客观上的缺陷，当时甲戌本（下简称"戌本"或"戌"）原书不在，所据只是辗转过录的，非但很不完全，而且不免有误；其二是主观方面的毛病，工作太粗糙了，做得不够地道——更严重的，我在那时，有些想法、看法也不大对头。自然，总也有一些缘由，这里不多说了。

（《俞平伯全集》第柒卷，花山文艺出版社，1997年，第35页）

俞平伯的这段文字，似乎采用了"春秋笔法"。他在讲自己1958年出版的《红楼梦》八十回本"质量还不够好"的主观原因时，先推说由于自己当时"工作太粗糙了"，但下面他就用"更严重的"四字一转笔锋，说"我在那时，有些想法、看法也不大对头"。"那时"，是什么时候呢？众所周知，俞平伯校勘《红楼梦》八十回本始于1952年10月，终于1956年5月，而有关批判俞平伯所谓《红楼梦》研究中资产阶级唯心论的运动始于1954年10月，人们自然不难想象他说的"那时"是指什么时候。他虽然承认"有些想法、看法也不大对头"，但下面马上又强调了"自然，总也有一些缘由"；他想说些什么，最后还是没说，含糊其辞地用"这里不多说了"一句带过。寥寥数语，尽在不言之中，足以让人们想象他对自己遭受举国大批判的真实态度了。这一节文字，典型地体现了俞平伯"养拙慎言行"的文人智慧。

1963年6月，俞平伯重新修订的《红楼梦》（八十回校本）由人民文学出版社出版，书市上又一次洛阳纸贵。

进入六十年代以后，俞平伯自从1955年、1956年两度回过故乡以后，对家乡德清比以往任何时候更加关注。他经常从由杭州来北京公干的堂弟俞铭铨和姐丈许逸轩那里，打听故乡德清的社会发展和文化建设情况。

1962年，俞平伯收到一封陌生来信，写信人叫"胡文虎"，他在信中自我介绍系德清县文化馆的干部。信中说，家乡拟于当年秋天择时举办文物书画展览会，以飨广大乡亲共赏，希望他如果存有作为近代文化家族的俞氏祖上传下文物，能够出借供展。胡文虎先前与俞平伯一直没有联系，因他觉得自己与这位海内闻名的学者大家仰之弥高。但忠于职守的胡文虎这次为了把展览办出水平、办出影响，还是心怀惴惴给俞平伯写去了信。

没想到，10月20日，俞平伯不仅回了信，应邀书写了杜甫的《秦州诗》一幅相赠，还特别捐赠他珍藏了几十年的曾祖父俞樾所临秦篆条幅。怕寄丢掉，他还特地委托正巧来京的堂弟媳毛曼曾回杭州时捎带去，再通知胡文虎到杭州来取，以求万无一失。不仅如此，俞平伯为家乡办好这一展览会，还分别向郭沫若、沈钧儒、夏衍、叶圣陶、沈尹默、丰子恺等重量级名人求赐墨宝。因为这些重量级名人同时也是名满天下的书法家，他们的书法作品，自然能给地处江南一隅的德清举办的文物书画展增色多多。为家乡做了这么好的事，可是俞平伯在给胡文虎的回信中却十分谦恭。他说：

德清文化馆：

文虎同志：

　　大示及附件早已收到。故乡有文物展览之盛举，在远闻之不胜欣抃。兹奉上先曾祖临秦篆条幅，展览以后即赠您处永远保存。又来纸嘱书，为涂写杜甫秦州诗，字劣甚愧。以来意甚盛不敢固却耳。此两件已交舍弟妇毛曼曾带杭，住外西湖40号俞楼，可赐洽。

　　此致

敬礼！

俞平伯

十月廿日

（孙玉蓉编：《俞平伯书信集》，河南教育出版社，1991年，第161页）

众多名人大家的墨宝中，时任中国科学院院长的郭沫若，贵为俞平伯单位文学研究所的上上层领导，工作十分繁忙，他却也写下一幅书法作品，足见俞平伯面子之大。郭沫若在1954年10月《红楼梦》研究批判事件一发端，马上出面表态支持两个"小人物"李希凡和蓝翎，并批评了俞平伯。如今俞平伯能为家乡之需向他求字，他也能应俞平伯之邀书赠墨宝，可见俞平伯胸襟开阔，也可见郭沫若仍然团结俞平伯，两人并无私怨。郭沫若的书法，奇崛雄隽，一如铜琶铁板，全中求其字者甚众，能拿到他的字，十分地不容易。于是，俞平伯不仅专门用挂号信给胡文虎寄去，还另外写信说：

文虎同志：

　　闻舍弟铭铨及许逸轩姐丈常谈起您办理故乡文化事务很积极，为佩为慰。前逸轩嘱向郭老求书，他已百忙中写就给我，已于今日挂号寄奉。收到后祈见复。此致敬礼！

俞平伯

（一九六二年）十二月十九日

（同上，第161—162页）

俞平伯给远在老家德清的胡文虎的两封回信，时间上前后相隔了两个月，但说的却是一件事，即为了家乡德清要办文物书画展览提供展品。对于家乡一位不仅素不相识而且无名的文化干部的一封来信，俞平伯却不惜耗费两个月的时间和精力，全部满足了信中所提的三个要求——提供家藏书作，题赠个人书法，广罗京城名人墨宝，从中可见俞平伯对德清的桑梓情谊是何等的深厚。

1963年春节，德清县历史上唯一一次高规格的"历代书画展览"，在县城城关镇隆重开展。由于俞平伯、蔡圭青等域外德清籍文化名人的大力襄助，这次展览展品丰赡，档次高企，规模盛大，影响广泛。县内县外人们近悦远来，大家驻足过去和现在名人大家的翰墨画作前，久久不愿离去。人们一饱眼福之余，纷纷叹服德清江南一县，竟能办出如此水平的书画展览。

1963年，正是曹雪芹逝世二百周年，红学界掀起了纪念这位伟大文学家的热潮，许多红学家纷纷发表文章对曹雪芹进行纪念。俞平伯也不例外，他专门写了一篇论文《〈红楼梦〉中关于"十二钗"的描写》，发表在《文学评论》1963年第4期上，旨在帮助读者更加深刻地理解《红楼梦》中的女性人物。他在文中说："'十二钗'不过书中人物的一部分，而本篇所谈，又是'十二钗'的一部分，自难概括。还有一点困难，后四十回乃后人所续，他对书中人物看法不同，以致前后歧出，已广泛地引起读者的误解。""因书既未完，她们的结局不尽可知，除在脂砚斋批里有些片段以外，其他不免主观地揣想。"因此，他想立足"了解曹雪芹怎样描写'十二钗'"，"比连着后四十回来谈，造成对书中人物混乱的印象毕竟要好一些"。

然而，令俞平伯始料不及的是，他这篇文章中有关曹雪芹在《红楼梦》里对"金陵十二钗"人物塑造方面的观点，与领袖毛泽东的看法不尽相同，于是在尔后的"文化大革命"运动中，便成了他"反对伟大领袖毛主席"的一条罪状。其实俞平伯在写此文时，哪知道毛泽东对曹雪芹描写"金陵十二钗"有自己的观点呢？这件事此处暂且略过。

1963年，也是俞平伯自因《红楼梦》研究挨批以来发表红学文章最多的一年。

5月25日，他还写下一篇长篇论文《谈新刊〈乾隆抄本末百廿回红楼梦稿〉》，发表在1964年《中华文史论丛》第五辑上。在文章中，他以"近来中华书局上海编辑所影印文学研究所所藏旧抄本《红楼梦稿》一百二十回"为话题，来说明自己对曹雪芹所写下的《红楼梦》前八十回的有关看法。他说了三个问题。一是《乾隆抄本末百廿回红楼梦稿》的概观，二是这个《红楼梦》版本与其他版本存在的异同，三是讨论这个《红楼梦》版本是否就是高鹗续写的《红楼梦》版本。

到了1964年10月8日，俞平伯写下《记"夕葵书屋〈石头记〉卷一"的批语》一文。但不知是什么原因，此文当时没有发表，一直到为期10年的"文化大革命"运动结束后，他才拿出来发表在1979年《红楼梦研究集刊》第一期上。

说到俞平伯这篇"雪藏"既久的红学文章，就要说起他与一位素昧平生的红学爱好者毛国瑶之间的故事了。原来在1964、1965年两年间，俞平伯与这位生活在南京的"草根"红学爱好者毛国瑶通信寄书达20余次，超过同期他与包括亲人在内的任何人通信的频率。何以会如此？这就不得不插叙一段红学界曾惹出一段风雨的"《红楼梦》靖本"发现之往事。从中可以体会，俞平伯对《红楼梦》研究是怎样一段"剪不断、理还乱"的心理。

1964年3月初，俞平伯收到寄自江苏南京的一封陌生来信，写信人就是毛国瑶。他在信中称，1959年，他在南京浦口的友人靖应鹍家阁楼的旧书堆里，发现过一本八十回脂评《红楼梦》古抄本。他当即借回家，对照了自家藏有的清末民初有正书局石印戚序本《红楼梦》，发现两者的脂评批语既有一样的，但也有很多不一样的，于是，他用练习本抄下同戚序本不一样的脂批150余条，抄后就将这本古书归还主人靖应鹍。近来，他见到了俞平伯在1963年第4期《文学评论》上发表的《〈红楼梦〉中关于"十二钗"的描写》一文，想到俞平伯是著名红学家，所以写信告知俞平伯，靖家藏有世所未见的新一种《红楼梦》古抄本。

　　没想到，作为大学者的俞平伯没有端架子，还马上给毛国瑶回信，说是感谢他详告发现"靖藏本"的经过，并希望他能热心帮助，找到此书。然而，也真奇怪，当毛国瑶再到靖应鹍家找此书时，两人把个小小阁楼翻了底朝天，却再也找不见此书了。无奈之下，毛只得把自己当时抄有该书所载脂批的练习本，寄给俞平伯以塞责。靖应鹍也写信给俞平伯，说了找不到"靖藏本"的遗憾。

　　俞平伯复信毛国瑶，既为找不到原书深感"惋惜"，但也肯定他"即您所记，已大可玩味"，认为"在极其讹乱之中，有罕见之资料，又绝非伪作"。至于"说此抄本只有'畸笏'一名"，他认为"无碍其为脂本，所谓'脂砚斋评'只是一个总标题，其实评家非一人，先后非一时，十分混乱"。

　　当年6月30日，俞平伯还十分谦恭地复信靖应鹍：

　　应鹍先生：

　　　　接奉手书，知尊藏《石头记》原书恐难找到，非常惋惜。所幸毛国瑶先生曾记下不少的材料，我已根据这些评语写为文章了。此文初稿已完，日内将要给毛君。又承检赐旧抄脂斋批残叶，亦已由毛君转到，虽只零星，实可珍贵，不胜感谢感谢！将来亦拟写为专文公诸世间，以发扬您关心文物之盛意也。专复布谢，敬候！

　　　　　　　　　　　　　　　　　　　　　　　　　大安

　　　　　　　　　　　　　　　　　　　　　　　俞平伯上

　　　　　　　　　　　　　　　　　（一九六四年）六月三十日

　　　　　　　　　　　　　　　　　　　　（同上，第198页）

此信发出四个月后，俞平伯果然按毛国瑶寄送给他的"旧抄脂斋批残叶"，写出了"文章"，这就是上述写好后又没有拿出去发表的《记"夕葵书屋〈石头记〉卷一"的批语》一文。

"靖藏本"的消息在红学界传开以后，除俞平伯外，红学家周汝昌也肯定了毛国瑶的发现。他将毛发现的古抄本，定名为"《红楼梦》靖本"。还有的人甚至考证，称靖应鹍先辈是辽宁人，因有军功才被朝廷派迁到江苏扬州江都，故后来繁衍出江都砖桥"靖家营"村；还有考证称，靖应鹍先辈与曹雪芹祖辈交谊素厚，而曹著《红楼梦》起初就是你抄我抄而流传世间的，故此靖家会有一部抄本也是可能的。于是乎，"《红楼梦》靖本"一说，一时传遍红学界。

俞平伯去世以后，有人便开始怀疑毛国瑶的发现系"伪造"，因为一是毛没能找到原书，可以任凭他"空口说白话"了；二是他所摘抄的脂评，实是照抄了俞平伯1954年出版的《脂砚斋〈红楼梦〉辑评》里的部分脂评。毛国瑶一见，大为恼火，便与这些人笔仗不断。红学界对两边的人，均有是非臧否，由此惹起一段红学风雨。

然而，当年的俞平伯，却能够不顾10年前挨举国批判的创伤，而为一个来自民间的红学爱好者发现"《红楼梦》靖本"而忙碌，不仅频频与这位"发现者"通信，还用他的抄件核校《石头记》，并于1964年5月上旬，开始写作论文《记毛国瑶所见靖应鹍藏本〈红楼梦〉》。这篇文章写成后，他果然按上述致靖应鹍信中所说的，谦虚地将文章寄给毛国瑶看过。毛看后，俞平伯又送交自己单位——中国科学院哲学社会科学学部文学研究所，请同为著名红学家的所长何其芳审阅。

六十年代中期，"政治学习会"频繁举行，以致俞平伯有关《红楼梦》靖藏本的研究工作时断时续。这些苦恼，他在1964、1965年两年间给毛国瑶的多封通信中可以看出，如"我近来开会较忙，文字不免作辍"。如"天热忙于学习，校《石头记》仅至十五回耳"。又如"重校《石头记》须俟学习稍闲，再行续作"。

可惜的是，他盼望的"俟学习稍闲，再行续作"，却再也不能实现了。后来进入为期10年的"文化大革命"运动，他辛苦撰写并经过何其芳等专家审阅的《记毛国瑶所见靖应鹍藏本〈红楼梦〉》一文，居然散失再也不复找回了！如果此文当时及时发表，毛国瑶在俞平伯去世后所遭受到的所谓"伪造靖本"的指责，可能会消弭于无形。

值得注意的是，俞平伯在当年（1964年）11月20日复毛国瑶信谈曹雪芹卒年问题时，很难得地提及1954年10月对自己的那场批判。他就毛所问，先是谈了红学界对于曹雪芹卒年的两种意见。他说：

> 我主张壬午，有《曹雪芹的卒年》一文，其时约在一九五四年。其年秋有《红楼梦研究》的批判，于是诸人群起而主张癸未说，其故我亦不明，可能和批判有些关系，亦一时之风气也。
>
> （孙玉蓉编纂：《俞平伯年谱》，天津人民出版社，2001年，第344页）

字里行间，可以看出俞平伯对那种依附政治的所谓学术争鸣，是不屑的。

说来也是极为罕见的，俞平伯挨批犹不废红学，居然没有继续带来祸殃，虽然"资产阶级知识分子"的帽子仍然戴在头上，但1964年12月13日《人民日报》公布第三届全国人大代表名单，他的名字仍然赫然在列。

这样，自1954年起，他连续三届当选全国人大代表。我国法律规定，全国人大代表就是国家最高权力机关的组成人员。俞平伯继续当选全国人大代表，意味着毛泽东信中有关"俞平伯这一类资产阶级知识分子，当然是应当对他们采取团结态度的"指示精神，确实得到了贯彻落实。

事实也确实如此。也就是俞平伯在为"《红楼梦》靖本"忙碌的时候，一贯喜爱阅读、研究《红楼梦》的毛泽东，又谈论到胡适和俞平伯。

那是1964年8月18日，毛泽东在北戴河同几位哲学工作者谈话时提到了《红楼梦》研究情况。他说："《红楼梦》写出二百多年了，研究红学的到现在还没有搞清楚，可见问题之难。有俞平伯、王昆仑，都是专家。何其芳也写了个序，又出了个吴世昌。这是新红学，老的不算。蔡元培对《红楼梦》的观点是不对的，胡适的看法比较对一点。"（龚育之、石仲泉：《毛泽东的读书生活》，生活•读书•新知三联书店，1986年，第220—221页）

毛泽东这段话特别让人注目的，是"胡适的看法比较对一点"一语。曾经为晚年毛泽东管理过图书报刊的徐中远认为："所谓'比较对一点'，最主要的是'新红学'认定该书是作者曹雪芹的'自叙传'，划清了考据同附会、猜谜的界限，把《红楼梦》的研究扭转到着重考证作者生平、家世、版本和研究作者与作品的关系上来。这样研究《红楼梦》具有开拓性的意义。所以，毛泽东把胡适和俞平伯、王昆仑、吴世昌都称为'新红学'代表。"（徐中远：《毛泽东读评五部古典小说》，华文出版社，1997年，第70页）

毛泽东在北戴河说这段话的时候，距他《关于〈红楼梦〉研究问题的信》发出将近10年，领袖没有公开发表或者批准传达的言论，俞平伯肯定是无从知晓的。

1965年，俞平伯仍然就《红楼梦》研究问题与毛国瑶信来信往，有几封信还写得很长，不仅详细回答毛提出的问题，有时甚至还在信中列表释明。作为一个红学大家，俞平伯如此耐心尽心地对待一个"草根"红学爱好者，实属难能可贵。

然而，就在这年11月10日，上海《文汇报》发表姚文元的《评新编历史剧〈海瑞罢官〉》，文章指名道姓批判了著名历史学家、时任北京市副市长的吴晗，说他所创作的京剧剧本《海瑞罢官》是一株反党反社会主义的"大毒草"，要害是为1959年"庐山会议"上被罢官的彭德怀翻案。20天以后，11月30日，《人民日报》予以转载。文章发表后，成为"文化大革命"的导火线。

俞平伯与吴晗也是老熟人，吴晗曾是胡适的得意弟子，他在清华大学求学和执教，曾与俞平伯交集；解放后，吴晗作为被中共所信任的知识分子，当上了中国科学院哲学社会科学学部的学部委员，成为该学部下属文学研究所古典文学室研究员的俞平伯的"顶头上司"。吴晗这个党和政府的"红人"都会受批判，且当时被批判的力度还大大超过13年前俞平伯所承受的《红楼梦》研究批判事件，这光景，自然使俞平伯觳觫不已。

因此，从那时起，直到1978年，俞平伯整整12年时间里，对《红楼梦》研究真的不置一词了。

第九章　沉浮"文革"中

　　1965年与1966年之交，"文化大革命"运动的前夜还是平静的，平时很少出门的俞平伯，甚至还外出参观了两回。

　　一次是1965年12月14日，俞平伯去北京郊县昌平，参观该县举办的半工半读学校。虽说他教过半辈子的书，但这类一边读书学习一边做工生产的学校他过去没见识过。他知道国家提出过教育必须同生产劳动相结合的方针，现今实地看了一所学校，他初步理解了这个教育方针。晚上回到家里，他就对住在一起的年已19岁的外孙韦奈大说"半工半读"的好来，要他升不了学的话马上找工作。结果弹得一手好钢琴的韦奈，不久就去了北京郊县农场当了一名农业工人。

　　第二次是次年（1966年）2月的一天，俞平伯去北京郊县顺义县，参观了该县焦庄户民兵斗争史迹展，还怀着崇敬的心情访问了老英雄马福后。焦庄户以抗日战争时期开展地道战抗击日本侵略者而闻名，它与山西省定襄县西河头村、河北省清苑县冉庄一起，并称全国三大地道战典型。马福后是抗战时期焦庄户村村长，由于一次他突然遭遇敌人紧急跳进村里的一只白薯窖躲避而得到启发，于是就带领民兵和村民挖地道把全村的白薯窖连成一线，以地道战来抗击日伪军。到抗战后期，该村的地道已经挖了23华里长。参观了展览，访问了英雄，俞平伯深受感动，回到家后不仅作诗一首，还写下了短文《美帝必败，人民必胜》，发表在九三学社社刊《红专》第二期上。

　　"文化大革命"运动的脚步日益逼近了。

1966年5月16日，中共中央政治局扩大会议通过了毛泽东主持起草的指导"文化大革命"的纲领性文件《中国共产党中央委员会通知》（即"五一六通知"），号召向党、政、军、文各界"资产阶级代表人物"猛烈开火。

俞平伯得知该通知的精神，是在看了6月1日《人民日报》上题为《横扫一切牛鬼蛇神》的社论。社论号召："坚决向那些反党反社会主义的资产阶级代表人物、资产阶级学术权威，展开坚决的毫不留情的斗争。"他联想"资产阶级学术权威"这一称谓，与自己被强迫戴上的"资产阶级知识分子"帽子，是何其相似乃尔，于是精神上又高度紧张起来。

8月1日至12日，党中央召开了八届十一中全会，通过了《关于无产阶级文化大革命的决定》（即"十六条"）。这个文件的发布，标志着"文化大革命"运动正式开展起来。

八届十一中全会闭幕6天以后，8月18日，毛泽东在天安门城楼首次检阅由大、中学校学生组成的"红卫兵"队伍，向他们发出号召："你们要关心国家大事，要把无产阶级文化大革命进行到底。"于是乎，"文化大革命"运动的烈火马上在神州大地熊熊燃烧起来。以后三个月里，毛泽东又连续七次接见全国各地来北京串联的百万红卫兵。

"文化大革命"之火终于烧到俞平伯家那个位于北京老城朝阳门内老君堂79号宁静的四合院里来了。就在毛泽东检阅百万红卫兵之后没几天，他和家人遭到了前来"破四旧"的红卫兵的抄家和批斗，甚至他那近80岁的老母亲也未能幸免被羞辱。俞平伯外孙韦奈详细记下了当时劫难来临的情景：

> "红卫兵"抄家，是在1966年夏的一个夜晚。那晚，淅淅沥沥的雨下个不停，仿佛是在为那场中华民族的悲剧哭泣，又像是电影中渲染不祥气氛的一组镜头。然而那却不是电影："红卫兵"一声紧过一

声的敲门、吼叫声，打碎了宁静的夜，"浩劫"揭开了序幕。

那晚闯进我家的"红卫兵"，是由街道百姓和中学生拼凑起来的一群乌合之众，他们的狂暴、残忍，至今想起来仍然令人发指。"俞平伯出来""打倒牛鬼蛇神"的吼叫声不断。这一群暴徒，先是把所有房间翻了个底儿朝天，我家几代人的藏书，地毯般厚一层层铺在地上，任"千百只脚"在上面踩踏。令"红卫兵"们失望的是：在他们心目中的这个大户人家里，未能翻出金银财宝。"这怎么可能呢？"于是，这也成了一条"不老实交代"的罪状。当然，他们无法知道，被他们毁掉的一切，具有何等的价值。

……

那晚，外祖父母被人群围在院子中间，被推压着接受批判。外祖母的头发早已被剪得乱七八糟。"红卫兵"要他们交代罪行，他们只得不停地说着："我有罪。"有什么罪呢？却说不出。更为可怜的是：外祖父的母亲，我的太外祖母，"红卫兵"不仅毁掉了那近80岁老人留存的一口寿材，还把收在箱子里的寿衣翻出来，穿在她身上，并让外祖父母跪在她面前，令他们做出号哭的样子。

（韦奈：《我的外祖父俞平伯》，团结出版社，2006年，第49页）

这次抄家和批斗，导致俞平伯的著作样本和祖传藏书几乎被洗劫一空。他待出版的《古槐书屋诗》八卷手稿和《古槐书屋词》二卷的清样本，从此下落不明。1956年他完成《红楼梦》八十回本校订任务后，主动向文学研究所领导何其芳"请缨"来做的唐宋词选释工作，已经印出用于征求意见的《唐宋词选释》样本，也都被抄走。曾祖父俞樾所著《春在堂全书》木刻本，是老人生前于1899年编定的，属晚清学术著作，文物级书籍。尽管经历战乱和多次搬家，俞平伯家里仍藏有多部，但这次却未能幸免，被同所有藏书一齐抄走。俞平伯一家人住了40多年的私家宅院，也遭驱赶腾房，他与夫人许宝驯、母亲许之仙，被"勒令"由南院搬到东跨院的三间北房里；女儿俞成和她的儿子韦奈、女儿韦梅，则被撵到隔壁一个大杂院内一间不足11平方米的小房子住，其他房屋则被"征用"。

家难何以堪，单位更加霜。俞平伯还被列为中国科学院哲学社会科学学部文学研究所继所长何其芳之后的第二号"黑帮"人物，当作资产阶级学术权威、牛鬼蛇神来进行批斗。外孙韦奈回忆：

> 无论是在"牛棚"还是在批斗游街的行列里，都可以找见他那矮小的身影。无论哪一批"红卫兵"冲进学部大院，都要开批斗会。外祖父有时"唱主角"有时作陪斗。他们须到搭在院中的一个席棚里，站在方砖上，弯腰、低头，去做那每日例行的功课。（同上，52页）

一次，文学所又举行"黑帮"批斗大会。所长何其芳是"黑帮"和"走资本主义道路的当权派"两者兼而有之的身份，自然被排在第一个。俞平伯是"死老虎"，个子又小，便被排在最后一个。有人批判何其芳"狗胆包天"竟敢污蔑"伟大领袖毛主席写错字"。他们说的是前几年毛泽东致信何其芳，信中有两个字何其芳不认识，查字典也没找到，于是他就不经意地讲了一句："可能是主席写错了。"一旁有人提醒："是不是问问俞平伯先生。"何其芳马上打电话过去，想不到俞平伯当场回答要他查《康熙字典》某卷某页，何其芳放下电话一查，果然有，毛泽东没有写错。批斗的时候这件旧事被造反派重提，何其芳百口莫辩。"可就在这时，撅在后边的俞先生却突然说话：'要这样说，在这个问题上，我还立了功呢！'接着，他直起身子，再也不低头了，使得批判会立即进入混乱，开不下去了，在场的'左派'们面面相觑，无言以对。"（天培、长兴：《俞平伯先生二三事》，《德清文史资料》第五辑，1995年，第212页）

那些天，俞平伯被"勒令"必须每天到单位即文学研究所参加学习班，虽然他家到单位路程不算很远，但每天步行前往这对一个67岁的老人来说有点体力难支。这时候，一位姓钱的老三轮车工主动来接他前往，而且每天早上准时来接，傍晚他又会提前来等候，送俞平伯回家，不仅风雨无阻，且不计较车资。有老钱这样"八辈儿红"的三轮车工一路护送，省却了俞平伯作为"反动学术权威"当时可能遭遇的红卫兵们半路上的纠缠。老钱的帮助让他感动莫名，政治气候如此凛冽，而人间却还互传着温暖。

1967年3月31日凌晨，中央人民广播电台全文播发了中央文革小组成员戚本禹的《爱国主义还是卖国主义——评反动影片〈清宫秘史〉》一文，文章首次公开披露，毛泽东1954年10月16日写下《关于〈红楼梦〉研究问题的信》，不仅直接支持两个"小人物"李希凡、蓝翎批判俞平伯的《红楼梦》研究中的"资产阶级唯心论"，而且还在信中提到他早在建国初就要求批判电影《清宫秘史》却遭到抵制的问题。戚文将批判的矛头直接指向了刘少奇和周扬。次日的《人民日报》刊登了这篇文章，俞平伯马上看到了，他看到文章中有关自己的那些粗体字，不由一阵阵心惊肉跳。

一个多月后，5月26日，《人民日报》以头版头条位置，全文发表了毛泽东《关于〈红楼梦〉研究问题的信》。俞平伯挨批13年后，第一次读到这封信的全文。

俞平伯外孙韦奈在回顾外公挨批13年却一直被蒙在鼓里的情况，曾作过一段描述：

　　1954年对《〈红楼梦〉研究》的批判，是极不公正的。它无端把学术问题与政治扯在一起，硬是把一顶"唯心主义"的帽子，扣在他头上。

　　那场批判来势凶猛，使"一心只读圣贤书"的他，有点儿"丈二和尚摸不着头脑"。且当时，他并不知有毛泽东那封《关于〈红楼梦〉研究的一封信》（原文如此——笔者注）。直到"文革"后期，该信见诸报端，他才明白了那场批判有着怎样一个背景。

（同上，第14—15页）

　　俞平伯确实纳闷，他从1920年就开始从事的《红楼梦》学术研究为什么会在30多年后突然遭到火力凶猛的大批判？然而，也正是当他看到完整版的毛泽东《关于〈红楼梦〉研究问题的信》中，"俞平伯这一类资产阶级知识分子，当然是应当对他们采取团结态度的，但应当批判他们的毒害青年的错误思想，不应当对他们投降"这段文字，才突然恍然大悟：他为什么没有遭到类似胡风的下场，会毛发无损地度过了13年。

　　1968年1月29日，正逢农历丁未年除夕，俞平伯等文学研究所的一些学者作为被批判的对象，未能获准放假回家，仍然被要求集中住在单位里，但因工人春节放假停烧锅炉，致使室内没有了暖气。睡觉时，与俞平伯同睡一张大桌子的同事、著名诗人兼翻译家荒芜，见俞平伯被子单薄，生怕他年纪大了会感到冷，便脱下自己的丝绵棉袄给他盖上。严酷的政治高压加上严寒的隆冬季节，荒芜此举，顿时让俞平伯感动不已，他当即作《一九六八年除夕赠荒芜》五言诗一首：

　　　昔偕同学侣，共榻旅英兰。

　　　瞬息五十年，双鬓俄斑斑。

李君邂逅欢，寒卧同岁阑。

嗟余不自儆，晚节何艰难。

感君推解惠，扶绤似春还。

何时一尊酒，涤此土垢颜。

　　　　　（《俞平伯诗全编》，浙江文艺出版社，1992年，第494页）

　　俞平伯诗中的"李君"，即指称荒芜，荒芜本名李乃仁。早在1935年，他在北京大学二学时就参加了北平"一二·九"学生爱国运动，1947年，他投奔解放区参加革命，新中国成立后到文教战线工作。"反右"运动中，他被划为"右派"，遣送黑龙江边境农场劳动。1961年，他"右派"摘帽，被安排到中国科学院哲学社会科学学部文学研究所当资料员，遂成俞平伯同事。俞平伯在诗中，从荒芜同眠解袄送暖之举，联想起近50年前与同学傅斯年等赴英留学挤住英国旅馆的往事，又想到今天是千家万户举杯团圆的除夕，盼望什么时候能开一坛老酒与荒芜等有家难回的同事一洗心头风尘。俞平伯虽落难却也不改其乐的古贤颜回式心态跃然诗中。

　　当时，俞平伯是倚马立言当场做的诗，他给荒芜本人看过后，还给别的"室友"欣赏，大家看过以后他便撕毁了，并没有抄如另纸"赠荒芜"，时间一长，俞平伯自己也忘了。没想到，1972年，俞平伯与荒芜等文学研究所下放河南"五七干校"的人都回到北京，荒芜与俞平伯夫妇因下放期间结下深厚友情，回来后依旧过从甚密，正当盛年的荒芜，时隔三年居然将俞平伯当年"赠"他的这首诗重新回忆出来并回赠俞平伯，以后《俞平伯诗全编》又收入此诗，这才得以保存下来，让人们稍稍得以管窥俞平伯"文化大革命"初期的境遇。

　　据俞平伯的老同事们回忆，"文化大革命"初期，他所作类似

《一九六八年除夕赠荒芜》的"文革"诗是写了不少的，但由于他作为建国以后第一个被点名进行全国批判的知识分子，又经历过"文化大革命"运动初期践踏法制的"抄家"之遇，自然害怕会有什么"把柄"流出去致使自己和家人又遭横祸。然而，他虽然身处逆境，却偏偏又诗兴不减，遇事遇情不时会写下一些旧体诗抒发纾解，而且他往往还不是藏在私底下自我欣赏，而是乐于拿出来给大伙交流。他这一做法，颇能体现他"乐天不忧惧"的性格和智慧，他是这么说的，也是这么做的，并且他还乐于将个人的乐观旷达的情绪去感染一起受难的人，促使他们一起在笑声中挨过苦难的时光。

10月中旬，中国科学院哲学社会科学学部的"造反派"们记起，毛泽东发出《关于〈红楼梦〉研究问题的信》已经14周年，报上公开发表此信也已一周年，于是，文学研究所和历史研究所组织批判会联合批斗俞平伯与顾颉刚。把俞、顾这两位47年前与胡适一起研究《红楼梦》的"新红学"派人物揪在一起进行批斗，这一招颇有点"借今反昔"的味道，只是不知道当时两人有没有"互相揭发"。

韦奈在《我的外祖父俞平伯》一书中，说他的外公俞平伯，"自1966年夏到1969年末，这三年多的时间，可说是他在浩劫中最难熬的一段日子"。说"难熬"，身体上的折磨还在其次，精神上的打击却更剧烈。

特别是1968年，一直与俞平伯共同生活的老母许之仙不堪抄家和批斗的惊吓，郁郁寡欢一年多而去世了。许之仙唯独俞平伯一个儿子，她又是俞夫人宝驯的姑妈。自从她丈夫俞陛云于1950年去世以后，她就一直在俞宅守寡。她笃信佛教，每天早晚拜佛念经，定期吃素，一贯过着与世无争的日子。自从经历了那个"破四旧"捣翻她寿材寿衣的风雨之夜，她从此心怀忧惧，终于一朝离世。然而，由于正值"文化大革命"运动如火如

俞平伯母亲许之仙

荼，俞平伯自然不敢按故乡老家的丧葬习俗操办母亲的丧事，只能草草将母亲下葬了事。

1969年4月，党的九大召开。下半年，各地"无产阶级革命派"夺权成功，纷纷建立新的政权机构"革命委员会"。但俞平伯他们却仍然不能解脱频繁被批斗之苦。这从他的《"干校"日记》中可以发现。试看他7月的几则日记：

七月十八日

李通知写检查，云学部将有批判会。二十一日下午写完《认罪与悔过》6500字，交出。二十三日上午第二班批判关于检查事，下午学部批判会，我外有罗尔纲。二十四日上午班上扩大会批判，至十时。下午、晚间宣传队找我谈话。二十五日上午第四、五班，下午第三班批判会。二十六日上午全所会批判（均在院中）。下午薛、赵、顾、吴找我谈话。二十七日在家写"翻案的新罪行"毕，200字。二十八日给班长。二十九日写交代。

（《俞平伯全集》第拾卷，花山文艺出版社，1997年，第375页）

短短的几行字，俞平伯竟记下了九天里经过的事，几乎如电报般简括。从中也可见到，这九天里，老人写了3份"认罪与悔过"文字，经历了5场批判会，精神和体力上的折磨自不难想见。

5月至10月，中科院哲学社会科学学部的所有的"牛鬼蛇神"都被要求来单位集中，接受重新审查，晚上也不能回家，仍然集中住宿。对这种剥夺人身自由的违法行为，当时有个流行的称谓叫作"关牛棚"。于是，俞平伯住进了学部七号楼的一间阴暗的房间里。

同关一室的基本都是文学研究所的知名学者，除俞平伯外，还有蒋和森、陈毓罴、荒芜等人。"牛棚"里住的人多，自然拥挤，空气也极差。然而，望七高龄的俞平伯却仍然幽默达观。当时，关在同室的学者同事们见他善于苦中寻乐，便拿他开玩笑，要他唱时尚歌曲《满怀豪情迎九大》。人们没想到，他们眼里的"老古董"俞平伯，居然对流行的"战地新歌"也能唱得出：

长江滚滚向东方，
葵花朵朵向太阳。
……

"他那苍老的、沙哑的声音回荡全屋，逗得大家哈哈大笑。……俞平伯自己似乎也很开心，像个孩子似的，和大家笑在一起。"外孙韦奈在其《我的外祖父俞平伯》一书中，如此引述红学家蒋和森先生对当时情景的回忆。

在"牛棚"里，俞平伯照样一经触景生情，就当场吟诗作词。他写的这些古体诗词，即使因惧怕被挑刺挨批已经尽量磨去了"刺尖"，但还是生怕流传出去今后会遭"秋后算账"，因此他仍然是写好后给人看完便一毁了之的。好在红学家陈毓罴先生保存两首下来，"文化大革命"过后，他交给了俞平伯的外孙韦奈，还作了注解。由此得以让人略微探知俞平伯当年在"牛棚"里的生活情况。这两首诗与陈毓罴先生加注如下：

　　　未辨饔飧一饱同，黄绵袄子暖烘烘。
　　　拼三椅卧南窗下，偶得朦胧半忽功。
　　陈注：此为记述"牛棚生活"。每日晨起由家中带饭至所，中午在炉子上略热，即就食也。古人谓朝餐为饔，夜餐为飧，首句是说饭无定食，亦无佳肴，求饱而已。黄绵袄子，古人谓冬日。饭后即在南窗下并椅而卧，午睡时间短，下午两点即须起而"应卯"，偶尔或得朦胧一觉。诗中反映了当日之生活情况，亦表现了俞师之泰然及幽默。

　　　先人书室我移家，憔悴新来改鬓华。
　　　屋角斜晖应似旧，隔墙犹对马缨花。
　　陈注："文革"初期，红卫兵抄家，俞师被勒令移至旧日之书房居住。次句可知被斗之情况及心境也。俞师之书籍已被彻底查抄，席

卷一空，当日几无书可看，惟有屋角斜晖，依稀似旧，人事之变幻，
凄凉可知。

　　（韦奈：《我的外祖父俞平伯》，团结出版社，2006年，第53—
54页）

　　陈毓罴先生保留的俞平伯这两首诗及陈所附注，让俞平伯的家人得以稍
稍了解到一点老人当年的处境及心境。因为像"憔悴新来改鬓华"这样略微
带有一点悲情的感喟，在俞平伯留下的"文化大革命"中不多几篇日记里，
是绝无仅有的。韦奈称："通观他的日记，没有只言片语的牢骚，残酷的斗
争，艰苦的生活，在他笔下只流水账般的一带而过。他的日记，正像他的为
人，豁达开朗，不发牢骚，更不议论他人。"（同上，第54页）

　　确如韦奈所说。例如1969年10月16日，是毛泽东《关于〈红楼梦〉研
究问题的信》发出15周年纪念日。这一天，年届70岁的俞平伯挨了一整天
的批斗。但他在这一天的日记里却极为简括。他记道：

　　　　十月十六日为毛主席写信日期，有批斗。上午在学部纪念会被批
　　判，下午学习班批判。

　　　　　　　　　　　　　　　　　　　　　　　　　（同上，第49页）

　　从这则日记可知，这天上午，俞平伯先是在中国科学院哲学社会科学
学部召开的纪念会上被批判；下午，他又在文学研究所的学习班上继续遭
批判。既然他在日记中都记下"有批斗"三个令人毛骨悚然的字样，1969
年又因"九大"召开标志着"文化大革命"运动全面推向高潮，这个"批
斗"的分量应该不会轻。然而，已入耄耋之年的俞平伯仅写下30余字率尔

记过，既不描述身心的苦痛，也不记录对谁仇恨。其宠辱不惊的境界，烛然照见。

作为一个全国文学界最高学术机构，批判会自然也会带有学术意味，况且批判会又含有纪念会性质，那就更要讲求政治性与学术性相结合了。那么，在中国科学院哲学社会科学学部"面"上，以及文学研究所"点"上，人们"批斗"俞平伯都批些什么呢？起先，他白天挨了批斗晚上回家都不跟家人说，因为他特别怕相濡以沫已达半个世纪的夫人许宝驯担心，所以每次疲惫不堪地回来，都不说一句话。直到很后来，俞平伯才对外孙韦奈说：

> "文化大革命"中，我受了更大的打击。除以前批判的内容外，还着重批判了我的《关于"十二钗"的描写》，说我有意和毛主席唱对台戏。那时的大字报从文学所的大院一直贴到东单。很多人不了解，甚至以为《红楼梦》是一本坏书，而这本书是我作的。
>
> （同上，第17页）

俞平伯所谓"有意和毛主席唱对台戏"的事，指的是他为纪念曹雪芹逝世二百周年而特意撰写的论文，《〈红楼梦〉中关于"十二钗"的描写》，发表在1963年第4期《文学评论》上。他写这篇文章的用意，是要通过曹雪芹对"金陵十二钗"的传神描写，引导广大读者更加深刻地了解《红楼梦》中繁复众多的人物形象。当然也不能否认，俞平伯在这篇论文里，仍然坚持了他早年《红楼梦辨》一书中的观点，但他不知道，恰恰他的这些观点与毛泽东不符。

据晚年毛泽东的图书管理员徐中远称，早在五十年代，毛泽东就阅读批注过三种《红楼梦》研究著作，分别是：俞平伯的《红楼梦辨》、周

汝昌的《红楼梦新证》、何其芳的《论〈红楼梦〉》。"特别是俞平伯的
《红楼梦辨》，毛泽东读得很仔细，差不多从头到尾都有批注、圈画，不
少地方，除了批注、画道道外，还画上了问号。"（徐中远：《毛泽东读
评五部古典小说》，华文出版社，1997年，第53页）

徐中远披露，毛泽东在俞平伯《红楼梦辨》一书中谈到"金陵十二
钗"的地方，是这样批注的：

> 第12页倒数第2行"雪芹是要为十二钗作传"呢，"为十二钗作
> 传"这6个字旁边，毛泽东用铅笔先画了一竖道，后又画了一个问号。
> 第15页，"因此凡他们以为是宝钗一党的人——如袭人、凤姐、王夫
> 人之类——作者都痛恨不置的。"毛泽东不赞成俞平伯的这种看法，
> 在相对文字的天头上画上了一个问号。第15页："既曰惋惜，当然与
> 痛骂有些不同罢。这是雪芹不肯痛骂宝钗的一个铁证。"
>
> 俞平伯的这段话，特别是前面的"痛骂"和后面的"这是雪芹
> 不肯痛骂宝钗的一个铁证"的说法，毛泽东是不赞同的，在文字旁
> 边都画上了问号。第16页："况且那野史中，或讪谤君相，或贬人妻
> 女，奸淫凶恶，不可胜数。"这一句话中的"或讪谤君相""或贬人
> 妻女"10个字旁，毛泽东都画上了竖道，画上了问号。第17—18页：
> "既以为是人家底事情，贬斥讪谤自然是或有的；但若知道这是他
> 自己底事情，即便有这类的事，亦很应该'胳膊折了往袖子里藏'
> 啊。"这一段话旁边毛泽东除画上道道外，也画上了问号。第18页，
> 作者还写了这样一句话；"从后四十回看宝钗袭人凤姐都是极阴毒并
> 且讨厌的。"毛泽东在这句话旁边画了一个大大的问号。
>
> （同上，第56—57页）

读者和作者见解、观点不尽一致，这本来无可厚非，仁者见仁，智者见智，即使领袖读者，与作者不相苟同也很正常，但在"文化大革命"运动中批斗俞平伯时，却被说成是"有意和毛主席唱对台戏"，这一顶政治大帽子横压过来，还"大字报从文学所的大院一直贴到东单"，这当然使老实、懦弱的俞平伯"他真的绝口不谈《红楼梦》了"（韦奈语）。

10月21日，当时在中国历史博物馆当研究员的沈从文，不知从哪里得来俞平伯单位的消息。这一天，他在给子女的家信中，专门提到中国科学院哲学社会科学学部谁人将被"解放"的信息：

> 解放也大致是上头有一定安排，即总的安排。例如卞舅舅处（指诗人卞之琳，他当时在外国文学所——笔者注）揪了30多人，津津于《红楼梦》烦琐考证的吴世昌，因新回国，即得解放。诗人虽是小头头，李健吾在戏剧问题上哇啦哇啦多，和钱锺书等均已解放。冯至是周扬搞外文重要副手，也听说要解放。甚至于俞平伯还在解放商讨中。
>
> （沈从文：《沈从文自白》，邓瑞全主编：《名士自白——我在文革中》上册，内蒙古人民出版社，1999年，第25页）

事实上，沈从文听到的只是误传。钱锺书不但没有得到"解放"，反而还与夫人杨绛一起被学部安排第一批下放河南息县"五七干校"接受劳动"再教育"。这个事实，可从杨绛先生所著《干校六记》里得到印证。

俞平伯也没有碰上沈从文所听说的"解放"好运气，尽管他已经年届70高龄，但也被安排远赴河南乡下接受"再教育"。

外孙韦奈在《我的外祖父俞平伯》一书中，还转抄了俞平伯几则日记，记述了他离开北京去河南“五七干校”的前后经过：

> 　　一九六九年十一月五日，上午发言，表示赴五七干校之决心。下午宣布全所移河南信阳罗山，办“五七干校”学习班，下午回家。六日到所，帮助写书籍（带走的）目录，归家较晚，已近十时。以后放假，只于下午四时到所开会，听宣布启行诸事。十一日第一批人员先行。十五日十二时半偕妻离老君堂寓，到所集合乘大轿车同赴车站，韦奈送行。一时三十分车开离京，二人均有卧铺。车误点……
>
> 　　（韦奈：《我的外祖父俞平伯》，团结出版社，2006年，第137—138页）

　　这段日记显示了俞平伯“乐、知、闲、拙”生存智慧中“知命不妄想”的真髓。大凡中国老人都讲究安土难迁，而年届七旬的他却在行将离城下乡、前途渺茫的危难时刻，居然还上台发言表决心。政治高压如同台风刮来，作为渺小的个人几乎如同微不足道的草芥，因此只能“不妄想”地随风而飘了。当时，俞平伯和妻子许宝驯已经作好了一去不复返的思想准备。他后来曾经对外孙韦奈说过：“我们离开北京，就没有作再回来的打算，有老死他乡的准备。”（同上，第65页）

　　儿子俞润民接到父亲要去干校的信后，匆匆从自己工作、居住的天津赶到北京家中。一进门，他看到74岁的老母亲正在收拾行李，心情便沉重起来，觉得家将不家，而自己作为他们夫妇的单传儿子，又正值40多岁的盛年，却保护不了年迈的父母，于是不由难过得几乎要掉泪。可是70岁的老父亲却反过来劝慰儿子：“我们家原本世代务农，住在德清乡下。至我曾祖读书以后搬到苏州住。我在北京住了50年，现在去当农民，也算是返

本。"（俞润民、陈煦：《德清俞氏：俞樾、俞陛云、俞平伯》，中国人民大学出版社，1999年，第249—250页）

11月15日中午，俞平伯果然携74岁的老妻，拖箱负箧，彻底离开居住长达50年之久的北京东城老君堂四合院的家，奔赴河南省信阳地区罗山县中国科学院哲学社会科学学部开设的"五七干校"。三轮车工老钱照例蹬车来送他夫妇俩去单位集合。其他一大批知名学者也先后赶到，人齐了，就一起乘上大轿车去火车站登上南下的列车。

从此以后，俞平伯夫妇再也没有能够回到父亲俞陛云于1919年底购置的老君堂胡同79号那个温暖而又舒适的家了，那可是一处京城文史界名流雅集的好所在呀！多少文人墨客在这里留下美好的记忆，但是一场"文化大革命"运动强行夺走了俞平伯的这处私产，使他与后人永远失去了这个家。

外孙韦奈回忆外公、外婆从京城出发到河南乡间最初两个月的艰难生活：

> 出发前，我帮他们变卖了带不走的家具（可怜的几件旧货），把行李压减到最少的限度，仅一个木箱、铺盖卷、大行李袋和一个可把床腿折起来的双人床。这些东西对年轻人来说算不得什么，但在途中，这几件行李成了累赘。1969年11月16日他们抵信阳，27日离信阳抵罗山县丁洼，十一天后离丁洼抵息县包信集，住了14天，又搬至东岳集。两个月的时间里，他们搬了4次家！
>
> （同上，第55页）

俞平伯1969年12月下旬的日记，是这样记载他与夫人下乡行程的：

1978年俞平伯与夫人许宝驯
共读家信

　　……车误点，于十六日晨六时抵信阳，天尚未明，雨雪，到民主路170号信阳区第一招待所，房颇整洁，住楼上75号，环（许宝驯，字长环——笔者注）住楼下57号。二十日我移83号。二十一日移82号。二十五日移楼下51号，与环住居相近。二十七日下午三时同乘卡车行，四时三刻抵罗山丁洼五七干校，与孙楷第夫妇合居一室，北向有门漏风。二十八日到菜园班劳动、学习。班长由培福、沈斯亨。同班有何其芳、唐棣华、吕林、孙剑冰等人。学治圃。三十日（星期日例假），晨七时步往罗山县，十五里路，八时三刻到，买鸡吃面，独步归，抵寓十二时一刻。

（同上，第138页）

俞平伯被安排下放河南"五七干校"前，组织上讲明家属可以留在北京，可是他夫人许宝驯作为时年已经73岁、一生下来就在城市长大变老而从未在农村生活过的老太太，此时却坚决要求陪同丈夫一起共赴时艰。从上述俞平伯日记可以得知，他的文学研究所同事中，还有学者孙楷第也是夫妻俩一同下了干校，只是他没有详记，他夫妇俩与孙楷第夫妇俩下干校的第一天就碰上"合居一室"的尴尬境况，是怎么对付过来的。

直到1970年1月23日，俞平伯夫妇搬至息县东岳集，被安排住进一户农民家的一间不足9平方米堆杂物的小茅草屋，离京来豫两个月东搬西迁烦扰总算告一段落，生活起居算是安定下来。这间小茅屋四壁土墙有好多破洞，不能挡风。然而，俞平伯却觉得很好，毕竟安居下来不用到处搬迁了嘛！于是老两口用报纸把小茅屋四壁土墙下半截的破洞糊了，但上半截因两人身高都够不着就没糊，晚上躺在床上，透过一个个破洞可以看到月亮；小茅屋还没有窗户，只有一挂秫秸编的帘子聊以当门。惯住京城高尚地段四合院的俞平伯，乍到穷乡僻壤住进破茅草屋，居然还赋诗《陋室》两首：

炉灰飘堕又飞扬，清早黄昏要扫床。

猪矢气熏柴火味，奢般陋室叫"延芳"。

螺蛳壳里且盘桓，墙罅西风透骨寒。

出水双鱼相煦活，奢般陋室叫"犹欢"。

（《俞平伯诗全编》，浙江文艺出版社，1992年，第499页）

唐刘禹锡有《陋室铭》云："斯是陋室，惟吾德馨。"无独有偶，俞平伯将自己的这两首诗题名为《陋室》，也有古人的相同用意。他在诗后附注道："陋室之可铭，在德之馨，不在室之陋也。惟有德者居之，则陋室之中，触目皆成佳趣。"从中烛见他处困境而不自悲，遇不幸仍修身的情操境界。他儿子俞润民和儿媳陈煦在合著的《德清俞氏：俞樾、俞陛云、俞平伯》一书中介绍过父亲这两首诗末句的含义：第一首末句"者般陋室叫'延芳'"，是引吴毅人《春水绿波赋》中"延芳衡芷"一语，而贴入父亲之名铭衡和母亲许宝驯之名芷官；第二首末句"者般陋室叫'犹欢'"，是用了王勃《滕王阁序》中"处涸辙而犹欢"的典故，表示父母当时即使寄居炉灰飞扬、猪屎熏人、墙缝透风、螺壳狭小的恶劣住处，仍然像一双游在快干涸的车辙里的鱼儿一样的欢快。

困顿无助之中还能写下这样乐观幽默的诗句，可见俞平伯豁达开朗的个性于一斑。

有一天夜里，突如其来的大风，吹走了俞平伯夫妇所借住的小茅屋西边一部分茅草。没想到，夜半遇困的俞平伯不仅不愁不悲，反而借此体会杜甫的《茅屋为秋风所破歌》。他写信给儿子俞润民说起自己和夫人遭遇的半夜狼狈，居然还说："老杜之襟怀真挚旷达，古贤真不可及。"俞平伯在艰难的生活环境下，依旧见贤思齐、修炼自我。

提供小茅草屋的房东姓顾，全家老少都很憨厚。他们看到住进自家来的是一对年过七旬的北京老人，平素便颇为照顾，还一口一声"爷爷""奶奶"。村里的乡亲们听说这个名叫俞平伯的老头居然是"毛主席为他写过信"的"大人物"，觉得很好奇，便常到顾家围在门口看稀奇。俞平伯不擅交道，又不好跟他们讲这封"信"的是非曲直，只好往床上一躺了之，听任夫人许宝驯出面敷衍。

刚去"干校"时，俞平伯因年老体弱，上面分配给他的劳动项目是积肥，有时也叫他看管肥料。肥料很臭，但他却安之若素，还积极做好。他在1970年3月24日给儿子的信中说："我近来生活，上午7时半至8时上工，约11时即回家，下午2时至5时，搞积肥约两小时，前信中已说到。看守，主要是防人窃肥，若顺便临时任务，则范围极广。"

丈夫俞平伯要积肥、管肥，而妻子许宝驯在家则更疲累。俞平伯在给儿子俞润民的信中称："你母虽不须上工，在家却很累。即'炉火'就够麻烦的。……我在家本不会相助，且我亦不常在屋，回来了大抵吃喝一些，就躺下了。住屋甚窄，不适于行坐，惟躺着最宜，且可避嚣，老乡们串门、围观等等是极不好对付的，亦多半由汝母任之。"

后来，上面又照顾他腿脚乏力出行不便，改为分配他在家里搓编麻绳。他很高兴，这项任务分配到手仅4天，他就迫不及待地向儿子写信说了："29日改编麻辫，甚粗，为缚架盖屋用，我们未做，仍编麻绳。"

俞平伯可以不到外面出工而改为在家做活，许宝驯便出手帮丈夫一起干，两人琴瑟相谐、夫唱妇随，编绳进度飞快。俞平伯有一则"干校"日记表明，他与夫人自1970年6月二到次年1月2日，"共绩麻绳一百五十三卷（内九、十两月停工待料），每卷三丈二尺。宝驯续十七卷，又粗麻辫二根"。

俞平伯对于妻子许宝驯于于与他同赴"五七干校"吃苦受难，并且在艰难存竭中尽力照顾自己，是心存感激的。在"文化大革命"动乱这样极端的条件下，他再也难以用办业余昆曲团体的办法来为夫人解忧纾困了，唯有以诗歌来表示感谢和聊作慰藉。1970年10月15日，是俞平伯、许宝驯夫妇结婚53周年纪念日。当天晚上，俞平伯作诗二首赠夫人，并在序中道出了夫人为他为家持颠扶危、无私付出的感恩之情。从诗和序中，也可看到高龄的俞平伯夫妇当年在异乡的艰难。此诗与序云：

此日（一九七〇年农历九月十六，成婚五十三周年纪念日）二首并序。

昔曲园公写赠先曾祖母诗有云："室内尘灰聊布席，盘中粗粝强加餐。此身愿似梁间燕，随意营巢处处安。"兹敬述斯意。

自京来豫，瞬息一年，四迁其居，颇历艰屯。然以积咎负累之身，犹获宁居无恙，同心鸳鸯昕夕相依，人生实难，岂易得哉。昔云"闲踪紫陌黄垆泪，陋室青灯白首容"者，殆为今日咏欤。

畴昔东华（居箭杆胡同）亲迎成礼，于顷五十余年矣。此半个世纪中，变革动荡，虽陵谷沧桑犹为泛喻。家中两亲三姊俱谢世尘，回顾悄立。设非君耐心坚力撑拄危颠，真不知此身何所，每一念之，愧悔之情百端交集，岂惟今昔荣悴之感耶。今岁喜遇斯辰，九秋圆月仿佛从前，辄发狂言以回倩盼，不觉其言之谯诮也。

一从丁岁连辿轩，六五零回月子圆。

今日中原来寄寓，尘诊粗粝总安然。

湖山佳处燕徜徉，甥馆无愁又浙杭。

今日茅檐双戢羽，未须流眄话雕梁。

（俞润民、陈煦：《德清俞氏：俞樾、俞陛云、俞平伯》，中国人民大学出版社，1999年，第305—306页）

作为惯守"养拙慎言行"生存智慧的俞平伯，在题赠其夫人的两首诗前所作的序中，难得地显露了他放逐中原期间的真实心情，也是他"文化大革命"十年中一篇极其罕见的内心独白，读来令人沉重欲泪！其序第一段，以曾祖父俞曲园向夫人姚文玉赠诗表情的历史往事为由头，并借曾祖父诗句来勉励夫人，要像梁间家燕随处安巢那样，做到随遇而安。第二段，简括地描述了夫妇俩离京抛家来到河南，一年时间却遇上四次搬家折腾的艰难，他感谢夫人能够克苦解难，使自己这个负重戴罪之人得以马上安定。人生实在艰难，但感有夫人如鸳鸯般相随，日子也就纾难为易了。第三段，回顾了半个世纪前他借北京箭杆胡同亲戚家的房子与许宝驯成婚，五十多年来变革动荡，自己最为亲近的父母亲和三个姐姐又先后离世，难事烦事这么多，如果不是夫人宝驯扶颠持危，坚强支撑，真不知道自己这个五尺之躯要到哪里去安顿了，一想起自己给夫人添累加难，惭愧追悔的心情就不能自已。且借今天结婚纪念日的机会，又逢天空出现一轮圆润的秋月，作诗并序相赠，以博亲爱的夫人"美目盼兮，巧笑倩兮"！末尾的"狂言"两字又足以体现俞平伯的机智，他怕这两首诗并序一旦传出去，自己也好以"狂言"而非真话来搪塞。

下放河南"五七干校"的岁月里，俞平伯有幸得到同事的关爱。前年在"牛棚"里脱下自己的丝绵袄给俞平伯盖上御寒的著名诗人、翻译家荒芜，此次也与他一同来到河南息县"五七干校"。他虽然也年过半百了，但毕竟比俞平伯年轻了16岁，依然像当初"牛棚让袄"一样，经常主动关心照顾俞平伯夫妇。下放之初，俞平伯住在包信集，离"干校"总部驻地东岳集有十五里路，俞平伯平时赶去学习、开会、听布置，都因腿力衰减，往来甚不方便。一次回家，适逢下雨，路上泥泞不堪，多亏荒芜一路相扶，他才得以丕家。俞平伯夫妇搬至东岳集后，荒芜更是经常过来串门，帮他们做点家务，还干些力气活，并经常与俞平伯诗酬句酢，给了他精神上极大的安慰。

1970年5月1日，荒芜来到俞平伯住处，陪他们老夫妇共度"五一"国际劳动节。他买来一只鸡、一只甲鱼，许宝驯加上自家的猪肉，烧了一大锅，三人苦中寻乐地过了一个节日。两天前，电台广播播出我国第一颗人造卫星顺利上天、在太空播放《东方红》乐曲的新闻。于是酒过三巡，荒芜便就此赋诗道：

一星高照绕青空，乐曲风传遍宇中。

从此和平有保障，万邦齐仰太阳红。

（孙玉蓉编：《俞平伯书信集》，河南教育出版社，1991年，第365页）

俞平伯大喜，便把两天前8时20分人造卫星飞过东岳集上空他仰观后写下的两首诗，抄出来给荒芜看。诗云：

五洲万国仰红星，飞绕全球昼夜行，

传送"东方红"乐曲，帝、修、反动一齐惊。

"只争朝夕"成功速，还是云程第一遭。

主席宏规欣实现，风流人物数今朝。

（同上，第365页）

荒芜看后很高兴，稍一思索，又当场写了一首古体诗赠俞平伯。其诗云："朝读夕耘夜绩麻，灌园莳圃永安家。休言老去筋力减，邻媪争传饭量加。"俞平伯看后当场回赠一诗："脱离劳动逾三世，回到农村学绩麻。鹅鸭塘边看新绿，依稀风景似归家。"

俞平伯携妻子下放河南息县"五七干校"期间，家人无时不在深切惦记。除了与他们经常信笺往来之外，还不远千里来看望两老。外孙韦奈，儿子润民父女，都先后长途跋涉来看望过他们老两口。亲人们来了，总要给俞平伯夫妇改善伙食，他们到集上买来新鲜的鱼虾，烧上一锅红烧肉，围坐小方桌边吃边聊。这时候，俞平伯居然忘却天涯沦落的哀愁，心里平添一丝亲情的慰藉。

外孙韦奈先来，他是7月11日来住到17日走的，其间，他帮外公、外婆拆洗了被褥，整理了"房间"。

儿子润民携孙女华栋是12月15日来，住到27日走的。他们父女俩来时带了大包小包的行李，一路可谓步履艰难。当俞平伯夫妇俩终于悬门等来儿子和孙女，他不由又高兴地赋诗：

去岁今年夏更秋，天涯重聚慰离忧。

真教片语成先志，一笑能开万点愁。

（俞华栋：《怀念我的祖父俞平伯》，《浙江日报》1995年12月13日第6版）

下放期间，俞平伯不仅不"愁"，而且还将这种背井离乡的遭遇看作是过上了田园生活。前后一年零两个月的时光里，他不仅不怨天尤人、消沉落拓，反而将此看作是自己回归农家的际遇，他将在河南乡间所见所闻、一事一遇，都赋诗兴会，累积下来竟也不少，构成了其诗歌创作又一小高峰，后来仅收入《俞平伯诗全编》的就达35首。

在"外放"远方农村的磨难岁月，俞平伯仍不改其文化学者的本色。

他到了河南息县劳动、生活了一些时候，发现当地人们对话交流的语言里，居然还保留着古语的发音。他儿子俞润民在与夫人陈熙合著的《德清俞氏：俞樾、俞陛云、俞平伯》一书中，回忆过这件事。当时，他父亲的信中说："这里语言，有些古语。如自称曰'俺'，买肉切肉叫'割肉'，笼火叫'制火'……"而且，他还发现当地有些语音还同两百多年前曹雪芹笔下的人物对话一样。如他听当地人说"你妈"发音为"奶妈"，就想起曾在《红楼梦》甲辰本里见过这个"奶"字，当时不明白，如今居然在中原乡间弄清楚了。俞平伯挨批不废红学，远放乡间居然仍不忘研究红学，可见一本《红楼梦》早已成为他一段剪不断、理还乱的心结。

杨绛先生《干校六记》一书中第六篇《误传记妄》，说的是她与丈夫钱锺书下放河南息县"五七干校"时，天天盼着早日离开此地回到北京家里。一天晚上，她突然发现床上有两堆东西，拿来手电筒一照，原来一堆是只开了膛的死老鼠，另一堆是这只老鼠的内脏，这可把她吓得不轻。因与丈夫分住两地，在遇见丈夫时她说了这件可怕的事。然而，丈夫钱锺书却豁达幽默地说："这是吉兆，也许你要离开此处了。死内脏和身躯分成两堆，离也；鼠者，处也。"钱锺书安慰妻子也许很快会离开此处回北京。夫妇俩哈哈苦笑一阵，没有当真。但到1970年底，钱锺书果然从当地邮电所听来好消息，说北京打电报给学部干校，通知遣送一批"老弱病残"回京，电报上还列有名单，上面就有他钱锺书的大名。夫妇俩自然高兴万分，想想先回去一个也好，至少女儿阿圆可以得到大人的照顾了。可是结果两口子空欢喜一场，这第一批回京的"老弱病残"中，并没有钱锺书。直到1972年3月，学部"干校"遣送第二批回京的"老弱病残"，他夫妇俩才双双列入名单得以圆梦。

俞平伯却是遇上被列为第一批"老弱病残"回北京的好运气的。俞平伯儿子俞润民夫妇在《德清俞氏：俞樾、俞陛云、俞平伯》一书中称，"1971年1月，在周恩来总理的直接关怀下，俞平伯先生夫妇提前由河南农村返回北京"。可见安排中国科学院哲学社会科学学部河南"五七干校"里的"老弱病残"回北京的，是周恩来亲自作出的决定。

离开前，俞平伯专门请来尚且羁留干校的同事兼难友荒芜来喝酒，感谢荒芜对自己夫妇俩下放干校期间的照顾。"告别宴"上，他一边与荒芜对酌，一边又想起1968年除夕住在单位接受"审查"时荒芜脱下丝绵袄给他御寒的往事，于是当场口占旧体诗《与荒芜别》一首。诗云：

> 今夕荒村一杯酒，
> 明朝京国路漫漫。
> 为君重咏高楼句，
> 挟纩如春度岁阑。
>
> （孙玉蓉编：《俞平伯书信集》，河南教育出版社，1991年，第373页）

俞平伯夫妇等第一批回北京的"老弱病残"动身离豫那天，没能同批回京的杨绛非但不嫉妒还去送行。那是1月17日，"回京的人动身那天，我们清早都跑到广场沿大道的那里去欢送。客里送人归，情怀另是一般。我怅然望着一辆辆大卡车载着人和行李开走，忽有女伴把我胳膊一扯说：'走！咱们回去！'我就跟她同回宿舍。她长叹一声，欲言又止。我们各自回房"。（杨绛：《干校六记》，邓瑞全主编：《名士自白——我在文革中》上册，内蒙古人民出版社，1999年，第400页）

　　1971年1月18日，71岁的俞平伯和他75岁的夫人许宝驯总算有幸重新回到惯居的北京，夫妇俩以高龄和羸弱之身，艰难地挨过了1年零2个月的"五七干校"下放务农岁月，这在俞平伯看来是个奇迹。因此，他在1月18日的日记中记道：

　　　　十八日下午四时半到北京（误点二小时许），有六弟、韦奈、谢象春携女建青、珣处阿姨来接。晤学部宣传队解放军王同志，乘小车到建外永安南里招待所，住10号楼504室。六弟、韦奈同车来。命奈至"新侨"购烤鱼、炸猪排、蛋糕等食之。居然平安返京矣。

　　　　（孙玉蓉编：《俞平伯全集》第拾卷，花山文艺出版社，1997年，第381页）

　　为什么俞平伯会说"居然平安返京矣"一语？据他外孙韦奈在《我的外祖父俞平伯》一书中说，外祖父这句话"确实是有感而发。他曾回忆说，'我们离开北京，就没作再回来的打算，有老死他乡的准备'"。因此，一回北京，俞平伯就兴奋地赋诗："'五七'光辉指示看，中州干校一年还。茅檐土壁青灯忆，新岁新居住永安。"诗的最后一句是双关语，既说他回到北京暂住单位位于永安南里招待所的实情，又寄寓了他受到"永远平安"天意的庆幸。

　　俞平伯夫妇回到北京，由于老君堂寓所被人占住，自己作为产权人却回不去住，老夫妇俩只好听由学部军宣队安排，住进位于建国门外永安南里的中国科学院哲学社会科学学部招待所。直到1972年以后，他才被正式分配住进三里河南沙沟的学部宿舍楼。回京以后，俞平伯老是盼望自家老君堂四合院寓所能够发还，但这盼想总是落空。1975年年底，单位让他填了一份住房调查表，他本以为这张表是为发还自家老房子而填的，结果填过以后，才知道是空欢喜一场，因为填表"与齐内老屋发还事似无关"（俞平伯致俞润民信中语）。

不过，俞平伯还是盼到了一点钱物发还回来。那是1972年5月，中国科学院哲学社会科学学部开始"落实政策"，对本单位凡在"文革"初期被查抄的家庭物品、被扣发的个人工资，开始予以发还，意即矫枉过正。这件事，俞平伯在日记中记到过：

> 一九七二年五月十日发还自六八年至七一年所扣工资，将存款解冻。十二日发给查抄物资偿金二千四百元。十六日发还查抄杂物（书籍在外，后又发还若干）。
>
> （韦奈：《我的外祖父俞平伯》，团结出版社，2006年，第66页）

俞平伯最为看重的，是被抄走的藏书、手稿、研究资料等，遗憾的是，正如其外孙韦奈所说："至于归还到他手中的书，就更为可怜，不足原藏书的三分之一，特别是有用的书！更有意思的是，在一部归还回来的书上，竟盖有'江青藏书'的印章，这对'文化大革命'真是一个极大的讽刺！"（同上，第66页）俞平伯的藏书怎么会到江青手里？这到今天还是一个历史之谜。

当初被抄家夺走而今归还回来的藏书杂乱一大堆，卸在俞平伯家新分配居住的不大的房间里，他每每看见，深深心痛。当年5月26日，他在给友人马士良的信中说："忽来数千册零乱残缺之书，一室狼藉，难于涉足，去取之间，又味同鸡肋也。"但再是"鸡肋"，总是要整理归橱归架的，然一整理，心里却更疼痛！如曾祖父俞樾所著五百余卷《春在堂全书》木刻本，本来家里存数还是不少的，但却被运动初期抄家时席卷一空，等到现在发还回来，却是乱七八糟的一堆，俞平伯仔细拼凑，总算凑出一、二部。

俞平伯从河南"五七干校"回到北京，仍然避谈《红楼梦》。这实在是他的一块创疤呀！中国科学院哲学社会科学学部组织本单位人员政治学习，俞平伯写给儿子俞润民的信中，曾经谈及自己对这种政治学习的感觉：

> 人数不过六七人，亦无军代表来，只是同人自学，大家看看书而已，而且各看各的，不过不带无关学习的杂书（这是应当的）。他们有时谈话，我因耳聋，亦很少参与、说话。星期五总有一次讨论。因参加的人各所都有，可以谈一些各自专攻的问题。已谈过的如下：四月廿九日"让步政策，农民起义"（历史所翁独健）；五月七日"文字改革"（语言所吕叔湘）；五月十四日我谈了《红楼梦》的"自传说"，作为自我批判谈的，但也讲了一般性的批判，约一个半小时。（本来治《红楼》的还有吴世昌，将于另一次谈。）廿一日将由哲学所杨一之谈"一分为二，合二为一"，当亦很有可听。这种学习颇像古语所说的"切磋"者。具体的情况就是这样。
>
> （孙玉蓉编：《俞平伯书信集》，河南教育出版社，1991年，第375—376页）

大凡"文化大革命"时期的政治学习，都要求参加者结合所学内容来一番自我忏悔，不若如此，就不予过关。让现在的人诧异的是，这一套做法居然对人的"思想改造"屡试不爽，即便像俞平伯这样已在学海浮沉达50年的老知识分子，后来在1974年5月20日写给上海同济大学建筑系教授陈从周的信中，也会恳切地承认："弟往昔文字讹缪流传，近在运动中参与

学习，更深忏昨非，惧蹈覆辙。"（同上，第20页）

　　也就是1971年5月14日俞平伯就自我批判《红楼梦》"自传说"进行交流发言后，随后要发言交流的红学家吴世昌，把自己写的《红楼梦识小录》给俞平伯看，其中说到宝钗、麝月命名之解释，又说到贾芸的命名系以芸草的训诂而来，有使死者复生之意，所以后回宝玉下狱，由贾芸、小红、倪二等人而得救，云云。俞平伯虽认为吴此说"出于想象未免附会"，但却不与其争论。他对儿子信中说："我实不愿再谈这个，但有时亦不能不谈，如上言星期五讨论事，关于文学方面，班上拟了这个题目，我亦责无旁贷，得讲一点，好在着重自我批判，不会出什么毛病的。"（同上，第376页）"着重自我批判"，是俞平伯应对批评乃至大批判的一大私籍，当初《红楼梦》研究批判运动平地乍起之时，他用过这一私籍，如今在诸如政治学习会这种小型场合，他依旧用之不疲。

　　还是与朋友多多聚首能够消愁。从河南"五七干校"回京以后，俞平伯与叶圣陶、顾颉刚、章元善、王伯祥等苏州出来的在京学者老友往来酬酢较多。

　　1975年4月19日，叶圣陶家院子里的海棠花开了，他邀请俞平伯、顾颉刚、王伯祥、章元善前来赏花。是有朋相聚的快乐，还是叶府太过温馨，这京城学界素负盛名的"姑苏五老"，在叶府院子海棠花前品茗畅聊，一时间居然暂时忘记了时下"文化大革命"政治运动的阴霾。最后，不知是谁提议，五位耄耋学者还在盛开的海棠花前拍了一张合影。他们五位在叶府的前一次合影，是在1972年。

　　1975年9月底，俞平伯遇上一次公开露脸的机会，周恩来总理发出请柬邀请各界知名人士出席建国26周年国庆招待会，俞平伯也收到请柬，请柬上面"周恩来"三个大字签名赫然醒目。9月30日晚上，俞平伯去人民大会

堂参加了由国务院举行的国庆招待会。他见到，因患癌症已经形销骨立的
周恩来强撑病体主持了一场国家级大会集，还讲了话，不由心里感到十分
难受。他多么希望周恩来总理能够重新回到五十年代末来看北京昆曲研习
社时的那副精神焕发、神采奕奕的状态呀！

俞平伯对自己能获周恩来总理邀请参加国庆招待会，感到十分高兴，
视作自己晚年欣逢的一件大事。这是"文化大革命"运动十年中，他唯
一一次被政府作为"座上宾"来对待。

那次国庆招待会，周恩来也邀请了李希凡。"文化大革命"运动初
期，李希凡也挨了整，被关过"牛棚"。他说，"因为毛主席这封信，而
被放出'牛棚'"。不久，他便又红了起来。他回忆：

> 1973年初，由于有毛泽东主席评论《红楼梦》的一系列"最新最
> 高指示"，全国掀起了广泛的"评红热"。我这"某红学家"便应人
> 民文学出版社之邀，为再版的《红楼梦》写了"前言"；后又应北京
> 人民出版社之邀，将这个"前言"扩充改写成一本普及型小册子《曹
> 雪芹和他的〈红楼梦〉》。
>
> 如果说我在"文革"中有过"红得发紫"的时期，也只能算这段
> 日子了。
>
> （李希凡：《红楼梦艺术世界》，文化艺术出版社，1997年，第
> 471页）

李希凡称，自己也应邀出席了1975年周恩来举行的国庆招待会。"据
我的记忆，七十年代初曾传达过毛主席在看到俞平伯先生出席国宴（我也
参加了——笔者注）的一则消息后，有过这样的批示：金无足赤，人无完

人。惜乎梁漱溟、周扬未宴（大意如此）。可见，这在当时已是知识分子政策的某种体现。"（同上．第477页）只是他没说到，在熙熙攘攘的人民大会堂招待会现场，有没有"邂逅"俞平伯。

也许是建国26周年国庆招待会的场面，对于俞平伯来说太过热烈，参会过后第八天，10月8日，他竟突然中风。他外孙韦柰回忆："招待会后不久，因脑血栓引起的中风，导致右侧偏瘫，从而根本改变了他75岁以后的生活。"

俞平伯突然中风之前，正像李希凡所说，"全国掀起了广泛的'评红热'"。这是由于毛泽东要求时任南京军区司令员的许世友等高级干部好好读读《红楼梦》，至少"卖五、六遍"。因此，人民文学出版社又一次出版发行了《红楼梦》一百二十回本。1973年，为适应"评红热"需要，该社还重印了俞平伯《红楼梦研究》一书，作为批判之用。1974年10月16日，《人民日报》又发表了署名"梁效"的文章《批判资产阶级不停——学习〈关于红楼梦研究问题的信〉》，文章虽然是为纪念"光辉的历史文件《关于〈红楼梦〉研究问题的信》"发表20周年，但最后却有这么一句重话："二十年来围绕《红楼梦》问题的斗争，乃是马克思主义与修正主义、无产阶级与资产阶级之间的斗争。这种斗争，今后还将长期进行下去。"又是重印《红楼梦研究》，又是刊出大块文章，俞平伯看到这些信息，不可能不心惊肉跳——会不会又有什么狂风巨浪扑卷而来呀？他因此又一次觳觫不已，中风偏瘫当是很自然的事。

具有嘲讽意味的是，其时人民文学出版社再版的并请李希凡撰写前言的《红楼梦》一百二十回本所沿用的版本，仍是已经被批得"臭不可闻"的胡适半个世纪前校订的"亚东本"。

俞平伯中风以后，拒绝住院治疗，坚持回家吃药养病，稍见好转，就抓起毛笔练字。他觉得，自己大脑仍如以往一般的思维清晰，想写什么就能写什么，只要能写字，走不了路却是没关系的。于是，他坚持每天练字。虽然往昔一手端方秀润的小楷不复再现，但却形成了其晚年苍老古拙的书法风格。

望八高龄的俞平伯，中风固属不幸，但也带来一点好处，那就是他可以名正言顺地不出门而躲在家里。但沉闷单调的家居生活却又让他憋屈。外孙韦奈回忆："没有人陪伴，他出不了家门。他不再去上班，也不能一个人出去吃饭。原本就很少的社会活动，几乎完全停止了……他开始了一种新的，却显得过于沉闷、平静的生活。"

当俞平伯通过每天练字能够书写以后，便频繁与人通信。自从他中风以后，与友人特别是叶圣陶的通信之频密，大超以往，他写去的信，或长、或简，一秉谦谦古风，而且还有所思考注重探讨，依然保持学而不息的劲头。叶圣陶每当收读他的信后，也总是用他那一手美观流畅的小楷行书，及时作复。两个大学者之间的信来笺往，俞平伯将此比作是"乒乓球运动"。

1976年，共和国尚且处在"文革"最后的动荡中。俞平伯忽然在写给叶圣陶的信里谈起唯物主义和唯心主义之争的问题来：

> 窃谓唯心唯物之争将与含灵共其悠久，不能轩轾。就唯物言，凡吾人一切所接，无非物也（包括自身）。就唯心言，则万法本因人兴，一切因人说有。既对峙，又互相融接，有如所谓"两极相逢"者。（恩格斯语）某一终点即为另一起点。若唯物之接唯心，固非科学专家不能略言；而唯心之归唯物或可略通一线欤。……如禅宗为彻底的唯心论者却又最平实。惠能，一不识字卖柴人，乃成为六祖。
>
> （孙玉蓉编纂：《俞平伯年谱》，天津人民出版社，2001年，第387页）

是依旧对毛泽东信中将他的红学研究与"唯心论"挂钩进而号召批判不服呢，抑或是真的想探讨当时那些时髦政治术语的真谛？反正在1976年3月间，俞平伯与叶圣陶通信，大都谈到唯物与唯心、主观与客观、感性与理性、认识论与禅宗等哲学概念。其中，他在3月8日致叶圣陶的信中有关对认识论的一句感悟，虽言简却意赅："几千年来吾人对于自然界已有更多的了解，而对于自己了知仍少。"（同上，387页）

确实如此，人最难战胜的是自己，之所以难战胜，原因是缺少了解自己。人更多的时候，是了解了自己却又不能自我抑制，这是人不幸的根源。俞平伯晚年经常反思，有时甚至到了比较严苛的地步。

1976年7月28日，唐山发生大地震，北京也受波及。当时，人们普遍心生慌乱，如临末日。地震发生后，各种传闻甚嚣尘上，一时间闹得人心惶惶，北京连天安门广场都被人们抢占地盘搭起连片的"防震棚"，俞平伯的邻居们绝大部分也都躲下楼去了。然而，他却处变不惊、临危不惧，居然还记下了从地震发生第一天至8月20日的日记，共25篇。这些日记记事详尽、描述准确，既有客观情况，又有个人感受。

从他的地震日记看来，防震20多天里，他与夫人虽然也有2次在亲友劝导下勉强下楼夜宿防震棚外，其余日子他夫妇俩都坚决住在自己永安南里二层楼寓所里。而且，据俞平伯外孙韦柰回忆，他甚至还在阳台上"凭栏看雨，得句云：楼前夏绿雨霏微，天上如斯好景稀。自是苍苍非正色，火星天似醉杨妃"。由此可见，大灾袭来，俞平伯定力甚强，别人都惶惶不可终日之时，他却镇静自若，毫不自扰。无怪他能应付举国批判而不倒，并且安然闯过一个又一个政治运动。

俞平伯的地震日记，后来以《一九七六年丙辰京师地震日记》为篇名，发表在宁夏《朔方》文学月刊1983年1、2月号上。

为什么俞平伯的地震日记会发表在遥远的西部文学刊物《朔方》上的呢？原来这又与著名作家张贤亮有关系了。八十年代初，张贤亮获"右派"平反改正，被安排在《朔方》当编辑，因其母亲与俞平伯长女俞成交游甚厚，张贤亮每去北京，便要去俞宅看望俞成和她父亲俞平伯，当他得知俞平伯在唐山大地震期间记有日记，便来动员老人发表问世。于是，俞平伯的这一私密文字得以公开于世，成为一份十分难得的民间版地震现场记录。

第十章　乐天揽晚霞

1977年8月12日至18日，党的十一大在北京举行，会议郑重宣告：为期十年的"文化大革命"运动正式结束。全国亿万人民感到，长久笼罩头顶的阴霾顿时为之一扫！

这之前的5月，俞平伯所在单位中国科学院哲学社会科学学部从中国科学院独立出来，升格为中国社会科学院。

春天确实降临祖国大地了！党中央推行"解放思想，实事求是"的思想路线，国家政治开始大力拨乱反正，社会"万马齐喑"的局面得到扭转。随着全国科技大会和全国第四次文代会的召开，科学研究和文艺创作开始逐步复苏。

从1978年开始，对《红楼梦》研究已经10多年不著一字的俞平伯，又重新开笔著述红学文章了，这就是以《乐知儿语说〈红楼〉》为总篇名的红学研究系列文章。

当然，俞平伯重新著述红学文章，当时只有他家人知道，外人包括他的单位中国社会科学院文学研究所都不知晓。至于总篇名中的"乐知儿"，乃是俞平伯指称自己。这一自称，是他从苏州祖居曲园里乐知堂的堂名活剥而来的。不知是他念念不忘自己出生的这座老家厅堂，抑或觉得时下形势终于可以"乐天不忧惧、知命不妄想"了。

《乐知儿语说〈红楼〉》系列文章，都是随笔体裁，他陆陆续续写了两年，一共成文19篇。有漫谈红学写作的、有为红楼释名的、有谈红学索隐的、有议新旧红学两大门派的、有谈《红楼梦》版本的……林林总总，不一而足。俞平伯这一红学随笔系列写好后，曾经致信儿子俞润民，嘱咐"不宜公开"，他大约是担心国家政治形势会反复，以后又会拿他来进行大批判。因此，在他生前，《乐知儿语说〈红楼〉》随笔系列文章未曾公开发表过，一直到其去世4年之后，他的外孙韦奈方才应香港《明报》副总编辑潘耀明先生之邀，全部见诸该报，于是俞平伯的这一批最后的红学之作，才公开于世。

在《乐知儿语说〈红楼〉》这个红学随笔系列里，晚年的俞平伯更加认真、严格地反思自己过去的红学观点。拿他这些文章对比他发表于1955年5月第5期《文艺报》上《坚决与反动的胡适思想划清界限——关于有关个人〈红楼梦〉研究的初步检讨》一文，人们惊奇地发现，当年他《初步检讨》里的观点、立场，确实是出自他内心的，而并非是他为应付当时的大批判敷衍之作。因为他晚年反思自己红学研究得失是非，与当年"检讨"所陈，是一脉相承的，而且语气上似乎比当年更沉痛。

例如，俞平伯在23年前那篇《初步检讨》中，就承认自己，"很明显的，书中人宝玉的想法，不必等于作者曹雪芹的想法，我虽在《简论》里已说到，不过并不曾分得清楚，我始终没有恰当地改正自传之说"，"因自传之说作祟，我追求作者之意有时会混到书中主人公贾宝玉身上去。这样不严肃的态度，用力虽多，其结果自然是白费"。

23年后，1978年9月7日，俞平伯写下《乐知儿语说〈红楼〉·漫谈"红学"》一文，仍然检讨自己："《红楼梦》好像断纹琴，却有两种黑漆：一索隐，二考证。自传说是也，我深中其毒，又屡发为文章，推波助澜，谜误后人。这是我平生的悲愧之一。"

仅隔了一个月，10月17日，他似乎还不肯放过自己，又写下《索隐与自传说闲评》一文，更是检讨了自己1954年出版的《脂砚斋〈红楼梦〉辑评》一书对"自传说"起了推波助澜作用。他在文中说：

> "红学"能够叫开，含有实际意义，也关系到对《红楼梦》这书性质的认识。最早的时候，对《红楼梦》不过是纷纷谈论，偶尔有一两篇文章出现，也还称不上什么"学"。到了清朝末年民国初年，王国维、蔡元培、胡适三位，以大学者身份大谈起《红楼梦》，从此一向被看成是小道传阅的小说，便登上了大雅之堂。王国维说《红楼梦》里面含有哲理，可惜无人响应。蔡元培、胡适两位是平分秋色，一个索隐、一个持自传说，各具门庭。自传说是后来居上，到了大量脂批被发现后，自传说更是风靡一时了。到五十年代，《辑评》一书出版了，原只是为工作需要，却也附带起了对自传说推波助澜的作用，对此我感到很惭愧。
>
> （孙玉蓉编：《俞平伯散文选集》，百花文艺出版社，1990年，第272页）

俞平伯在上文中所提到的"《辑评》一书"，指的是他于1954年12月出版的《脂砚斋红楼梦辑评》一书。1953年，俞平伯鉴于《红楼梦》脂砚斋评本外间流传极少，一般读者不易看到，因而将《红楼梦》甲戌本、己卯本、庚辰本、甲辰本、有正本等5个钞刻本汇辑后加以校订，编成《脂砚斋红楼梦辑评》一书，交给上海文艺联合出版社出版。因为一般的《红楼梦》研究者和普通的红学爱好者难以看到上述5个《红楼梦》古版本，所以他出此书就能为他们是供最基本的研究资料。因此，此书出版发行后，一时风靡红学界，极大地推动了人们对《红楼梦》版本的考证和研究。

时隔20多年，俞平伯仍然检讨自己此书对胡适"自传说"，起过"推波助澜的作用"，甚至还声称，"对此我感到很惭愧"。

同样，他在《乐知儿语说〈红楼〉》这组随笔里，依然肯定胡适在《红楼梦》研究上的贡献，并没有因为检讨自己早年附和过胡适的"自传说"，而去否定胡适。1979年3月11日，他写下《乐知儿语说〈红楼〉•宗师的掌心》一文，坚持说起胡适在红学上的奠基作用："红学家虽变化多端，孙行者翻了十万八千个筋斗，终逃不出如来佛的掌心。虽批判胡适相习成风，其实都是他的徒子徒孙。"

晚年俞平伯在反思自己红学研究得失是非时，也同当年的《初步检讨》一样的讲求实事求是，毫不文过饰非、毫不矫揉造作，依然不因胡适仍然被大陆鄙弃而行落井下石之道，也不因为自己为胡适吃了这么多年苦头而行切割撇清之举。一般人的普遍现象是：人进入晚境，都会比以往更加装点自我，为自己身后盖棺有个良好的论定。然而，俞平伯却截然不同，他依旧坚持真理、坚持本色，既不因当年一边倒的批判围剿而屈服，更不因胡适被大陆这一边目为"反动"而抛弃。他晚年完全捧着一颗真诚的内心，在毫无一点外力逼迫的情况下，独自对自己一生的红学成果和学术道路进行深刻的反思和自省。

可见俞平伯当年的《初步检讨》并非违心之作，更不是为了蒙混过关，而是真心、真诚之作，更是能够经得起后人检视的文章。要知道，俞平伯白纸黑字写《乐知儿语说〈红楼〉》这组随笔文章时，他远还没有得到平反纠正，1954年发端的"红楼梦研究批判事件"强加给他的"资产阶级知识分子"的政治帽子，还牢牢地戴在其头上。

1979年10月，俞平伯迎来了"文化大革命"之后的第一件盛事：人民文学出版社出版了他编著的《唐宋词选释》。此书从着手编写到出版面世，历时21年。可以想见，如无政治运动的摧阻，怎么可能发生这类出版奇闻。然而，对于俞平伯来说，《唐宋词选释》虽是"旧酷"，却也令其欣喜不已。为此，他专门写下《〈唐宋词选释〉编写琐记》一文，介绍了他编写此书的经过：

> 五十年代末，我在文学研究所拟编唐五代词选，后扩展到两宋，名《唐宋词选》，其编写经过，事隔二十年已不大记得。前言初载于《文学评论》。一九六五年十一月有试印书三百册。
>
> （韦柰：《我的外祖父俞平伯》，团结出版社，2006年，第114页）

前述1953年，俞平伯曾向文学研究所主持实际工作的副所长何其芳提出过，唐诗注释方面有人搞，也出过不少著作，但在唐宋词方面的注释性著作则还没有过，而自己于此颇有些研究，想主动"请缨"，专门选编唐宋词并加上注释，出一本书，以飨广大古典文学爱好者。没想到这件事还没来得及干，第二年，他就因为《红楼梦》研究而遭到举国批判，成了"资产阶级唯心论"的代表人物，人们避之犹恐不及。俞平伯自然也不敢再提此事了。但到1956年，他校勘整理《红楼梦》八十回本的工作臻于完成，他便又向何其芳再次提出这项编书计划，由于各种原因，没有付诸实施。1958年，兼任文学研究所所长的郑振铎因飞机失事而不幸去世，新升任所长的何其芳上任伊始，想起了俞平伯5年前的"主动请缨"，便来动员他正式着手编撰此书，由于种种原因，此事进展拖缓，直到1962年他才编成，题书名为《唐宋词选》。1965年11月，还曾经试印300本征求方家意见。讵料，次年夏天爆发"文化大革命"运动，俞平伯遭到街道红卫兵抄家"破四旧"，家中横遭洗劫，所藏《唐宋词选》样书亦被"抄"走。幸运的是，1972年5月，他从"落实政策"发还下来的"抄家物资"中，找见了1966年初他曾亲笔修改过的《唐宋词选》修改本，于是，"文化大革命"结束后，他便正式重新编写此著，并定书名为《唐宋词选释》。俞平伯来往圈内的同好，凡知道他此书上述劫后余生故事的，无不浩叹唏嘘。

因为《唐宋词选释》针对的读者对象主要是古典文学研究者和爱好者，所以所选词篇与一般普及性的选本有所不同，它在选词上相对较宽，为的是努力体现唐宋时期词家的风格特色与词的发展脉络。该著由唐至南宋，选词251首，分为三卷，上卷为唐、五代词，共87首，中、下卷为宋词，共164首；其中，中卷题为"宋之一"，下卷题为"宋之二"，分别相当北宋和南宋。俞平伯之所以将宋词部分不按北、南来分，而用"之一""之二"来分，主要是鉴于南渡词人正跨两宋交替之际，这样比较能够清晰地反映出两宋时期词作的成就。至于此书出版后广受欢迎和畅销的情况，俞润民夫妇在《德清俞氏：俞樾、俞陛云、俞平伯》一书中有过回忆："此书1979年10月由人民文学出版社出版。出版后就获得好评，并在全国出版图书评奖会上获得一等奖。因为此书深受读者的欢迎，至1997年共重印6次，印数达215000册之多。"

遗憾的是，一直支持俞平伯编写出版《唐宋词选释》的诗人、文艺评论家、红学家何其芳，却不幸于此书出版的前两年（1977年）病逝，享年65岁。他没能与俞平伯分享成功的喜悦。

老师送学生，耄耋之人送壮年之人，俞平伯自然对何其芳病逝十分悲痛，他不仅致信何其芳夫人牟决鸣表示哀悼，还写下两首诗追怀何其芳：

昔曾共学在郊园，喜识"文研"创业繁。

晚岁耽吟怜《锦瑟》，推敲陈迹怕重论。

习劳终岁豫南居，解得耕耘胜读书。

犹记相呼来入笠，云低雪野助驱猪。

（《俞平伯全集》第贰卷，花山文艺出版社，1997年，第796页）

诗中，俞平伯从与何其芳在清华大学结下师生关系，到文学研究所成为同事共同创业，再从何其芳晚年研究李商隐的经历，到与他在河南"五七干校"一起赶猪入圈等往事，深切缅怀他的这位学生兼领导。10年后，上海文艺出版社编辑出版纪念何其芳的文集《衷心感谢他》，俞平伯又写下悼念文章《纪念何其芳先生》，称何其芳既是他工作上的领导，又是他研究工作上的知己。

新时期文艺的春天催生百花。

与此同时，红学界也活跃起来。作为国内红学研究第一人，俞平伯也频频受到邀请。但他却不像当时许多复出的名人那样乐于赶场子，而一般总是谢绝居多，甘于在家深居简出。

1979年初，在文化部副部长贺敬之等支持下，北京的一些红学家和高校的专家教授，张罗着筹备成立中国红学会并创办《红楼梦学刊》。

4月3日，俞平伯老友王伯祥的儿子、被新吸收到中国红学会筹建班子参与筹备事务的王湜华，登门拜访俞平伯，当面转达红学会筹建班子有关请他担任即将创刊的《红楼梦学刊》编辑委员的提议。王湜华从小是俞平伯看着长大的，后来又常常骑着自行车充当乃父与俞平伯之间的联络人，尽管彼此情谊甚深，然而，俞平伯还是婉言谢却了"贤阮"的盛情。不几日，他在致叶圣陶的信中谈到这件事时说："既不能负责，挂名就不太好；又于所谓'红学'抛荒已久，一切新材料都不曾看，如有人来问询，将无法应付之。"俞平伯不图虚名，只求踏实做人的品性可见一斑。

　　然而，"一会一刊"的筹建还是异乎寻常的顺利。

　　5月20日，新成立的中国红学会假座北京城里的四川饭店举行《红楼梦学刊》创刊座谈会。

　　在贺敬之的力邀下，一向颇少出门的俞平伯终于同意前来参与其盛。那天上午，王湜华带一辆小汽车，去永安南里中国社科院宿舍区接俞平伯赴会。由于顾颉刚也住同一小区，因此王湜华的车同时还要接上他。应该说，红学会派王湜华去接俞、顾两老是最合适的了，王的父亲王伯祥作为苏州籍在京学者，与俞、顾两老均过从甚密，两老均是看着王长大的长辈。然而，出乎王湜华意料，小汽车接上俞、顾两老之后，一路驰往四川饭店赴会，车内居然很安静，俞平伯和顾颉刚这对二十年代"剧谈红楼"的同道，乡梓之谊加同学之谊已逾60年的老朋友，并没有出现他事先设想的那种一见面就热烈交谈甚至谈到目的地仍然意犹未尽的情景。据他在《俞平伯的后半生》一书中的回忆，那天俞、顾两老坐在车里甚至都没有话。这让他很纳闷。

　　也许王湜华作为年轻一代尚不能深切体会到，20多年连续不断的政治运动，给知识分子朋友之间造成的伤害是何等的痛苦啊！在1954年的"批俞"运动中，顾颉刚不得已而批老友俞平伯以及老师胡适。顾此举当时确实给惯知他刚烈个性的俞平伯带来惊诧：他年轻时连名高势大的鲁迅、傅斯年都敢公开对仗，怎么如今会如此软弱？其实王湜华是有所不知，当年那种书生间争吵的分量，能与解放后排浪般接踵打来的政治"运动"同日而语吗？

　　《红楼梦学刊》创刊座谈会是一次真正意义的红学界盛会。茅盾、叶圣陶、林默涵、贺敬之、王昆仑、吴世昌、吴恩裕、吴组缃、启功、王利器、端木蕻良、周汝昌、李希凡、蓝翎、张毕来、冯其庸等红学界学者名流基本到会出席。大火儿度尽劫波，重逢握手，无不感慨万千。

当俞平伯与顾颉刚一起步入会场，人们不由鼓起掌来表示欢迎。林默涵和贺敬之的掌声更是异常的响亮。因为他们亲眼目睹，饱受政治批判长达25年，且又中风偏瘫行动不便的俞平伯，能够不计前嫌，拄着拐杖到会。会上，俞平伯还讲了话。

也就是在这次会上，俞平伯第三次见到了当年的两个"小人物"如今早已成为著名红学家的李希凡与蓝翎。

俞平伯第一次见到李、蓝，是1954年10月24日中国作家协会古典文学部召开的关于《红楼梦》研究讨论会上。当时是周扬领着李、蓝到他面前，介绍他们认识的。那天，李、蓝正好在《人民日报》上发出了火药味甚浓的第三篇批判俞平伯《红楼梦》研究观点的文章《走什么样的路——再评俞平伯先生关于〈红楼梦〉研究的错误观点》。

第二次见到李、蓝，是1978年5月27日至6月5日举行的全国文联委员会三次（扩大）会议期间。俞平伯因身体不好，会议方面同意他只出席几次大会，并派车来接送，讨论会等可以不参加。但就在这次会议上，出席了不多几次大会的俞平伯，居然又见到了李希凡、蓝翎。那是会议间隙的红学家之聚，有人还为这一短暂的相聚拍下一张照片。照片里的人有吴恩裕、吴世昌、俞平伯、周汝昌、冯其庸、李希凡、蓝翎。但俞平伯跟李希凡、蓝翎有没有招呼交谈，没有看到有关资料介绍。

而今在《红楼梦学刊》创刊座谈会上，俞平伯第三次见到李、蓝，却是相当的坦然。不知是会议主办者的有意安排还是无意之举，中午会餐时，俞平伯竟被安排坐在李希凡和蓝翎之间。这可是大新闻！到会的海内外新闻记者不由纷纷举起照相机，记录下这具有历史象征意义的一瞬。然而，令所有人没有想到的是，俞平伯一餐饭吃下来，虽然一直没有笑容，但却与李、蓝两人"亦颇融洽"。席间，他们三人都喝了白酒。李、蓝两人主动向他敬了酒，他也回敬了，这让出席午餐会的红学界人们看了很高兴。

时任杭州大学中文系教授的蔡义江，作为借调来京出任校注新版《红楼梦》的注释组组长，也出席了这一堪称红学界"文化大革命"后的首次大聚会。20年后，他在浙江省政协主办的《联谊报》上撰文回忆当时的现场情景：

> 会上，许多人都讲了话，俞老的发言内容，我已不复记忆了，但他情绪很好，中午会餐时，他与李希凡同志同桌挨着坐，两人彼此站起来举杯祝酒的情景，我还有清晰的印象。当时，在宴席上也有香港《文汇报》驻京记者，所以很快地在香港的报纸上就大登特登俞平伯与李希凡互相敬酒的消息。因为这一举动标志着四分之一世纪前的那种以阶级斗争为纲、搞大规模政治运动的历史一页已经翻过去了。红学界出现新的团结气象令大家都感到万分欣慰。
>
> （蔡义江：《我所认识的俞平伯》，《联谊报》1999年11月5日第3版）

事实确实如此，俞平伯的胸襟的确宽阔，他并非当面做一套，背后说一套。他与24年前冒犯过他并且给他惹出政治大麻烦的李希凡、蓝翎同会而议，同席而餐，确实是主动摈弃了过去政治运动中你批我、我批你的文人相煎的那一套，从而参与到开创文艺界大团结、大鼓劲、大繁荣的局面的工作中来。那次会后第三天，他曾致信北京外文出版社翻译、编审陈次园，欣喜地说："廿日'红楼梦学刊大会'见昨日《光明日报》，空前团

结颇极一时之盛。"（孙玉蓉编：《俞平伯书信集》，河南教育出版社，1991年，第8页）

6月2日，会开过已经10多天了，俞平伯还在为这一"文化大革命"后红学界首度盛会的成功举行而兴奋。这一天，他写信给主动拜他为师的新加坡作家协会名誉会长周颖南，因他听说香港报纸上刊有他与李、蓝同桌吃饭喝酒的新闻照片，故想请周利用身在海外的便利，帮他搜寻相关报纸寄给他看。他说："上月《红楼梦学刊》开会颇盛，我非编委，亦偕圣翁（指叶圣陶——笔者注）列席，港报有传真照片，未知得见否？"（冯其庸：《语可诲人，光可鉴物》，《德清文史资料》第五辑，1995年，第52页）

为了促进文艺界的"空前团结"，俞平伯摒弃前怨，豁达大度远不止此。

《红楼梦学刊》创刊座谈会后，李希凡、蓝翎揣度，他们与俞平伯见过面了，又一起吃过饭了，老人家肯定像鲁迅说的已经"相逢一笑泯恩仇"了，于是，两人便开口向他各求一幅书法作品，而且居然还指定他，最好能书写杜甫《秦州杂诗》之二和李贺诗《苏小小墓》。让人吃惊的是，俞平伯不仅答应下来，而且还很快就用偏瘫的右手书就，不几日就交付他们了。

然而，俞平伯书法作品是赠给李、蓝了，但心里大概是不太舒服的。所以，赠李、蓝的书法作品送出后，他在回复时任厦门市书画院副院长张人希的信中称："前为李、蓝作书，二君见属，亦不便却耳。顷不应人书，以心绪不佳，无心翰墨也。"（孙玉蓉编：《俞平伯书信集》，河南教育出版社，1991年，第10页）

从上可见俞平伯在宽宥两个"小人物"问题上的真实心态。一方面他为人确实豁达敦厚，为了响应党中央提出的文艺界要实现大繁荣、大发

俞平伯八十岁生日留影

展、大团结的号召，他捐弃了前嫌，但另一方面李、蓝毕竟给他带来长达20多年而且至今仍未平反纠正的坎坷遭逢啊！当然，从上述两封信中可看俞平伯的心迹，总的说来，他还是放下了这段个人的恩怨情仇了。

红学界更大的盛事到来了。

国际《红楼梦》研讨会定于1980年6月16日至20日在美国威斯康星大学召开。会议主办者邀请参加这一盛会的中国红学家中，第一位想要邀请到会的就是俞平伯。他们除了请定居美国而且与他关系一向友善的红学家周策纵写信相邀外，还委托在北京的与俞平伯交往甚厚的红学家冯其庸上门相请。尽管这一国际性的红学盛会对俞平伯颇有吸引力，然而，此时的他毕竟八旬高龄了，而且五年前的中风又致他身体右侧偏瘫，行动十分不便，考虑再三，他不想再万里远航去美国参会了。但他又想到：这个会议毕竟是一次国际性的红学界盛会，不能无视会议主办方的盛情，因此，总要为此盛会做些什么，这从当年元旦他写给周颖南的信中可见其一斑：

"《红楼梦》讨论会，将于六月中旬在美国威斯康星开会，策纵来书意甚恳切，我自因衰病未能去，负此佳约，但总需写些诗歌文章以酬远人之望，亦不能草率，故颇费心。"

踌躇延宕再三，到了5月26日，俞平伯终于为这一国际性的《红楼梦》学术盛会写出一篇文稿，题为《上国际〈红楼梦〉研究会书》，谈了三点看法：

这届大会是世界性的，空前的。总结过去的经验，指出将来的方向，意义很大。我的贡献却很微薄，直陈三点如下：

（一）《红楼梦》可从历史、政治、社会各个角度来看，但它本身属于文艺的范畴，毕竟是小说；论它的思想性，又有关哲学。这应是主要的，而过去似乎说得较少。王国维《红楼梦评论》有创造性，但也有唯心的偏向，又有时间上的局限。至若评价文学方面的巨著，似迄今未见。《红楼梦》行世以来，说者纷纷，称为"红学"，而其核心仍缺乏明辨，未得到正确的评价。今后似应多从文、哲两方面加以探讨，未知然否。

（二）今之红学五花八门，算亦盛矣，自可增进读者对本书之理解，却亦有相仿之处。以其过多，每不易辨别是非。应当怎样读《红楼梦》呢？只读白文，未免孤陋寡闻；博览群书，又恐迷失路径。摈而勿读与钻牛角尖，殆两失之。为今之计，似宜编一"入门""概论"之类，俾众易明，不更旁求冥索，于爱读是书者或不无小补。众说多纷，原书具在。取同、存异，缺疑三者自皆不可废。但取同，未必尽同；存异，不免吵嘴。

"多闻阙疑"虽好，如每每要道歉，人亦不惬也。而况邦国殊情，左右异轨，人持己说，说有多方，实行编纂，事本大难，聊陈管见，备他年之采取耳。

（三）另一点，数十年来，对《红楼梦》与曹雪芹多有褒无贬，推崇备至，中外同声，且估价愈来愈高，像这般一边倒的赞美，并无助于正确的理解。我早年的《红楼梦辨》对这本书的评价并不太高，甚至偏低了，原是错误的，却亦很少引起人注意。不久我也放弃前说，走到拥曹迷红的队伍里去了，应当说是有些可惜的，既已无一不佳了，就或误把缺点看作优点；明明是漏洞，却说中有微言。我自己每犯这样的毛病，比猜笨谜的，怕高不了多少。后四十回，本出于另一手，前八十回亦有残破缺处，此人所共知者。本书虽是杰作，终未完篇；若推崇过高则离大众愈远，曲为比附则真赏愈迷，良为无益。这或由于过分热情之故。如能把距离放远些，或从另一角度来看，则可避免许多烟雾，而《红楼梦》的真相亦可以稍稍澄清了。

（俞润民、陈煦：《德清俞氏：俞樾、俞陛云、俞平伯》，中国人民大学出版社，1999年，第281—282页）

俞平伯的这篇文稿，是委托去美国出席会议的冯其庸带到大会上去，以代替他作书面发言的。此外，他还亲笔书写往日所作旧诗《题〈红楼梦〉人物》一首，并用笔墨书写成条幅，也托冯其庸带去，以贺大会召开。其书法条幅上诗云：

> 红楼缥缈无灵气，容易贵寒变芳旨。
> 回首朱门太息多，东园多少闲桃李。
> 新园花月一时新，罗绮如云娇上春。
> 莺燕翩翻初解语，桃花轻薄也留人。
> 牡丹虽号能倾国，其奈春归无觅处。
> 觅醉茶蘼晼晚何，不情情是真顽石。
> 芙蓉别调谏风流，倚病佳人补翠裘。
> 评泊茜纱黄土句，者回小别已千秋。
> 其间丛杂多哀怨，不觉喧腾亿口遍。
> 隐避曾何直笔惭，春秋雅旨微而显。
> 补天虚愿恨悠悠，磨灭流传总未酬。
> 毕竟书成还是否，敢将此意问曹侯。

（同上，第282页）

俞平伯的上述文、诗，他都委托冯其庸带到会上了，但出席会议的海内外红学家们听了宣读，还是对这位名闻海内外的红学大师未能亲临会议感到遗憾。对此，有一位名叫文船山的学者撰文称：

在大陆被邀的学者中，以俞平伯的名气最大、最老资格，五十年代以前，他是公认的首屈一指的《红楼梦》研究家，他亲自审校的《脂评》，是日后许多红学家研究的基础。五十年代他被……（原文如此——笔者注）斗垮斗臭，但在海外红学研究界中声誉仍存。海外许多红学家均望有机会与这位集红学研究大家、五四以来散文大家和中国最早新诗人一身的才气纵横、学养深厚的长者一谈，以慰三十多年（原文如此——笔者注）来对他的苦难命运的挂怀。但此次他却没法赴会，使许多企望者都感惋惜。

（孙玉蓉编纂：《俞平伯年谱》，天津人民出版社，2001年，第441页）

俞平伯虽未能去美国参加国际《红楼梦》学术研讨会，但他作为从事红学研究已逾半个世纪的学者，毕竟还是十分关注这一会议情况的。据7月14日他写给周颖南信来看，他是托了周帮他搞到会议文件的。他在信中说：

承惠"红会文件"，首尾完整，阅之有味。论文中似以余英时、潘重规为较好，未知然否？"红学"索隐派祖蔡孑民，考证派宗胡适之（虽骂胡适，仍脱不了胡的范围）。考证派虽显赫，独霸文坛，其实一般社会，广大群众的趣味仍离不开索隐，所谓双峰并峙，各有千秋也。于今似皆途穷矣。索隐即白话"猜谜"，猜来猜去，各猜各的，既不能揭穿谜底，则终古无证明之日，只可在茶余酒后作谈助耳，海外此派似尚兴旺。考证切实，佳矣，却限于材料。材料不足，则伪造之，补拟之，例如曹雪芹像有二，近来知道皆非也。一或姓俞，一或姓潘，而同字雪芹。殆所谓"走火入魔"者欤！拉杂书之，以博一笑，不足为外人道也。

（冯其庸：《语可诲人，光可鉴物》，《德清文史资料》第五辑，1995年，第53—54页）

1979年俞平伯、叶圣陶（中）
会见弟子周颖南（左）

　　信中俞平伯一句"虽骂胡适，仍脱不了胡的范围"，显然是仍在为胡适张目。他虽为胡适吃足了苦头，但却不悔不屈，可见他硬朗的风骨于一斑。

　　然而，除了上述这种只鳞片爪之语，晚年的俞平伯基本上是对1954年秋遭到举国批判的往事保持沉默的。他外孙韦奈说："有关1954年的事，除外祖母简单的几句话以外，我找不到他任何记述。所以有关他当时的思想活动状况，将永远是个谜。"（韦奈：《我的外祖父俞平伯》，团结出版社，2006年，第16页）

　　事实确是如此，1977年，俞平伯为纪念与夫人许宝驯结婚60周年而创

作的长达一百余句的七言古风《重圆花烛歌》中，亦对1954年因他而起的
举家之灾避而不谈，仅以"丽谯门巷溯前朝，五十余年一梦遥"一句，带
过了他与夫人结婚一个甲子的风风雨雨。无怪俞夫人宝驯的六弟许宝骙在
所作《〈重圆花烛歌〉跋》中也写道："因又想到其《红楼梦》一案，与
兄姊一生关系匪浅，而《歌》中犹一字不提，此中或有深意。"

　　事实诚如许宝骙所言。笔者为探俞平伯遭难时的心路历程，爬材抉
料，旁找博寻，也仅仅找到他致友人、学生的两封信中有一点痕迹而已。
一封是1980年7月2日他在致新加坡友人周颖南的信中，为自己1954年挨整
鸣了一句不平。他说：

　　　　《红楼》本是难题，我的说法不免错误，批判原可，但不宜将学
　　术与政治混淆。现在得到澄清便好。承蒙热情关垂，感谢感谢！
　　　　（冯其庸：《语可诲人，光可鉴物》，《德清文史资料》第五
　　辑，1995年，第53页）

　　另一封是1984年10月25日，俞平伯在写给学生、上海电力学院教授邓
云乡的信中，稍稍提及1954年举国批判他的事情：

　　　　骙若（许宝骙字——笔者注）近写长文，开头一段，述我早年曾
　　将《红楼梦辨》原稿遗失，事确有之，早已忘却。如稿不找回来，亦
　　即无可批判也。一笑！
　　　　（孙玉蓉编：《俞平伯书信集》，河南教育出版社，1991年，第
　　79页）

俞平伯信中说的是，他的表弟兼小舅子许宝骙在民革中央主办的《团结报》上载文披露，俞平伯在1922年5月底曾发生过所撰第一部红学著作《红楼梦辨》手稿丢失却又碰巧被找回的巧遇。

原来那是1922年5月下旬，俞平伯从杭州去苏州看望叶圣陶、王伯祥、顾颉刚，还带着已经完成一半的《红楼梦辨》手稿，去向三位青年乡党学人征求意见。30日下午，他离开苏州回杭州，叶、王、顾三位好友陪他一起乘坐马车去火车站。不料，到了杭州，他才发现撰写过半的手稿不见了！他想，一定是离开苏州前，坐在马车上忙着与三位友人谈笑，到了火车站要紧下马车才导致遗忘在马车上的。于是，在杭州家里，他怅然若失，天天闷闷不乐。然而，令他做梦也没想到，几天后，其最为要好的红学同道、苏州乡友兼北大同学顾颉刚竟寄来这半部《红楼梦辨》手稿，还在附信中说，"大作"找到了！他是路过一个收卖旧货的鼓儿担，看见上面赫然放着一堆文稿，仔细一看竟是"大作"，于是就花了一点小钱向货郎买回来，现在"完璧归赵"。

也就是这部《红楼梦辨》，俞平伯赖以30年后修订增补成一部新的红学著作《红楼梦研究》，不意竟惹出一场声势浩大的批判风雨，真可谓，成也萧何，败也萧何。无怪俞平伯会对自己比较知心的早年学生邓云乡说"如稿不找回来，亦即无可批判也"的笑谈。

也许是党中央大力解放思想、拨乱反正成效日益显著，1978年，俞平伯终于挨整27年后首次公开抒发心中埋藏既久的冤屈——他接受了中国国际广播电台记者林乐齐的登门采访，接受采访后，他说过也就忘过了。但没想到，时隔三年，1981年8月10日，《新观察》半月刊第15期发表了一篇题为《休言老去诗情减》的访问记，公开披露他三年前接受采访时说的话。文中称：

"有什么谈的？我犯过错误。毛主席批评了我。文艺界批评了我。我的问题谁都知道。事情就是这样。"

当我敲开俞平伯先生家的大门，说明来意之后，立刻得到了这样开门见山的回答。……

"说我是红楼梦研究权威，这实在有点名不副实，"俞平老又点燃了一根香烟，长长地吸了一口。"我无论如何也想不到，就是这么小小的书，在三十年以后，竟然会引起如此一场轩然大波。而我自己，处于这场风暴的旋涡，也被推上了所谓红学权威的宝座。"

……

"那次运动不是没有道理的，但是过了头。"回忆起二十多年前的那场批判。老诗人说。"我的书写于1922年，确实是跟着胡适的'自传说'跑。但那时我还不知道共产党，不知道社会主义，怎么会反党反社会主义？"

他显然地激昂起来，不愿再往下说……

俞平伯这位渡尽劫波的老人，重提1954年往事仍不免愤懑、哀怨。然而，有一个事实不由不让人所注意，那就是同所有从"知识分子思想改造运动"中跋涉过来的人们一样，他们虽然想伸张冤屈，一吐为快，但说着说着就心有余悸了。8月18日，俞平伯在写给儿子俞润民的信中，就流露了这种有所担忧的心态："《新观察》15期载我的访问记，作者为广播电台的林乐齐。事隔三年，且中英文文字不同，忽然刊出，不知是怎么一回事。"（孙玉蓉编纂：《俞平伯年谱》，天津人民出版社，2001年，第461页）

老人这种欲语又止的心态，不由让人感染到一种忧惧：那就是虽然

"让人说话"的时代已经来临，但人们总还是心存疑虑，总还战战兢兢，言不尽畅……

也许是传统的"叶落归根"观念与日增添的缘故，人在京城的俞平伯晚年更加眷恋远在浙江的老家德清，那是他俞氏家族作为中国近代文化名门的发祥之地呀！尽管他行近暮年仅是9岁和57岁时各去过一次，但家乡那青青的乌巾山、汨汨的馀不溪，却比以往更加清晰地印在他暮年的脑畔，所以，从上世纪七十年代末期，他与家乡德清的联系往来频度，大大超过了以往。

1979年冬，德清县文化馆为了繁荣基层文艺创作，创办文学内刊《莫干山》。当编辑部句俞平伯发去约稿信后，没想到这位闻名中外的大学者、大作家真的寄来七绝《南归什咏》三首。他在诗歌中深情地回忆了1956年回到故乡的感受。其中一首云：

> 日行田畈少尘沙，桑竹流泉处处嘉。
>
> 久阔故乡同逆旅，还依北斗望京华。
>
> （卢达人、邱文宪：《曲园乡人忆俞公》，《德清文史资料》第五辑，1995年，第265页）

精悍隽永的诗句，表达了俞平伯对江南故园的无限热爱之情，也提出了要桑梓乡亲与他保持经常联系的热望。

1980年初，德清县政府新办的"德清师范学校"（现为德清县教师进修学校）负责人吴中向俞平伯发信，说想请他为该校题一副对联，以鼓励学校师生建设发展好这所学校。信中，吴中还自拟了对联的内容。信寄出后，吴中还在想，自己古典文化修养不足，撰拟的对联意蕴平白，会不会被这位学养深厚的乡贤嫌弃呢？没想到，当年4月，吴中收到俞平伯寄来的一个厚厚的信封，展开一看，俞平伯按他提供的参考稿一字不易地写下：

> 求四化早实现甘作园丁树桃李，
>
> 为中华新建设不拘一格育英才。

吴中还欣喜地看到，老人额外题赠了一张条幅，上书10个大字：

> 博学、审问、慎思、明辨、笃行。

吴中高兴极了：这不是新创办的德清师范学校最好的校训吗？消息传开，全县教育界欢欣鼓舞。

同样是1980年，元旦过后，德清县城关镇（今乾元镇）一些旧体诗词爱好者，酝酿成立旨在研究和创作旧体诗词的业余团体，借以寄托对古典诗词的热爱，并弘扬中华传统文化。经过一段时间筹备，他们便于2月17日庚申年正月初二，趁春节休假聚集在一起，正式成立了诗社，名为"馀不诗社"。社名语出德清的母亲河馀不溪，亦鉴于城关镇原名"馀不镇"（1950年才改名为"城关镇"）。首批社员9人。

馀不诗社甫一成立，社员们请已与俞平伯建立书信联系的诗社副社长陈景超写信，恭请他应允担任诗社名誉社长。然而，他却回了一封十分谦虚的信婉言谢绝——

> 景超同志：
>
> 　手书诵悉，又读新诗，语多奖誉，惭无寸长，不足当故乡人望

也，知拟组馀不诗社，甚善甚善。我诗学荒芜，不胜名誉社长之任，雅意心感。如欲写字，可寄些纸来，病捥殊弱，当为勉涂之。

　　匆复，颂

文祺！

俞平伯

（一九八〇年）十月廿四日

（孙玉蓉编：《俞平伯书信集》，河南教育出版社，1991年，第37页）

陈景超收到回信，句社员们传达了。大伙又想，诗社如获俞平伯题社名，该多好，于是又让陈景超驰信京华。11月17日，俞平伯又回信了，他说：

景超同志：

　　来书及纸均已收到。我近体多病，体弱，嘱书之件容缓报命。拟书两单条，一致贵社，一致你个人，匾额不能写。一则手软，怕写坏了。二则"余"字习简体不妥，好像有"我不"之意；若从正体作"馀"，又恐现在人不识，且"馀不"二字亦不易懂。不如另请高明为之。

　　复候

近祉！

平伯

（一九八〇年）十一月十七日

（同上，第38页）

　　收到俞平伯回信后，陈景超与社员们专门研究了老人的意见，认为诗社是古典诗词研究和创作的同人团体，"馀不"两字又出自本镇原名及家乡母亲河馀不溪，具有德清本土地理和历史的标志性意义，既德清专有而不易与别地混淆；另外，"馀不"两字古意盎然，用在以古典诗词研究和创作为旨归的诗社名称上，比较合适。因此，大家共同决定，还是坚持沿用"馀不诗社"社名。

　　生性敦厚旷达的俞平伯得知他的意见没被采纳，却不以为意，反而寄来条幅两件相赠诗社。一件上书姜夔诗《过德清》，诗云：

　　　　木末谁家缥缈亭，画堂临水更虚明。

　　　　重过此处无相识，塔下秋云为我生。

　　另一件上书近代诗僧苏曼殊的《本事诗》，诗云：

　　　　春雨楼头尺八箫，何时春归浙江潮。

　　　　芒鞋破钵无人问，踏过樱花第几桥。

　　随后，诗社出了第一期社刊。因坚持名"馀不诗社"，他们怕俞平伯先生见了社刊不高兴，但又很想求教于他，便只好由陈景超出面硬着头皮寄了一本去。没想到老先生不但不恼，反而还给诗社和陈景超本人各题了一幅条幅。其中，他题给陈景超的条幅是祝贺新年的，上书"贞下起元，除旧布新"，还特地钤下"德清俞氏"和"信天翁"两颗印章。老人礼贤下辈、豁达大度，陈景超在事过37年后的今天回忆起来，依旧感佩不已。

　　进入八十年代，俞平伯频频应家乡函求而题字赠墨，尽管他中风而致身体右侧偏瘫，书写文字比较困难，但他还是来者不拒——

1983年，应德清县政府地名办公室之请，题写书名：《德清县地名志》。

1989年，应老家南埭圩村（五十年代改名为金星村——笔者注）新建的自来水厂之请，题写厂名：金星村水厂。

特别是1989年德清城关中心学校写信请俞平伯题写校名，他不仅马上书就，并另外题赠一幅"业精于勤"的条幅，勉励家乡的莘莘学子，而且，他还命两个女儿俞成、俞欣和外孙韦奈，专程从北京赶到德清，当面赠予学校。当学校领导打开信封，还看到老人亲笔写下的一张附函，上面他用颤抖的字写道："为家乡学校题写校名是我乐于做、亦是应该做的事……因体弱多病不能亲往，实为憾事，特派外孙韦奈代表。"

晚年俞平伯对桑梓故里的脉脉深情，不仅泽被家乡德清，而且还兼及与家乡德清相辖为市的湖州。他知道老家德清县属于地级市湖州市所辖，因此他也将湖州看作是自己的家乡，频频与湖州的学者文人通信，亦愿意满足湖州市官方的要求。

1981年秋天，湖州市政府根据茗上名宿沈迈士、谭建丞等建议，拟在风光秀丽的城南碧浪湖边建设文化园林"碧浪园"。设计中的重要一景，便是建一条古色古香的书碑长廊，名为"碧浪碑廊"，湖州市碧浪园筹建委员会邀请当代书法名家舒同、启功、沙孟海、王蘧常、王个簃、唐云、肖娴等，将历代名人咏湖州以及湖州名士歌咏家乡的诗词，写成条幅，镌刻成碑，镶嵌入碑廊墙上。俞平伯作为籍贯属于大湖州市范围内的文化名人，他们当然也向他发出邀请函。

接函后，年已82岁高龄的俞平伯，且6年前又因患脑血栓中风致身体右半部偏瘫，但却毫不推辞。他过去写得一手圆润秀丽的楷书，而今因偏瘫而致字迹变得古朴苍劲了。他很快书就南宋姜夔的《除夜自石湖归苕溪诗》，为一幅中堂条幅，一酬碧浪诗碑发起的名人雅聚之兴。姜夔此诗就像刀刻一般一直记忆在他脑海深处。前述1956年5月他回故土德清，也曾在日记中提及此诗，如今时隔25年，为应湖州方面之邀，他因此诗正是描写湖州母亲河苕溪的，故题咏书赠，应该说，是十分贴切的。

此后一年，1982年，一贯生性达观坚毅的俞平伯，遇到一件令他悲伤不已的事情：他相濡以沫、婚史长达64年的夫人许宝驯因病去世。

许宝驯自从伴随丈夫俞平伯远放河南"五七干校"一年零两个月，于1971年1月回到北京后，身体就日益羸弱。从未在乡村生活过的她，以74岁高龄之身，毅然陪丈夫去农村务农劳作一年多，着实使她元气大伤，以至到1974年，她得了一种比较罕见的病症。外孙韦奈认为，外婆得的病实际还是属于癌症类。由于送医亦告难治，所以她患病后基本在家延医调理。夫人患病期间，俞平伯拖着中风的身体，坚持照料于其左右，端汤喂药，他都亲力亲为。由于中风而致左脚不得力，但他还是扶着桌椅慢慢行走于夫人病榻之间。许宝驯在家延医抗病五年，延至1981年，她的病情开始加重。1982年2月7日，农历正月十四日下午2时许，患病六年的许宝驯，还是撒手长辞她一生深爱的丈夫兼表弟俞平伯，杳然逝去。虽然她以87岁高龄病逝不算短寿，但俞平伯还是悲伤难抑。

平时不大记日记的俞平伯，妻子一开始患病，他就开始记日记了，还名之《壬戌两月日记》。从《壬戌两月日记》的跋语中，可以感受到这位坎坷老人暮年丧妻的内心巨大悲痛。

　　　壬戌上灯节，耐圃（许宝驯晚年的号——笔者注）尚在，知疾已不可为，且有开正诗谶，遂起笔焉，却亦不料望日下午即逝世，如此其速也。高龄久病事在意中，一朝永诀变生意外，余惊慌失措，欲哭无泪，形同木立。次晨即火葬，人去楼空，六十四年夫妻付之南柯一梦，畴昔戏称"古槐书屋"者，非即"槐安国"欤？

（《俞平伯全集》第拾卷，花山文艺出版社，1997年，第424页）

许宝驯去世后，俞平伯将她的骨灰置于卧室的橱顶上，朝夕守伴，不曾下葬，这样他觉得夫妇两人仍在一起，好像不曾分离。

回想1977年，俞平伯在与许宝驯结缡60周年的纪念日到来前半年，为纪念与夫人风雨同舟、艰苦玉成的钻石婚，他曾花了半年多时间精心创作了七言古风长诗《重圆花烛歌》。该长诗共100句、700余言，诗中既记两人青梅竹马的总角往事，也写婚后分离聚合的闺帏哀乐；既写夫唱妇随同赴河南"干校"的辛苦遭逢，也写自己复出以后夫妇老少相伴的晚年娱景。该诗是俞平伯晚年文学创作生涯中的一篇重要作品，创作过程中，他就频频与熟稔他们夫妇已近一个甲子的老友叶圣陶通信切磋，初稿完成后，俞平伯又抄正下来向叶圣陶等友人征求意见，直至1978年5月，他才最后定稿。叶圣陶说："《重圆花烛歌》注入了毕生的情感。"俞平伯晚年弟子、新加坡作家协会名誉会长周颖南称"《重圆花烛歌》具有多么深重的现实意义"！他还请俞平伯将这首古风长歌用笔墨抄成书法长卷，然后他再遍请名人大家题咏，最后请新加坡文化学术协会影印成册页，在海内外流传。俞平伯《重圆花烛歌》创作完成，又由周颖南制成附有名人题咏的册页时，许宝驯还在病中，她亲身体验到丈夫对自己长达60年的款款深情。

1979年，许宝驯仍在病中，俞平伯五十年代创办北京昆曲研习社时的一些故人，又张罗着想重新恢复这一业余昆曲团体，借以繁荣发展新时期文艺，张允和等甚至多次上门请俞平伯"出山"再主其事，但俞平伯还是一再婉辞，他的单传之子俞润民说出乃父不肯出山的原因："这时俞夫人年事已高，身体不好，不再参加。虽然大家一再请求俞先生再出任社长，他终未应允。俞先生之爱好昆曲活动，主要是因为俞夫人的爱好，夫人不能参加，他也就没有从事昆曲活动的心情了。"

如今，《重圆花烛歌》所咏之人已经驾鹤先去，以致俞平伯单人独处时，总是要拿出这幅古风长歌册页，看了又看，久久不忍放下。

好在喜讯不断传来，稍稍安慰了俞平伯晚年伤妻的悲伤。

1983年5月8日，《人民日报》公布第六届全国政协委员名单，84岁的俞平伯赫然在列。

不久，姑苏故地又传来好消息：在国家文物局的关心重视下，苏州市政府拨出巨款，终于将俞氏祖居曲园里的春在堂、乐知堂、小竹里馆及后花园全部修葺一新，俞平伯得知消息后十分欣慰。新中国成立之初，他作为俞氏传人，亲自将曲园这座他家族的私有园林捐献给苏州市政府，现在又由苏州市政府将之重新修缮保护，成为姑苏名城又一游览胜地让人民群众共享，这不是很好吗？

可惜俞平伯年已老迈，未能前往亲视。这不能不说是他晚年一大遗憾。

第十一章　重演曾祖运

　　俞平伯一生都以曾祖父俞樾（号曲园）为圭臬，口述笔撰，凡涉及曾祖父的均言必称"曲园公"。他对曲园公留下的多达468卷的《春在堂全书》研究深透，从文立学都善于从曲园公那里汲取滋养，待人处世也一如曲园公那样敦睦旷达，甚至每每遇事，也常常仿效曲园公立马赋诗纪念。

　　然而，让人大呼惊奇的是，他竟然会被曾祖父曲园公一语中谶，重演了曲园公的命运过往，和曲园公一样，也是不经意间而以文字遭遇最高领导人的政治处分，也是苦挨三四十年后得到平反纠正，恢复昔日名誉。

　　由于俞平伯重步曾祖父曲园公后尘，重蹈其几乎是复制版的政治遭际，因此，有必要回顾一下俞平伯曾祖父俞樾的生平事迹。

　　俞樾（1821—1907），字荫甫，号曲园。他16岁时应县试，考取秀才。17岁时赴省城杭州应乡试，中副榜第十二名，虽未中举，却可脱离县学在家自学。19岁时娶青梅竹马的舅舅平泉公四女、大他一岁的表姐姚文玉，婚后，两人相敬如宾，伉俪情深（他的婚姻家庭生活亦被重孙俞平伯复制）。24岁时再次赴杭州应乡试，得中第三十六名举人。次年与哥哥俞林同赴京城会试双双不第。此后因守父丧三年不试。29岁那年（1850），他与哥哥俞林再赴会试。哥哥未第，他却一举考取清道光庚戌科进士。随后，入紫禁城保和殿覆试，他紧扣考题"澹烟疏雨落花天"，援笔作答五言诗一首，以诗中"花落春仍在"等句而获主考官、时任兵部左侍郎曾国藩赏识，被置头名，列为"覆元"。曾国藩认为，俞樾此诗虽咏落花，却一扫衰飒之意，充满了正能量。"覆元"虽然不可与状元同日而语，但却也是很高的试场荣誉。于是乎，俞樾得入朝廷人才储备库翰林院。他先任庶吉士，实习三年。随后不久，获任翰林院编修。

清咸丰五年（1855）四月，朝廷举行差放外官的选拔考试，俗称"考差"，俞樾应考。咸丰皇帝出的考题是"舜在床琴"，俞樾据此写下一篇佳作。他从当时咸丰朝"海内多故"，赞皇上"宵旰忧勤"，不啻古代圣人舜处变不惊、举重若轻一般的治理之功，他甚至还援引周文王囚羑里而鸣琴，孔子困匡邑而弦歌的历史范例来引申，因此，他的考卷无疑深得圣心。过了4个月，他被咸丰皇帝任命为河南学政，赴河南招考选拔人才。但他万万没想到的是，他人生中的"陨越"（俞樾语），竟然发生在这外放做官上。

由于清代的科举考试，考题都必须是《大学》《中庸》《论语》《孟子》这"四书"中的章句，时间一长，四书中的章句几乎都被前人做过文章，为杜绝考生抄袭，考官往往就用四书篇章进行截句搭字，出所谓"截搭题"来考考生，这在当时是允许的，并非俞樾独创。清咸丰七年（1857），不巧的是，河南学政大人俞樾处心积虑出考题时斟酌不够，思虑不周，竟将四书中的《孟子·梁惠王下》篇中"王速出令，反其旄倪"两句，截下句"反"字与上句搭成"王速出令反"为一考题；又以同篇中的"二三子何患乎无君，我将去之"两句，截下句"我"字与上句搭成"二三子何患乎无君我"为另一考题，这样一来，两道题目的含义就成了：大王一出号令便造反，二三人中何必担心没有皇帝有我呢！这样明显犯上作乱的意思，可以肯定不会是沐受圣恩、一心图报的俞樾出题之初衷。然而，这么一个疏忽，恰恰被御史曹登镛见到抓了把柄。同年七月初六日，曹向咸丰皇帝劾奏，说俞樾"试题割裂经文"，意在挑唆青年考生造反。其时，正值太平天国军队势如破竹，清廷难以招架之时。咸丰皇帝接到御史曹登铺劾奏，自然龙颜大怒，他本要拿俞樾治罪，好在俞樾恩师曾国藩力保，这才卖了正赖以匡济乱世的曾国藩面子，给俞樾一个"革职永不叙用"的处理结果，由官贬民。

遭罢官而结束仕途生涯，俞樾虽然悔恨交加，却也只好随遇而安，顺应天命。他作七律四首、头两句便是"云烟过眼了无痕，归卧乡山好杜门"。他想的是，从此可以过起书院讲学、居家著述的自在生活了。清咸丰九年（1859），俞樾失意南归。因"故里无家"（俞樾语），他便选择离故乡德清不远的苏州"侨寓"。江苏巡抚赵静山慕其才名，请他到云间书院讲学。清同治六年（1867），同为曾国藩门生的江苏巡抚暂署两江总督李鸿章，安排俞樾到苏州紫阳书院讲学。从此，他家人总算在姑苏真正定居下来（因此重孙俞平伯会在苏州出生成长）。两年后，浙江巡抚马谷山延聘俞樾到杭州诂经精舍讲学，就又开启了他在杭州西湖边讲学31年的教学生涯。其间，俞樾还奔走上海诂经精舍、求志书院，湖州龙湖书院，德清清溪书院授课。因此，俞樾一生培养门墙桃李无数。讲学之余，俞樾还勤于著述，一生写下《春在堂全书》468卷1000余万字，以至名扬海内并远及日本、朝鲜，成为晚清著名的经学家、教育家。

俞樾沉冤尽洗，否极泰来，发生在其中举60年以后。那是清光绪二十九年（1903），浙江巡抚箓沅中丞帮助办的好事。

因为按清例，每当新科举人中试后，本省巡抚大人都要举行宴会庆贺，称为"鹿鸣宴"。每次举行鹿鸣宴，照例要恭请已经度过一个甲子年数的老资格举人同庆共贺，这一惯例对老举人说来，叫作"重宴鹿鸣"。由于那时候的人长寿者不多，一般中举都是年轻时的事，等到活过60年依然健在的举人十分稀少，因此，能够请到这样的老年举人，对请客的巡抚大人自然是脸上有光。对被请的老举人则意味着年高德劭的荣耀。如此隆重的事情，当然要事先奏报皇帝批准。俞樾中举60年一甲子行将到来前一年，浙江巡抚筱沅中丞按例，以俞樾系道光二十四年（1844）甲辰科举人，遵例应于清光绪二十九年（1903）癸卯科重赴鹿鸣宴为由，报请光绪皇帝钦批。上谕果然下达，称"俞樾早入词林，殚心著述，教迪后进，人望允孚，加恩开复原官，准其重赴鹿鸣宴"。光绪皇帝不仅批准俞樾"重宴鹿鸣"，而且还给他恢复原来的官位，

这真是天大的好事！虽然这"加恩开复原官"只是名义上的，并没有给俞樾带来薪金俸禄等实惠，但毕竟是46年沉冤一朝尽洗，他还是万分扬眉吐气。

俞樾被平反昭雪、官复原级，苏州曲园自然贺客盈门。但已入82岁高龄的他却早已习惯宠辱不惊，加上本性达观开朗，平反后，他只是写下四首七言律诗聊以自慰。甚至连浙江巡抚特意委派官员到苏州，上门来请他去杭州出席鹿鸣宴，他亦婉谢不往。

光绪二十九年（1903）年底，江苏巡抚艺棠中丞特地制作了一块匾额，上书"重宴鹿鸣"四个大字，亲自率队敲锣打鼓地送到曲园俞府挂上。是日，鼓吹填门，簪缨满座，俞樾极尽暮年之荣。

俞氏老家德清县城关镇（今乾元镇）的孔庙里面，有一座大厅，名唤"明伦堂"，堂内高悬6块匾额，其中西面高悬的那块匾额，上书"重宴鹿鸣"四个大字，说的就是俞樾以文获罪后被平反昭雪的往事。

上述俞樾获知平反昭雪、官复原职时所作四首七律，竟然会对曾孙俞平伯后来的命运一语成谶，这不由不让人感到冥冥之中老祖宗的灵验。且看其中一首：

四六年来草莽臣，重烦丹诏起沉沦。

试从废籍稽昭代，再入词林得几人。

喜有故官题墓碣，怅无前辈列朝绅。

只愁计较芸香俸，甘为吾孙步后尘。

（俞润民、陈煦：《德清俞氏：俞樾、俞陛云、俞平伯》，中国人民大学出版社，1999年，第92—93页）

诗中俞樾发发牢骚，说自己只是名义上的官复原职并无实际"芸香俸"倒也罢了，但他当时绝对不会想到，此诗作下57年后，他一心期望"培植阶前玉，重探天上花"的重孙僧宝（俞平伯乳名），居然会被他此诗说中，真的随他"步后尘"了。

历史真是惊人的相似。

1986年1月20日，俞平伯已同曾祖父俞樾一样，终于迎来生命中最为期盼的日子：他长达32年所戴"资产阶级知识分子""胡适派资产阶级唯心论者"之类的政治帽子，被一朝摘除。

是日下午，中国社会科学院文学研究所为俞平伯从事学术活动六十五周年举行庆贺会。87岁的俞平伯拄着拐杖，在外孙韦奈等亲人的陪同下出席这一会议。

庆贺会是在中国社会科学院近代史研究所小礼堂举行的，时任中国社会科学院院长胡绳、时任副院长钱锺书、时任文学研究所所长刘再复，以及俞平伯亲属、同事、学生，共200余人到会庆贺。

会上，胡绳首先致辞。他说：

俞平伯先生是一位有学术贡献的爱国者。他早年积极参加五四新文化运动，是白话新体诗最早的作者之一，也是有独特风格的散文家。他对中国古典文学的研究，包括对小说、戏曲、诗词的研究，都有许多有价值的、为学术界重视的成果。

俞平伯先生在全国解放前夕，积极参加进步的民主运动。从此，对党是一贯亲近和拥护的。他在全国解放前二十八年和新中国成立那一年起的三十七年中，在任何环境里孜孜不倦地从事对人民有益的学术活动和文艺活动，这种精神是值得敬佩的。

早在二十年代初，俞平伯先生已开始对《红楼梦》进行研究，他在这个领域里的研究具有开拓性的意义，对于他研究的方法和观点，其他研究者提出不同的意见和批评本来是正常的事情。但是1954年下半年因《红楼梦》研究而对他进行政治性的围攻，是不正确的。这种做法不符合党对学术艺术所应采取的"双百"方针。对于学术领域的问题，只能由学术界自由讨论，我国宪法对这种自由是严格保护的，党对这类属于人民民主范围内的学术问题不需要，也不应该作出任何"裁决"。

（同上，第283页）

举行这样的庆祝会，作为全国社会科学最高学术机构中国社会科学院院长的胡绳又发表这样的讲话，这实际上是官方专门为俞平伯1954年10月因所谓《红楼梦》研究批判事件而遭受的冤屈进行政治平反。胡绳是当年毛泽东在《关于〈红楼梦〉研究问题的信》信封上所列28位阅信人中排名第六者，当时他担任中宣部秘书长。作为当年事件的亲历者，由他出面为俞平伯进行政治上的正式平反，实际上是具有象征意义的。

"俞平伯从事学术活动六十五周年庆贺会"是由中国社会科学院文学研究所出面举行的，时任所长、著名文艺理论家刘再复自然也要发表讲话。他在会上说：俞平伯先生以文学创作与学术研究的双重建树，使自己成为五四运动以来为数不多的学者、作家、批评家兼诗人。他还从"新文学创作""古诗歌与词研究"和"《红楼梦》研究"三个方面，对俞平伯所作文学贡献给予高夐评价，他甚至还指出：俞平伯先生的治学精神和劳动态度会更广泛地影响我们的学术界。

作为会议的中心人物，俞平伯方面自然需要回应。但令人大出意外的是，在这一于他而言十分重要，而且他又是盼断云霓的会上，他却对官方对他的政治平反不作回应，而是叫他的外孙韦柰宣读自己的两篇旧作《上国际〈红楼梦〉研讨会书》和《评〈好了歌〉》，代替他的回应。多年后，韦柰回忆道：

> 外祖父为准备在会上的发言，很是犯愁。一点儿不讲，说不过去；但多年停止研究，又没有什么新作可公诸于众。于是他把《上国际〈红楼梦〉研讨会书》和旧作《评〈好了歌〉》整理出来。以《旧时月色》为总题，作为在庆祝会上的发言，委托我代为宣读。
>
> （韦柰：《我的外祖父俞平伯》，团结出版社，2006年，第17页）

从1954年10月至1986年1月，长达32年的漫长岁月，俞平伯辛苦遭逢的所谓"《红楼梦》研究批判事件"的是非曲直，终于有了结论，这场由学术论争迅速演变为政治斗争进而在国家政治生活中掀起的狂风骤雨，终于宣告停歇。

然而，会场上包括俞平伯亲人在内，没人知道他在今天堪称人生重要关头会玩了一把曾祖父曲园公的生存智慧。老人当年是对"重宴鹿鸣"婉谢不赴。如今，一贯亦步亦趋曾祖父的俞平伯，在盼了32年终于盼到的平反纠正的重要场合，虽然没有像当年曾祖父那样"婉谢不赴"，但却坚持不发一言，仅仅委托外孙宣读两篇"旧作"，权当他对喜获政治平反的回应。

"此时无声胜有声"，事实胜于雄辩，众口铄金之下再去口悬滔滔，无异于画蛇添足自损形象。

此外，俞平伯用《上国际〈红楼梦〉研讨会书》《评〈好了歌〉》两篇旧作，概之"旧时月色"四字为总标题，来回应官方对他的政治平反，应该说也是颇有深意的。他把1954年那场对他极不公正的举国批判，视为已经过去的"旧时"；把庆贺会上人们对他学术贡献的高度评价，看作是银光淡照的"月色"，这虽然体现了这位86岁老人不计既往、旷达开阔的精神格局，但是其中第二篇《评〈好了歌〉》却又活脱他半生坎坷的内心苍凉。因为他文中说：

> 杜甫诗云："天上浮云如白衣，须臾忽变为苍狗。"展眼兴亡，一明一灭，正在明清交替之间，文意甚明。引文"歌注"原文，加以解释图点。如下：
>
> 乱哄哄你方唱罢我登场（意译为：送旧迎新），反认他乡是故乡（认贼作父）。甚荒唐，到头来都是为他人作嫁衣裳（"采得百花成蜜后，为谁辛苦为谁甜"）。
>
> 如上面的话，并不见得精彩，却是另外一本账，是很明白的。不仅世态炎凉，而且翻云覆雨，数语已尽之。前面所说"歌注"与后文不必相应者，指书中的细节，其言相应者，是说书中的大意二者不同。
>
> （孙玉蓉编：《俞平伯散文选集》，百花文艺出版社，1990年，第266—267页）

谁人不知，曹雪芹在《红楼梦》里用《好了歌》曰："世人都晓神仙好，惟有功名忘不了！古今将相在何方？荒冢一堆草没了。世人都晓神仙好，只有金银忘不了！终朝只恨聚无多，及到多时眼闭了。世人都晓神仙好，只有娇妻忘不了！君生日日说恩情，君死又随人去了。世人都晓神仙好，只有儿孙忘不了！痴心父母古来多，孝顺子孙谁见了？"世事轮回，人生无常，尽在《好了歌》中所阐无遗。俞平伯挨批既久，一朝平反，却用旧作《评〈好了歌〉》作书面的表态发言，内中的意蕴很值得人们咀嚼。

其实在俞平伯从事学术活动六十五周年庆贺会召开前夕，俞平伯还写过两封信。这两封信，也许能窥见他对即将到来的平反昭雪真实心态之一斑——

一封是1月1日元旦那天，俞平伯在回复周颖南的信中，曾谈及将要举行的上述会议，依旧是一副宠辱不惊的惯常状态，并无一个遭受32年冤屈行将获得一朝昭雪之人的那种扬眉吐气的神情。他在信中说："深荷院部隆情，却之不可，惟有惭愧耳。"但他又在信中提到，"事关《红楼梦》亦不能不谈"。

二是1月10日，俞平伯在致浙江省湖州市教师进修学院教师、湖州市文学学会副会长钱大宇信中，提到了他想以旧稿回应对他的平反："本月二十日，社科院文研所将为我开一从事学术工作六十五周年纪念会，出席者只二百，人亦不多。有旧稿谈《红楼梦》者，只两篇耳，芜杂不足观。"

此外，"俞平伯从事学术活动六十五周年庆贺会"召开之前，还有一个细节，颇能一窥俞平伯对迟来的平反纠正所持态度。那是在会前，会议主办者请俞平伯最好对这一会议的召开以及自己将获平反纠正作出一点表示。没想到，俞平伯听了，居然是重新书录他作于1963年1月的旧体诗《九三学社开会席上赋》了事。诗曰：

江湖终古流苍茫，

哪怕乌云掩太阳。

和劲东风吹百草，

春深大地遍红装。

（孙玉蓉编纂：《俞平伯年谱》，天津人民出版社，2001年，第534页）

俞平伯书录这首旧作，还书跋云："录旧作岂所谓重新评价者欤。"仔细品味，这句跋语甚有深意。

俞平伯这首诗，是1962年12月26日至1963年1月19日，他在出席九三学社中央委员会第四次会议期间写下的。当时会议讨论了国内外的形势，他听后，当场赋下此诗。但时隔23年，当他望穿秋水的平反纠正时刻就要来临之际，这位86岁的垂暮老人，却丝毫不对历史已经证明的当年错误和自己所付出的沉重代价发牢骚，泄怨愤，而只是"重书"了一首旧诗，但联系"嘱"者之请，再品他这首旧诗的意蕴，老人内心苍凉的衷曲不说也明白了。

新中国成立以后文坛第一桩公案，历时32年终算了结。虽然当事人俞平伯平淡地比喻为"旧时月色"，但国家政治生活的清明、民主以及法制毕竟已经大踏步地来到百姓中间。

据俞平伯外孙韦奈在《我的外祖父俞平伯》一书中回忆，庆贺会结束后，他与家人陪同外公俞平伯回到家中，立即拿出了事先备好的茶点，一家人围坐在外公周围进行庆贺。家人们太兴奋了。因为他们也因俞平伯遭受举国批判，各自的命运遭际亦跌宕起伏，如今终于可以扬眉吐气了！然而，说起来，这都是一个在外人背后的时刻和场合了，况且俞平伯已经是个毫无所谓、想说什么就说什么的耄耋老者了，但他却一如刚才会上面对公众时一样，仍然不对昔日豪冤和今日平反置以一词。座上，他依然是一副宠辱不惊的样子。"他在想什么，没人知道，日记中也没有记载。"外孙韦奈如是说。

32年前，俞平伯突遭厄运时他没记日记，32年后，他真正获得平反纠正也没记日记，可见他从来都没有把个人的苦难当作可以记入日记的"大事"。

然而，泉下的曾祖父曲园公也应庆幸，重孙俞平伯与他殊途同归的是，当时都有幸被最高领导人网开一面，因而都未受到牢狱之灾；曾祖孙俩都是到了晚年才得到洗刷，重新获得体面和尊崇，其中，曾祖父曲园公等了46年，重孙俞平伯等了32年。还有曾祖孙俩都是蒙难之后一头扎进学海，最后因祸得福，都以文名而传天下。

1986年这一年，是俞平伯大事、喜事甚多的一个年份。

早在夏天，经时任香港三联书店副总编辑、香港著名作家潘耀明积极运作，香港中华文化促进中心和香港三联书店联合发出邀请：请俞平伯前去香港讲学并作港岛小游。接到邀请后，外孙韦奈竭力鼓动外公去。因为他看到外公自从失去外婆后，一直闷在家里寡笑少语，他与妈妈俞成等家人很担心外公这种状态不利于其健康，认为出去活动一下，无疑对老人身心健康有利。于是，他再三说服外公应邀前往，还答应陪外公同去香江。俞平伯考虑再三，并与家人反复商量，终于答应前往香港讲学并访问一周时间。

经过近4个月的准备，风烛残年的俞平伯真的要出其人生中最后一次远门了。与他住在一起的长女俞成为他出访的"行头"颇为犯愁，因为她父亲平素几乎不添置衣服，要陪他出去买，他又坚决不允。她翻箱倒柜，却又找不到几件像样的，只找到一件半新不旧的中山装，勉强可以"出客"；她再临时缝制两条能登大雅之堂的蓝布裤，又买了一件毛背心和一双布鞋，总算既不拗父亲随意不羁的习性，又能让他在香港公众面前不致丢脸。

11月19日至25日，俞平伯在外孙韦奈的陪同下，远赴香港活动了一个星期。这是他时隔66年第二次去香港。1920年，他与傅斯年等坐船赴英国留学，曾经途经香港。他记忆中，当时的香港还像个"村落"，因此，这次去香港，他有一睹当年"村落"如何变身国际大都市的深深期待。

刚刚获得平反纠正不到一年，俞平伯就赴境外进行讲学访问，这自然引起海内外的广泛关注。其间，《人民日报·海外版》两次发出消息，香港《大公报》五次发出新闻和个人署名文章。为回应海内外和香港各界对他及内地红学界的关注，俞平伯甫一抵港，就将写于1978年10月17日而一直没有发表过的红学论文《索隐与自传说闲评》，交香港《大公报》公开发表。

《索隐与自传说闲评》是作为红学家的俞平伯晚年一篇重要文章。他在这篇文章里，细数了红学史上以蔡元培为代表的"索隐派"和胡适所持"自传说"之间不同的研究方法和优劣得失，特别令人注目的是，俞平伯又一次对自己的红学研究得失进行了深刻反思与自我批评。他说："到了五十年代《辑评》（即俞平伯编撰《脂砚斋红楼梦辑评》——笔者注）一书出版了，原只是为工作需要，却也附带起了对'自传说'推波助澜的作用，对此我感到很惭愧。"

从小一直在俞平伯身边长大的外孙韦奈惊奇地发现，外公在去香港前后，整个人好像变了似的，不仅精神矍铄，而且思路也敏捷。因此，到港后，韦奈在接受记者采访时，便高兴地说："这次来香港，你们办了件大好事，这两个多月他整个精神不一样了，前一段他寂寞极了，无事可做，思想情绪比较沉闷，这次三联书店和中华文化促进中心邀请他来讲学，他精神有寄托了。他做事是绝不打马虎眼的，这次他把几年前写的一份未发表过的旧稿拿出来，重新整理，改了三次，一个字一个字地改，字斟句酌，他还会即兴讲一点东西。他一个一个方案拿出来，又一个个推翻，经常一夜里不睡觉，一大清早就找我讲，但过一天又觉得不好，反正他当回事。这两个多月，他一直在围绕着这个问题在搞，就是为了来香港讲学这事，整个精神面貌完全不一样了。所有看见他的朋友都说，他的精神、谈吐、甚至走路都不一样了。"（孙玉蓉编纂：《俞平伯年谱》，天津人民出版社，2001年，第540—541页）

22日下午，在香港中华文化促进中心演讲厅，俞平伯在外孙韦奈、外孙女韦梅的陪同下，开了主题为"《红楼梦》研究"的学术讲座。由于主办方在数周前就发现听众报名甚多，因此便在120人座位的演讲厅临时加了50只座位，而且还在间壁的展览室临时加装闭路电视，让坐不进演讲厅的近百名听众可以收看实况转播。香港大学中文系退休教授马蒙、香港中文大学艺术系教授饶宗颐、中国文化研究所所长陈方正、培侨中学校监吴康民等香港文化、学术界多位著名专家学者到场听讲。讲座由香港中文大学黄继持先生主持。

讲座开始后，连在自己获得平反纠正的庆贺会上都不发一声的俞平伯，居然首先开口致了词。他说，对《红楼梦》的研究，今后应多从文学和哲学方面加以探讨；现今红学著作多得五花八门，有关方面应编辑《红楼梦》入门概论之类书籍，增进年轻读者对它的了解。他还简略谈了流传下来的《红楼梦》版本情况，其中，他充分肯定了胡适对《红楼梦》古版本保存与考证上的贡献。同时，他坦诚地又一次说到，自己从前是胡适"自传说"的赞同者，但现在稍有改变。因为《红楼梦》是一部小说，其间自有作者亲睹亲闻的实在素材，但都已溶入虚构的意境中了。

大令全场听众竖起耳朵的，是俞平伯谈到《红楼梦》的作者问题。他说，《红楼梦》前八十回并非只出自曹雪芹一人之手，而是凝聚了许多人心血的集体创作，例如"红楼"二尤的部分章节就分明是另一人的手笔。他说："《红楼梦》有一个老问题：书中的女人，大部分是满族装饰的，放脚的；但'二尤'却明白写着是小脚。因此它不是只有一个本子的。"他甚至肯定地说："曹雪芹和《红楼梦》都是很伟大的，但是曹雪芹没有作完《红楼梦》。用我们现在的话说，《红楼梦》是'集体创作'，不是一个人作的，怎么可能是曹雪芹一个人写出这八十回书的呢？他一个人是写不出来的。但曹雪芹和《红楼梦》都是好的，这点可以肯定。"（韦奈：《我的外祖父俞平伯》，团结出版社，2006年，第33页）至于《红楼梦》后四十回，他比较相信是高鹗的续作。

接下来，他又重演10个月前庆贺会上的套路，让外孙韦奈代读他的两篇旧作《评〈好了歌〉》《索隐与自传说闲评》，以《旧时月色》为总标题，作为书面发言稿，算作他的演讲主要内容。他还叫外孙韦奈拿出出发前就写就裱好的书法条幅，当场展示给听众们看，并赠送讲座主办方。

偌大的演讲厅里，87岁的俞平伯精神抖擞，坐在台上一个下午竟无一丝倦意。他除了致辞，还现场回答了听众们提出的30多个问题。当有人问起他对今年初才姗姗来迟的"平反"的感受时，他只以一句话来淡然回应："往事如尘，回头一看，真有点儿像旧时月色了。"（叶中敏：《俞平伯重评〈红楼梦〉》，《德清文史资料》第五辑，1995年，第238页）

尽管是到了当时还在港英当局治下具有高度"言论自由"的香港，但俞平伯依旧不谈被批错，不纠缠历史，不发牢骚，不泄私怨，依旧用两篇旧作冠以《旧时月色》为总标题代替自己讲演。一时间，俞平伯宠辱不惊和举重若轻的人生态度，折服了在场的听众们。到场听取俞平伯讲座并与其数度交流互动的香港文人学者马蒙、饶宗颐、金尧如、曾敏之、梁羽生、彦火等，看到的是一个渡尽劫波却依旧不减真诚本色的学者文士。

特别值得一叙的是，俞平伯在香港期间，还见到了他从未谋面的前亲家——他那葡萄牙籍前女婿约瑟夫的妈妈。老人84岁了，住在香港，与她的孙女、俞平伯的外孙女韦梅一家素有往来。

那是11月23日，那天，先是韦奈、韦梅兄妹俩相约去看望奶奶。"不久，忽见他俩陪一老太太来，知是亲家母来看我，十分惊奇。长女俞成在昆明结婚，我与亲家母没见过面，想不到时隔四十余年，在港晤面。若非她家与耀明（指潘耀明——笔者注）寓所毗邻，见面亦难，非天意而何！老亲家小我三岁，不似其年龄。步伐矫健，听力亦佳。照相留念。亲家坐不多时即告辞，留她共进晚餐，言晚饭食少，不陪了。此事实我家罕见又难得之事！"（《俞平伯嘱韦奈代记访港日记》，韦奈：《我的外祖父俞平伯》，团结出版社，2006年，第170页）

虽然长女俞成已经与老太太儿子约瑟夫分道扬镳长达36年，而且约瑟夫早已在美国另组了家庭，但俞平伯仍旧坦然地与前亲家母见面晤谈，其豁达坦荡的为人做派可见一斑。当然，那是两位老人唯一的一次会晤。

俞平伯回京以后，香港"俞旋风"犹拂。这从听众黄信今发表在12月1日香港《文汇报》上《看俞平伯》一文可见一斑：

　　俞平伯今年86岁了。那天看他演讲时，思路仍很清晰，情绪也显得很好，我们感到高兴。但他说不作《红楼梦》的演讲已经三十多年了。

　　今年才作过一次，这次在港算是第二次，听到这里，我又感到心酸。

　　……他说不应把《红楼梦》光当作政治小说，应该多从文学上去研究它。

又说由于政治原因，把《红楼梦》一书捧得太高，也不恰当。俞老过去对《红楼梦》的研究曾是"自传说"的拥护者，也钻过牛角尖，今天他对此有新反省，这种态度也是很难得的。

（孙玉蓉编纂：《俞平伯年谱》，天津人民出版社，2001年，第542页）

1988年3月，全国政协换届，俞平伯继续当选第七届全国政协委员。这是他晚年在政治上梅开二度，因为在五六十年代，他曾连续当选第一、二、三届全国人大代表。

还令俞平伯感到喜悦的是，他从1988年开始，居然连续三年出版了一系列著作，形成了他七十年学术人生中绝无仅有的出书"井喷"现象——

1988年3月，上海古籍出版社和香港三联书店联合出版了《俞平伯论〈红楼梦〉》全二册，共77万字，他数十年《红楼梦》研究成果尽收其中；

6月，作为"中国当代社会科学名家自选学术精华丛书"第一辑中的一本，《俞平伯学术精华录》由北京师范学院出版社出版；

1989年2月，作为"中国现代作家选集丛书"之一的《俞平伯》卷，由人民文学出版社和香港三联书店联合编辑，在香港出版第一版；

10月，《俞平伯旧体诗钞》由四川人民出版社出版；

1990年4月，《俞平伯散文杂论编》由上海古籍出版社出版；

6月，《俞平伯散文选集》由百花文艺出版社出版；

9月，作为"中国现代文学史参考资料·京派文学作品专辑"十种之一的俞平伯早期散文集《燕郊集》，由上海书店影印出版。

需要补充的是，这一"俞著"出版势头一直到他去世后十年都未消退。皇皇十卷本的《俞平伯全集》，就是在其逝世第七个年头的1997年，由河北省花山文艺出版社出版的。

对于自己个人著作出版的"井喷"现象，俞平伯却是十分淡然地以酿酒作比，感叹和揶揄自己："只有旧醅，却无新酿。"

韦奈在《我的外祖父俞平伯》一书中也说："外祖父曾用'只有旧醅，却无新酿'8个字，概述了他晚年文学研究及创作的情况。这是事实，感叹之中可看到他的遗憾。无奈历史无法重写。除少量的诗词之外，自'干校'返京后的20多年中，他几乎没有新作；偶有议论，也多是依旧稿整理而成的。"

检视上述俞平伯人生最后三年所出版的"书单"，不得不承认，这些著作皇则皇矣，却大多是他前半生所写下的，他后半生几乎没有写过新著。这是令关注俞平伯的人们感到深深遗憾的事情：韦奈所提到的"自'干校'返京后的20多年中"，正是俞平伯90岁生命中学术最为精熟的阶段，本来应该是他老树新枝的著述晚晴时期，然而，对于一辈子酷爱研究与写作的作家、学者、红学家的俞平伯来说，在这一时期，他在文学创作上下力较大、篇幅较长的作品，也就是1977年为纪念与夫人许宝驯的"钻石婚"而作的七言古风长诗《重圆花烛歌》。至于在红学研究著述上，他的分量之作，应该算是1978年、1979年两年间陆续写下的以《乐知儿语说〈红楼〉》为总篇名的19篇随笔系列。即使这个系列，当时老人不知是被政治整怕了，还是其他什么原因，反正其在世时一直秘藏书斋不敢发表问世，直到他去世后第四年，他的外孙韦奈才拿出去发表流传，而且韦奈还是舍近求远拿到香港去发表的，这一点也耐人寻味。除了《重圆花烛歌》和《乐知儿语说〈红楼〉》系列随笔，俞平伯其他新的文学作品与研究成果，基本上也就乏善可陈了。

无怪俞平伯老人在1988年曾作一诗借以发出最后的愤懑之声：

　　　　不敢妄为些子事，

　　　　只因曾读数行书。

　　　　严霜烈日都经过，

　　　　次第春风到草庐。

　　（冯其庸：《语可诲人，光可鉴物》，《德清文史资料》第五辑，1995年，第55页）

　　其实俞平伯的学术研究和文学创作空白又何止人生最后20年，实际上，他自1954年受到举国批判以后，就未曾发表鸿篇巨制或者有影响的文章、作品。连贯算起来，俞平伯的文学和学术生命整整虚掷了30余年，形成了一个令人只能发出无穷浩叹的巨大遗憾！

第十二章　遗愿驾鹤去

1990年1月4日，是农历己巳年腊月初八，正逢俞平伯九十周岁生日。他生于1900年1月8日，那天是农历己亥年腊月初八。俞平伯作为老一辈人，一般都以农历的日子为自己的生日。

农历腊月初八，也就是中国人传统的"腊八节"。在俞平伯原籍浙江德清乡间，每逢这一节日照例是要在早上喝"腊八粥"的，以祈求来年平安、丰收。当地做腊八粥，头一天晚上就要忙乎起来，淘洗糯米、莲子、百合、芝麻、红枣、枸杞、葡萄干和桂圆八种食材，然后文火熬制，焖上一夜，到第二天腊八节早上，一家男女老少起床洗漱后的第一件事，就是喝一碗热气腾腾的腊八粥了。然而，俞平伯在他九十岁生日又逢腊八节，没有喝腊八粥，只是吃了一点他一贯爱吃的蛋糕。

欣逢九秩寿庆，俞平伯的家人自然是格外重视的，他们准备好好邀请一些亲戚、朋友来，吃上一顿生日宴，给老人家庆贺九十大寿。但当长女俞成及其儿子韦奈等家人们还在筹备给他过九十岁生日时，他便反对，表示不想过生日。他外孙韦奈回忆，在筹备过程中，"他便常说：'过了九十岁就死了。'那时我们以为那只是呓语，谁料想此话成真"！原来，当时家人们都以为俞平伯说的是反话，意思是阻拦他们为自己搞九十寿庆，但谁也没想到这确实是一句他的自我预言，而且还被后来的事实证明了。

往年，俞平伯的生日是过得比较简单的，一般都是在京的十几位近亲，上午到他家向他拜个寿，然后中午大家吃一顿较平日丰盛一些的家宴。这基本已成惯例。但这次是九旬大庆，又是他政治上获得平反纠正后所过的第一个逢十寿辰，加上近年他的著作又连连出版，特别是他在已任两届全国政协委员之后又成功连任一届，如此好事迭至，不啻人生梅开二度。于是，家人们都想要向北京、上海、杭州、德清，乃至港澳、海外，广邀亲朋，大办寿筵，来为他好好庆祝一下他的九十诞辰。但与寿星一商量，他却不答应。家人只好退而求其次，提出一个折中方案：邀请亲朋规模在40人左右，只办四桌寿宴，地点就确定在离俞平伯三里河南沙沟寓所较近的贵阳饭庄，步行过去，只消10分钟。俞平伯同意了。他的外孙韦奈

俞平伯与儿子俞润民、儿媳陈煦（站立者）、老邻居蒋瑛（左一）举行家宴

说："但我们并没有安下心来，因为在夜深人静时，常听他莫名其妙地大喊：'我要死了，不过生日！'我们都担心到生日那天，他会突然犯别扭不肯露面。于是商定，一旦出现这种局面，便由我出面作说服工作，因为在家庭众多成员中，我似乎是他最信得过的人。"

事实上，家人们的担心是多余的。真到1990年1月4日那天，俞平伯的祝寿活动进行得还是热烈、顺利的。他收到的寿礼有：由晚年弟子周颖南从新加坡空运来的俞平伯亲作并书录、周颖南出资影印《重圆花烛歌》册页一箱；著名国画家徐北汀的画作《松》；香港许晴野上书"俞平伯九十后作"篆刻图章；浙江湖州友人费在山设计印刷的龙年系列纪念邮品一套，其中第九枚为"俞平伯九秩寿辰"纪念封。这些寿礼都堪称精品。此外，九三学社中央委员会、人民文学出版社、中国现代文学馆都送来贺寿花篮，更为俞平伯祝寿活动增添喜庆气氛。

一个上午，应邀前来拜寿的亲朋好友许宝骙、周有光、张允和、王湜华、吴小如、陈颖等，以及俞平伯所在单位中国社科院文学研究所的同事，都欢声笑语不断，一时间给老寿星俞平伯增添许多快乐。每当有人上前来拜寿，这位已是垂暮之年，况且中风偏瘫腿脚甚为不便的老人，都坚持撑着拐杖站起来还礼，依然不废谦谦风范。

近中午，曾外孙韦宁（韦奈之子）用租来的小三轮车载曾外公俞平伯去赴寿筵。席间，亲朋好友们轮番来向俞平伯敬酒，他倒也抖擞精神，一一还礼。语言学家周有光与夫人张允和，特地端着酒杯走到俞平伯身边敬酒。这对伉俪是俞平伯的老朋友了，特别是张允和，她比俞平伯小9岁，是五六十年代俞平伯创办北京昆曲研习社的得力助手。一看到他们两夫妻，俞平伯感到自己仿佛又回到当年办曲社、唱昆曲的苦中寻乐的时光。他还叫外孙韦奈拿出周颖南航空运送来的那箱《重圆花烛歌》册页，一一分赠参加寿宴的亲朋好友，留作纪念。

寿宴结束回到家后，韦奈他们都以为，外公俞平伯作为九十岁的老人应酬劳累了大半天，已经筋疲力尽了，所以不再让他陪客人。"下午，家中备茶点待客。生日蛋糕定做得很漂亮，在过去，这是他很喜欢的食物，但那天，只象征性地吃了一小块，也未在客厅久坐，略与客人们寒暄了几句，便回卧室去了。"亲人和客人们都不去打扰他，让他独自一人在卧室里静静休息。

当天晚上，祝寿的客人们都离去后，俞平伯将单传孙子俞昌实夫妇和他们8岁的儿子俞丙然叫进卧室，神情严肃地说了一番类似"遗嘱"的话。

对这一幕，俞平伯唯一的曾孙俞丙然记忆太深刻了，以至在曾祖父俞平伯去世五年以后他依然回忆清晰。他记得那晚上老人说了这么一番话：

> 我反复地讲要延祖德到云昆，不只是简单的传宗接代，而是要以德传家。我们老家在浙江德清东门外，拱元桥边南堰村。我们家上辈好几代人都应科举，我曾祖父、我父亲做了翰林院编修。现在时代不同了，不能继承前业，但我们以德传家的风气是应该传给后代的。你们都要自玉、珍重自己，才能把祖宗的美德世世代代传下去。
>
> （俞丙然：《以德传家——记我的曾祖父俞平伯》，《德清文史资料》第五辑，1995年，第195页）

俞丙然还回忆，"最后曾祖父把一幅写有'平伯努力书'的俞氏世系表交给了爸爸妈妈和我，谁知道这竟是他老人家写给我们最后的墨迹"。

度过九十寿辰后，俞平伯又说起自己有关"死"这一不吉利的话题来。他的二女儿俞欣回忆，一天，他用颤抖歪扭的字在一张纸条上面，写下这么一句话：

> 一暝不复秋，黄昏齐至京。身后事当在亚运会后，妄涂。
>
> （俞欣：《留得诗情在人间——回忆父亲俞平伯》，《德清文史资料》第五辑，1995年，第180页）

1990年，是中国举办北京亚运会之年，北京全市上下全力以赴，一座崭新的"亚运村"拔地而起。俞平伯尽管在病中，但对家门口要举办这场体育盛会还是明白的，只是他突然间写下这么一张纸条，是算遗嘱，还是算绝笔？难道他已经预感到自己将在亚运会以后驾鹤而去了吗？他的文人智慧居然达到能够掌控自己生命的程度？家人们看着他这张纸条，都无法探知他心灵深处的灵光。

4月16日，病魔又一次向垂暮中的俞平伯袭来：时隔15年，他又一次因患脑血栓而中风。这一次中风使他左侧偏瘫了。外孙韦奈回忆："病发突然，来势很凶，也没有任何预兆。他一动也不能动地躺在床上，面色青灰，人同槁木。经诊断，大夫要他入院治疗，虽神志不清，仍连连摇头，像过去一样，坚决不肯住进医院，只拿了些药回来给他吃。当时的情况，我们都以为他会不久于人世，日夜轮流守护。人虽已处于半昏迷状态，但他仍是'旧习不改'，对必要的治疗，一点儿也不配合，不肯按时打针、吃药，急坏了一家人。说来也怪，他在死亡线上挣扎了几日后，居然又一次奇迹般地挺了过来。"

也就在俞平伯生命之火已经微弱下去的时候，他忽然接到家乡德清陈景超的来信，说是家乡德清盛世修志，县志编纂办公室已经编就县志，想请他题写书名。这时的他已是生命如豆了，身体又风瘫，他还能握管成书吗？然而，连家人都没有想到，垂暮老人俞平伯看了陈景超来信后，居然为家乡德清编出一部县志而高兴不已，当即嘱咐家人为他备纸磨墨，他强撑病体，靠在那张小书桌上，用毛笔写下"德清县志"4个奇崛苍朴的大字，并写上"俞平伯"3个小字的落款，还钤上自己的印章，并嘱咐外孙韦奈帮他尽快寄去。

按照韦奈的说法，这幅题字，"是他最后的作品，这或是天意，是他与家乡的一点情缘"。此足见俞平伯对家乡德清始终如一的深深情愫，家乡情结，直到生命最后时刻依旧萦绕在他的心间。

然而，这时候的俞平伯却不能行动，也难于说话了。这对一个精神丰富、思维活跃的文人学者说来，是极端痛苦的。尽管家人为他雇请了一位男保姆来服侍其左右，然而，一向要强的他，坚持要用勉强能动弹的右手自己吃饭、吸烟，甚至连解小便也不肯让人帮忙。家人怕他久卧会生褥疮，每天要抱起他几次到书桌边去，但当他坐在书桌边，却又两眼望着窗外，像有无限的心事连着广宇。

果然，自6月中旬开始，韦奈发现外公出现一个怪异的情况——每次见到他，总是要向他重复一句话："你要写很长很长的文章，写好后拿给我看。"

为什么指定要我写？写什么文章？外公有什么"很长很长"的文章还掉不落心头？韦奈百思不得其解。

　　不久，他的话题，逐渐接近实质："要重写后四十回。"语句含糊，很难弄明白他的真实意图，然而有一点可以肯定了：他还是放不下那让他吃苦头的《红楼梦》！此后，话越讲越清楚："文章由四个人写。"他对我说："你是第一，俞成第二，我第三，韦梅、先平第四，写好后送香港发表。"看这意思，是要来个"集体创作"了。但到底要写什么，还是弄不清，无论如何不会是要我们重新写作后四十回吧？不管怎样大声地问他，也听不明白，说不清楚。他那时的大脑思维，只能"输出"，不能"输入"，反应极其迟钝。那些天，他一会儿要我把"脂批本"拿给他看，一会儿又要他自己的"八十回校本"，像中了魔，常常坐在书桌旁翻看《红楼梦》，一看便是半个多小时。

（韦柰：《我的外祖父俞平伯》，团结出版社，2006年，第43页）

尽管人已经进入了生命倒计时了，但俞平伯的脑子却还盘旋在那部伴随他大半辈子的《红楼梦》上。他指定四个"要重写后四十回"的人，分别是他本人、大女儿俞成、外孙韦柰、外孙女韦梅及其丈夫罗先平。而且连文章写好后的发表出路他都想好了，即"送香港发表"。

离生命终点只有四个月时间了，但俞平伯却还叫外孙韦柰去拿出"脂批本"和"八十回校本"让他看。这两本书，都是他五十年代的红学研究成果，一本是他编的《脂砚斋〈红楼梦〉辑评》，一本是他校勘整理、王惜时（王佩璋）助校的《红楼梦》八十回本。他一会要看这本，一会儿要看那本，而且"一看便是半个多小时"。这又反映了他临终前内心何等样的心理活动呢？

还有，他告诉外孙韦柰的所谓"要重写后四十回"，究竟是指重新续写《红楼梦》后四十回文本，还是要写关于高鹗所续后四十回的文学评论文章呢？特别让韦柰他们困惑的是，老人明明知道上述四人包括他自己在内，都不具备续写《红楼梦》后四十回的水平，既然知道，他为什么又要强小辈们所难呢？

韦柰毕竟从小在俞平伯身边长大，以后又长期生活在一起。反复揣摩外公生命最后时刻嘱咐之余，他忽然想起，以前外公与他关于《红楼梦》

后四十回的问题，曾有过一段对话——

俞平伯说："现在的评论，把曹雪芹和《红楼梦》捧得太高，好像没有任何缺点，其实不然，你细读前八十回，就会发现有很多问题。而且，曹雪芹没有把这部作品完成，原因可能很多，但你说是否有可能是他写不下去了呢？"

韦奈问："你是说他江郎才尽了？"

俞平伯笑了笑，说："我只是有这么个念头，前八十回铺得太大，后面要收住，的确不容易，所以我说高鹗很了不起，你知道有多少种续书的版本吗？惟有高鹗是成功的。不管怎么说，《红楼梦》现在是完整的，如果只有八十回，《红楼梦》是否有现在的影响都很难说。"

韦奈忽然想起，当年俞平伯考证后四十回系高鹗续书的一条证据，便是黛玉在对待宝玉读书求功名的态度上，前八十回与后四十回不一致，于是说："黛玉劝宝玉读书，求功名这样的描写，让人看起来还是很别扭的。"

俞平伯听了摇摇头，说："看来你是受了我的影响。续书中败笔是有的，但不要求全责备，高鹗若不做这件事，别人做会更糟，是你来续，还是我来续？反正我续不出！再说，前八十回就没有败笔吗？"

过了几天，韦奈又看到已经近乎瘫痪的外公坚持提起颤抖的右手，用笔写下两张勉强可以让人辨认的字纸。

一张写着：

> 胡适、俞平伯是腰斩红楼梦的，有罪，程伟元、高鹗是保全红楼梦的，有功。大是大非。

另一张写着：

千秋功罪，难于辞达。

（同上，第43页）

见到这两张字纸，亲人们终于明白，进入生命最后时刻的俞平伯还念念不忘的一件事，就是检讨自己过去一贯附和胡适高调颂扬曹雪芹所著《红楼梦》前八十回、攻击贬低高鹗所续后四十回的红学立场和观点，还检讨自己校勘整理《红楼梦》将前八十回和后四十回泾渭分明分开的做法，这些都是"有罪"的；而程伟元印行高鹗所续《红楼梦》都属保全《红楼梦》之举，他们是"有功"的，现在应该重新评价程、高的功绩和《红楼梦》百廿回的地位和价值。俞平伯愧情难释，甚至还写下"千秋功罪，难于辞达"八个字，表达自己无尽的痛悔。

这是俞平伯生命即将走到尽头之前，用最后一丝气力写下的文字信息，他用生命最后的能量，表达自己红学人生中深刻的遗憾：纠反他红学研究中一贯拥曹贬高、尊前八十回贬后四十回的观点，给程伟元、高鹗一百二十回《红楼梦》版本以应有的地位。他知道自己生命之烛已在风中摇曳，随时可能熄灭，且即便如此，他也要拼出最后一丝能量，发出自省自悔的信息代码，从而让世人阅读《红楼梦》时消除他和胡适带来的偏见，从而更加珍视这部伟大而不朽的古典文学名著。

要把上述俞平伯生命最后时刻的反思解读清楚，就必须要从十八世纪末叶程伟元、高鹗所出《红楼梦》一百二十回本说起了。

原来俞平伯在上世纪二十年代初走上红学研究之路时，见到最早的一百二十回《红楼梦》本子，是清乾隆五十六年（1791），徽州府萃文书屋主人程伟元将曹雪芹所著八十回抄本与他请好友高鹗续补的后四十回本，合在一起用活字印刷发行于世的本子，这就是胡适命名的"程甲本"。程、高两人还在各自所撰写的序言里，联手设下一个迷局，而且还说得真真切切、信誓旦旦，因而让世间读者都以为他们搞的这个一百二十回《红楼梦》版本，果真全部是曹雪芹亲手所著。

先是程伟元在程甲本序言里这么说：

> 《红楼梦》小说本名《石头记》，作者相传不一，究未知出自何人，惟书内记雪芹曹先生删改数过。好事者每传抄一部，置庙市中，昂其值得数十金，可谓不胫而走者矣。然原目一百廿卷，今所传只八十卷，殊非全本。即间称有全部者，及检阅仍只八十卷，读者颇以为憾。不佞以是书既有百廿卷之目，岂无全璧？爰为竭力搜罗，自藏书家甚至故纸堆中无不留心，数年以来，仅积有廿余卷。一日偶于鼓担上得十余卷，遂重价购之，欣然翻阅，见其前后起伏，尚属接笋，然漶漫不可收拾。乃同友人细加厘剔，截长补短，抄成全部，复为镌板，以公同好，《红楼梦》全书始至是告成矣。书成，因并志其缘起，以告海内君子。凡我同人，或亦先睹为快者欤？小泉程伟元识。

接着，高鹗在程甲本序言里这么说：

> 予闻《红楼梦》脍炙人口者，几廿余年，然无全璧，无定本。向曾从友人借观，窃以染指尝鼎为憾。今年春，友人程子小泉过予，以其所购全书见示，且曰："此仆数年铢积寸累之苦心，将付剞劂，公同好。予闲且惫矣，盍分任之？"予以是书虽稗官野史之流，然尚不谬于名教，欣然拜诺，正以波斯奴见宝为幸，遂襄其役。工既竣，并

识端末，以告阅者。时乾隆辛亥冬至后五日铁岭高鹗叙并书。

程伟元上述序言，不惜编出一个旧货郎担里偶然发现曹雪芹所著《红楼梦》残卷并出重金买下的故事，以使读者相信他这《红楼梦》一百二十回本真是"雪芹曹先生删改数过"的，他只是同友人细心修补文字，然后抄正刻版付印而已。高鹗上述序言，虽然没有像程伟元那样，一口咬定这个百廿回"《红楼梦》程甲本"确实是出自曹雪芹之手，但却用"友人程子小泉过予，以其所购全书见示"一语，附和了程伟元序言全部说辞，实则也是为程所谓"雪芹曹先生删改数过"的说法帮腔。

更有甚者，清乾隆五十七年（1792）程伟元又以萃文书屋名义印行了另一部《新镌全部绣像红楼梦》，除了版式、插图与前者一样，所不同的是多出了2万多字。这就是胡适命名的"程乙本"。在程乙本里，程伟元还同高鹗合作了一篇序言（即《红楼梦引言》），不仅坚持了"程甲本"序言的说辞，而且还将后四十回说成是"历年所得"，他俩只是"集腋成裘"而已。

《红楼梦》问世两个多世纪，程甲本、程乙本就流传了一个多世纪，影响巨大。特别是1921年，胡适为了推广白话文，用现代科学方法考证、校订，整理出16种古代白话小说，交上海亚东图书馆出版，其中他校订《红楼梦》所依据的版本，正是程甲本和程乙本。胡适这一《红楼梦》版本，后来被红学界称为"亚东本"。

程、高两人为了《红楼梦》一百二十回本行销赚钱不惜制造假话，这当然要引起青年俞平伯的气愤了。1920年，他下了一番功夫，帮胡适考证出，《红楼梦》前八十回是曹雪芹所著，后四十回则是高鹗所续的结论。

一年后，俞平伯出版了第一部红学论著《红楼梦辨》，更是将曹著前八十回与高续后四十回对立起来，作为贯穿全书的一个中心思想。他说：

> 　　我所用的总方法来攻击高氏的，说来也很简单，就是他既说前八十回和后四十回是一个人做的，当然不能有矛盾；有了矛盾，就可以反证前后不出于一人之手。我处处去找前后的矛盾所在，即用八十回来攻击四十回，使补作与原作无可调和，不能两立。
>
> 　　（《俞平伯论红楼梦》，上海古籍出版社和三联书店（香港）有限公司，1988年，第96页）

1950年，俞平伯应文怀沙之约，将他30年前出版的第一本红学著作《红楼梦辨》进行修订增补，于1952年9月出版了红学新著《红楼梦研究》。在这一新著中，他依然坚持批评高鹗的"狗尾续貂"：

> 　　但我为什么不惮烦劳，要去批评后四十回呢？这因为自从百二十回本通行以来，读者心目中总觉得这是一部整书，仿佛出自一人之手。即使现在我们已考定有高氏续书这件事情，也不容易打破读者思想上底习惯。我写这篇文字，想努力去显明高作底真相，使读者恍然于这决是另一人的笔墨了。在批评底时候，如高作是单行的，本没有一定拿原作来比较的必要；只因高作一向和原本混合，所以有些地方，不能不两两参照，使大家了解优劣所在，也就是同异所在。试想一部书如何会首尾有异同呢？读者们于是被迫着去承认确有高氏续书这件事情。
>
> 　　（俞平伯：《红楼梦研究》，上海古籍出版社，2011年，第31页）

他在《红楼梦研究》一书中还说："我从前颇怀疑：高氏补书这一事既为当时人闻知，他自己又不深讳，为什么非假托雪芹不可，非要说从鼓担上买来的不可？现在却恍然有悟了。高鹗谨守作者底原意，写了四十回没下场的，大拂人所好的文字，若公然题他底大名，必被社会上一场兜头痛骂，书亦不能传之久远。倒不如索性说是原本，使他们没处去开口的好。"书中，他甚至指责道："程伟元、高鹗两人底话，全是故意造谣，来欺罔后人的。"

在《红楼梦研究》里，俞平伯还公开宣称："《红楼梦》如再版，便该把四十回和前八一回分开，后四十回可以做个附录，题明为高鹗所作。既不埋没兰墅底一番苦心和他为人底个性，也不必强替雪芹穿这一双不合式的靴子。"俞平伯说到做到。新中国成立后，他校勘整理《红楼梦》，确是泾渭分明地把一部一百二十回的《红楼梦》分成：曹雪芹所著前八十回（上下两册），高鹗所续后四十回（一册），外加《红楼梦八十回校字记》（一册）。

以上就是俞平伯自忏"胡适、俞平伯是腰斩红楼梦的，有罪"的由来。

由于"俞校本"《红楼梦》于1958年出版以后畅销不衰，致使"胡适、俞平伯是腰斩红楼梦的"影响越来越广泛，越来越深远。特别是俞平伯这一"腰斩"，还有一册《红楼梦八十回校字记》做支撑，让读者觉得有严密考证作基础，这就使胡适、俞平伯"腰斩"《红楼梦》的观点更加巍然难撼，以至主导红学界达半个多世纪，导致红学界的学者乃至广大读者，都将曹雪芹所著前八十回捧得很高，而对高鹗所续的后四十回贬得很低。一时间，好像高鹗续补《红楼梦》不但无功，而且还有过似的，他续补后四十回不是俣全了一部古典名著，而是糟蹋了作者曹雪芹"披阅十载、增删五次"的一片心血。

尽管胡适与俞平伯"腰斩"《红楼梦》的结论已被红学界接受，俞平伯本人也不曾自我否定过。然而，他到了晚年却越来越认识到，流传下来的诸多《红楼梦》续书版本中，还是高鹗的续作最为成功。他续写的后四十回，毕竟——接缝了曹雪芹在前八十回中铺陈的故事线索，而且还把曹雪芹设计好的庞大人物群像——给出了结局，从而将一部残缺的《红楼梦》连缀成一部完整的文学作品。还有，程伟元的功绩也要充分肯定。正是程对高鹗续书的参与，以及慨然出资印行百廿回《红楼梦》，才使这部中国古代文学经典之作得以流传。设想一下，如果没有程、高的贡献，《红楼梦》怎么可能成为一部海内奇书呢？现在应该矫枉过正，正确评价程伟元、高鹗保全《红楼梦》这一中华文学经典的伟大作用了。

俞平伯还反思，自己在以往的红学著作文章中，褒扬曹雪芹及其前八十回之好可谓多矣，但对高鹗续作、程伟元印行《红楼梦》的功绩却颂之甚少。

人们不禁要问，暮年俞平伯对自己红学研究来一番矫枉过正的想法，是什么时候开始有的呢？

据他的小舅子兼六表弟许宝骙的说法，他是1986年11月从香港讲学回来时就有的。"平兄自香港讲学归来后，自言旧日'红学'观点此时有些改变。此中消息，余似稍有体会，不足为外人道，尽在不言中耳。"（许宝骙：《〈重圆花烛歌〉跋》，韦奈：《我的外祖父俞平伯》，团结出版社，2006年，第131页）

韦奈也觉得六舅公许宝骙说的没错，外公俞平伯想重新评价《红楼梦》后四十回的想法，确实是他陪同外公去香港讲学回来逐渐形成的。因为当时他委托自己宣读的论文《旧时月色》里面，就已经检讨了过去一贯持有的褒曹贬高、褒前八十回贬后四十回的观点。

　　韦奈还记得，外公俞平伯在香港开讲座时，有人曾问他，后四十回到底是曹雪芹写的还是高鹗写的？他用颂扬的口吻说："我看是高鹗续作。后四十回文字上是很流畅的，也看不出很大的漏洞，但关键是人物的观点和内在思想明显看得出来是和前八十回不一样。但高鹗还是有功绩的，毕竟把书续完了，而且续得不错。"

　　儿子俞润民也在《忆父亲俞平伯》一文提到过，1988年3月，上海古籍出版社和三联书店〔香港〕有限公司为父亲数十年的红学研究所得，联合出版了《俞平伯论红楼梦》（全二册）。老人就曾说自己，"过去将曹雪芹著的前八十回《红楼梦》和高鹗续的后四十回分开，这当然是对的，但这也是腰斩《红楼梦》。前八十回当然是不朽之作，但高鹗续的后四十回也很有功劳，不然〈红楼梦〉就不是一部完整的小说了"。

　　俞润民还在与夫人陈煦合著的《德清俞氏：俞樾、俞陛云、俞平伯》一书中回忆，父亲九十岁时，"很想再写一些论后四十回《红楼梦》的文章，可是那时他已年过九十身体日衰，力不从心了。但他还是念念不忘对《红楼梦》后四十回的研究"。

　　综上可见，俞平伯写给家人的两张纸上那几个简要得几乎如同密码一般的文字，实际上是在清楚地揭示：他行将人生终点了，却还在深深地追悔自己红学人生中的"差池"！

　　俞平伯为什么要如此苛责自己？甚至严苛到"大是大非"，"千秋功罪，难于辞达"这样的程度，还有一个原因，就是以1979年5月成立中国红学会、创刊《红楼梦学刊》为发端，红学研究重又在中国学术界火红起来，而且愈来愈火之后，"胡适红学"重又得到推崇。从批判胡适到推崇胡适，这种一个极端到另一个极端的学术风气，都不是具有真诚学术品格的俞平伯所愿意看到的。更何况，红学家们推崇胡适之余，几乎众口一词地肯定他关于"后四十回系高鹗续书"的推断是"对《红楼梦》版本考证的巨大贡献"。作为亲历60年前胡适考证《红楼梦》并为之提供过帮助的俞平伯老人，最清楚当初他和胡适提出"续书说"，也不过是一个"大胆的假设"，虽是搜集到一些证据，但却始终没有真正坐实。

《红学百年风云录》一书披露，《红楼梦学刊》创刊以后，他通过每期送来的刊物，看到当下"后四十回在一些研究家心目中简直成了洪水猛兽，成了《红楼梦》身上的'肿瘤'，只欲'切割'而后快；仿佛不将其批倒批臭，彻底撕毁并'扔进字纸篓里'，便不能解除心头之恨"。他认为，这种"一边倒"的倾向，又与1954年《红楼梦》研究批判运动何异？如果不对其来个矫枉过正、正本清源，这对开展以追求真理为旨归的学术活动是不利的，甚至可能误导后人。

此外，1986年1月20日，中国社会科学院文学研究所为俞平伯从事学术活动六十五周年举行庆贺会，会上，院长胡绳致辞，为1954年俞平伯《红楼梦》研究受到"政治性围攻"进行了平反纠正。但反过来说，这种来自官方的肯定，也在不经意间维护俞平伯红学研究观点不让人们再质疑。

前思后想，俞平伯觉得，还是得由他自己呼吁重新评价程伟元、高鹗的功绩，正确评价《红楼梦》后四十回的文学地位和价值。

从不固执己见，勇于修正错误，这是俞平伯一贯秉持的治学态度，也是他一生坚持的学术品格。早年他是这样——甫一出版《红楼梦辨》，马上就著文要修正书中的"自叙说"；晚年他还是这样——矫枉自己坚持了六十多年"拥曹贬高"的观点。

人们惯见名人一般到了终老，无不都要隐恶扬善、粉饰自我，使后人盖棺定论对他树个好口碑，传世一个美好形象。特别是学者或者思想家，大凡都想将自己花了一辈子精力建树的学术体系传诸后世，谁都不会老来还去自我撼动。然而，俞平伯却卓尔不群。他作为一个红学大家，在海内外已经享有广泛声誉了，但却会在愈是步入晚年，愈是反思自己红学人生的是非得失，而且生命进入到计时，想要纠正自己过去"拥曹贬高"倾向的想法愈加迫切。

——这是一个学者临终自责的罕见个例；

——这是一个真正学问家的良心和勇气！

后人为他此举作出了这样的评价：

> 他不惜以自毁其毕生研红业绩的沉痛代价，唤醒人们认识挣脱胡适模式羁绊的严重性和迫切性，构成了红学史上最为悲壮的一幕。
>
> （欧阳健、曲沐、吴国柱：《红学百年风云录》，浙江古籍出版社，1999年，第304页）

然而，90岁后二度中风导致身体左右两侧全都偏瘫的俞平伯，既无力撰写论文，也无力进行演讲，但是他的脑子还能正常思维。他确实在生命之火行将熄灭之时，依然放不下《红楼梦》研究事业！外孙韦奈在《我的外祖父俞平伯》一书中说，"外祖父在晚年，很少谈《红楼梦》。不想在病中，仍念念不忘地牵挂着它。这是压抑了多少年的一次总发泄——一次反弹，一首绝唱。'我不能写了，由你们完成，不写完它，我不能死！'他还对我母亲这样说"。

从俞平伯儿子俞润民、外孙韦奈等亲人的回忆来看，他知道自己生命即将走到终点，纠正自己过去褒曹抑高观点的愿望已不可能实现，但他却还想通过自己年富力强的小辈们去完成。

还有一事让儿子润民感到奇怪，就是重病中的父亲常常会问起，他的女儿，也就是老人最钟爱的孙女俞华栋移居美国后在大洋彼岸生活的情况。

说起这个孙女，俞平伯颇感欣慰。俞华栋出生在五十年代，1969年初中未毕业，就作为知识青年赴内蒙古插队落户，返城以后在《中国日报》社工作，靠自身努力考上广播电视大学读书，进入九十年代，她又去美国俄亥俄州大学经济系留学深造，毕业后，进入美国斯坦福大学工作。俞华栋的奋斗经历，在国内"五零后"一代人中，堪比凤毛麟角。

虽然老人多次问起孙女华栋在美国的情况，但儿子俞润民还是没有放在心上，以为这是做爷爷的钟爱孙女的表现。然而，让他突感惊奇的是，他父亲俞平伯在逝世前几天，竟然非常吃力地写了一张小纸条给他。上面是这样写的：

> 后四十回小书，拟在美洲小印分送，然后再分布大陆，托栋栋分布。
>
> （俞润民：《忆父亲俞平伯》，《德清文史资料》第五辑，1995年，第158页）

俞平伯在人生走到终点，行将瞑目之时，终于将他的遗愿向家人表述完整了——要他们在自己身后，帮自己"写很长很长的文章"，重新评价程伟元、高鹗帮助曹雪芹留下一部一百二十回《红楼梦》的功绩和意义，从而对自己往昔褒曹抑高的红学观点来一番矫正；文章写出印好以后，由孙女俞华栋先在美国发布，再由美国而扩大影响到中国大陆来。

可惜俞平伯家中所有小辈，没有一个继承他之衣钵的，他们都有自己的职业，也都不搞《红楼梦》研究。万般无奈之下，他们对着老人临终遗嘱般的字条只能发出浩叹：

那将是一部除他之外，无人可完成的巨著！

如果没有1954年那场不公正的批判，如果没有动乱的10年，如果为他平反的纪念会能早些年举行，如果……

（韦奈：《我的外祖父俞平伯》，团结出版社，2006年，第45页）

生活中毕竟没有"如果"，命运也不再可能重新安排，俞平伯的一切念想，一切遗憾，全都像烟云般散去，不复重来。

寿终正寝的时刻还是到来了：1990年10月15日，正是北京亚运会闭幕后三天，中午时分，俞平伯躺在自己三里河南沙沟寓所卧室床上，最后望了守候在身边的亲人们一眼，轻轻舒了一口气，安然辞世了，享年91岁。等到外地亲友们赶到他灵前时，恰是当天黄昏时分，他们看到，一缕秋日阳光从西面窗棂照了进来，老人的遗容显得分外安详。

家人找出俞平伯过完90岁生日随笔涂写的那张字条，上面仍然是那21个颤抖歪扭的字："一暝不复秋，黄昏齐至京。身后事当在亚运会后，妄涂。"原来字条上的内容老人并非"妄涂"，而是最后都被他一一说准。当时他们见到字条，谁都不以为然，如今无不大呼神奇！然而，面对老人平静安详却又有几分不甘的遗容，他们却未有探寻他智慧中深藏的密钥。

俞平伯永远闭上眼睛后，儿子俞润民猛然记起，父亲重病中曾经对他说起过，他拟就墓碑碑文底稿，放在他床边的书桌抽屉里，他活着就不要去看它，死后可以找出来照二面去做。于是，他赶紧拉开父亲床边书桌抽屉，果然发现一张他亲手所写但却从未出示给小辈的字纸，上面写着：

德清俞平伯

合葬之墓

杭州许宝驯

（俞润民、陈煦：《德清俞氏：俞樾、俞陛云、俞平伯》，中国
人民大学出版社，1999年，第317页）

俞平伯生前拟定墓志铭，体现了他对生老病死的坦然心态。他曾在
《中年》一文里说过："生于自然里，死于自然里，咱们的生活，咱们的
心情，永远是平静的。"他把死看作是一种"强迫的休息"，还说："人
人都怕死，我也怕，其实仔细一想，果真天从人愿，谁都不死，怎么得了
呢？"由于他从中年以后就持有这种顺乎自然，又热爱生命的豁达生死
观，使他在与世长辞之前，趁神志清醒，就为自己身后写下墓志铭。他这
一做法，一如曾祖父俞樾。当年，俞樾就在临终之前，分别写下《临终自
喜》七律四首、《留别诗》十首和"末日启封"遗言。

特别是俞平伯亲手所写的墓志铭，强调"德清俞平伯"，更是他对家
乡德清魂牵梦萦至死不渝的情感表征了，表明他即使蜡炬成灰之后，还要
向世间说清自己根在哪里，魂归何处。

由于俞平伯与夫人许宝驯婚史长达65年，一生不离不弃，始终相濡以
沫，伉俪情深。因此，1982年2月7日，许宝驯因病去世，俞平伯将她的骨
灰一直置放自己卧室橱顶，陪伴她直到自己离世。他生前就撰下上述墓志
铭，并且叮嘱小辈等他去世方可拆阅，还有一层意思，就是嘱咐他们等他
去世后可将他与夫人的骨灰合葬一处了。

因俞平伯生前曾经交代小辈，丧事要从简，不开追悼会，家人确实照
此一一做了，不广发讣告，不邀人吊唁谒灵，不按家乡丧葬礼仪发丧，他
去世次日，就将他的遗体送往北京八宝山革命公墓火化。为他发丧送葬的

只有家人，他们仅仅举行了一个简短的遗体告别仪式。这对于一个名闻天下的作家、诗人和学者的葬礼来说，气氛确实显得冷清。

巧合的是，俞平伯火化的这一天是1990年10月16日，正逢《红楼梦》研究批判事件发生36周年。

俞平伯骨灰尚未落土，家人就一起商量，虽然老人生前已经撰就墓碑碑文，但请谁的书法写下再去刻制墓碑呢？他们不约而同地想到了北京大学教授吴小如。因为吴小如不仅是俞平伯早年的学生，交往一向密切，而且他的父亲吴玉如是著名书法大师，曾被大书法家启功誉为"三百年来无此大手笔"。吴小如一贯得到乃父真传，况且，他又于中国古典文学领域颇多建树，由他书写已故老师夫妇的碑文，实在合适不过。电话打给吴小如后，他果然毫不推辞，只是要求容有时日，以便等他书法状态练到最佳时刻方才一书而就。如今，在北京西山脚下福田公墓里，俞平伯、许宝驯夫妇合葬之墓的墓碑碑文，就是吴小如教授的真迹。

由于俞平伯是海内外著名的文学家，他逝世后第四天，10月19日，新华通讯社专门发了消息：

> 我国现代著名文学家俞平伯先生，10月15日在北京病逝，终年91岁。俞平伯先生积极参加五四新文化运动和进步的民主革命运动，是一位热忱的爱国者和具有高尚情操的知识分子。七十年来，他不倦地从事学术活动和文艺活动，在文学创作和文学研究中，都取得了卓著的成就。
>
> 俞平伯先生的遗体已于10月16日火化。
>
> （德清县馀不诗社编：《俞平伯先生哀挽集》，1994年，第1页）

同一天，《人民日报》转发了这条消息。

俞平伯逝世后，唁电、挽联、信函如雪片般地向他单位、亲属飞来——

发来唁电的有天津百花文艺出版社，浙江文艺出版社，香港作家联谊会，江苏红学会，俞平伯家乡浙江省德清县委、县政府，浙江省湖州市文联，俞平伯上世纪二十年代初曾经执教的杭州高级中学（原浙江省立第一师范学校），著名学者叶嘉莹，贵州红学会葛真等。

其中，俞平伯家乡浙江省德清县委、县政府的唁电称：

> 沉痛悼念俞平伯老先生逝世，他永远活在家乡德清人民心中。敬向俞老先生亲属致以亲切问候。
>
> 中共德清县委、县人民政府

俞平伯故园所在的德清县城关镇人民政府，联合两次获得俞平伯题词的城关中心学校发来唁电称：

> 惊闻俞平伯老先生与世长逝，噩耗传来，引起了全乡人民和全校师生的巨大震动和悲哀。俞老先生出生于我乡，是一位杰出的著名学者和教授，名闻中外。生前念念不忘家乡的教育事业，心灵纯洁高尚，谦虚谨慎，大公无私，忠于社会主义建设事业，培养了不少人才。平生巨篇著作永留人间。俞老先生和我们永别了，我们化悲痛为力量，以俞老先生为楷模，努力奋斗，为祖国社会主义事业作出贡献。这就是我们对他最深切的悼念。
>
> 俞平伯先生永垂不朽！

城关镇人民政府

城关镇中心学校

1990年10月17日

送上挽联的有俞平伯生前所在单位中国社会科学院文学研究所，文学研究所古代文学研究室，苏州市文化局，湖州市诗词学会，俞平伯小女婿易礼容，俞平伯生前好友陆永品、吴庚舜等。其中，中国社会科学院文学研究所的挽联上书：

临大节而不可夺也，举世咸推真名士；

赅古今而无所名焉，后生痛失大宗师。

俞平伯逝世后的头十年里，几乎每年都有著作出版或再版，《俞平伯书信集》《俞平伯日记选》《俞平伯学术精华录》《俞平伯诗全编》《俞平伯美文精粹》，俞平伯校点的《浮生六记》，等等。1997年11月，精装10卷本《俞平伯全集》由花山文艺出版社出版。

俞平伯逝世后第三年，1993年11月8日，家乡浙江省德清县政府在城关镇（今为乾元镇）谈家弄县博物馆院内设立的俞平伯纪念馆正式开馆。俞平伯单传之子俞润民，俞平伯晚年弟子周颖南分别被聘请为纪念馆名誉馆长。该纪念馆从俞平伯的家世、生平、文学创作和研究、治学和学术成就以及他对故乡的情谊等七个方面，全面介绍了他的一生。展品较为丰富，除了有家人捐赠俞平伯生前所写手稿、信件、抄本、条幅、墨迹等外，尤其引人注目的是，俞氏家藏的俞平伯曾祖父俞樾、父亲俞陛云亲手所书书信、读本、扇面、条幅等，以及俞平伯夫人许宝驯所作画作。人们驻足参观，对俞平伯这位文学大家以及他所出身的近代文化名门浙江德清俞氏有直观的了解。然而，由于该纪念馆用房是一座三开间的平房，江南雨水又多，因此除占地不足之外，展品也难以防潮。

上世纪九十年代中期，德清县城搬迁至闻名中外的避暑胜地莫干山脚下的武康镇。俞平伯纪念馆老馆就远离新县城了。县委、县政府为了大力推进德清县文化建设，深入挖掘本县历史文化资源，缅怀乡贤巨擘俞平伯，擦亮浙江德清俞氏这张文化金名片，酝酿将俞平伯纪念馆改建到新县城武康来。

2005年12月，德清县博物馆新馆在新县城武康镇建成开放。新馆馆舍宽敞，设施先进，安全性强。于是，馆方在新馆舍内专门辟出一块地方，将城关镇谈家弄俞平伯纪念馆里的藏品全部移放过来，进行装潢布置后陈列，以此作为纪念俞平伯的专门场地。这是德清县俞平伯纪念馆的第二代馆，虽然简括，但也集约。

自从俞平伯1956年5月回归故园浙江德清乌牛山下南埭圩以后，乡里乡亲们无不津津乐道，以致口耳相传三代人近半个世纪之久。如今，过去的南埭圩小村庄，早已融入了乾元镇金火村的集体大家庭，但老少村民总琢磨着想搞一个载体，既能够永远纪念俞平伯这位本村俞氏家族根系所孕育的桑梓先哲，又能向子孙后代以及外来人们展示俞氏"耕读传家久、诗书继世长"的家风事迹。

机会终于来了！2011年，金火村趁着浙江省在农村大力推进文化礼堂建设，完善农村公共文化服务，丰富群众精神文化生活的契机，利用金星自然村沈家潭的一座集体用房，建起一座有花园、有戏台、有藏品、有照片、有介绍的俞平伯纪念馆。这座全国罕见的村办名人纪念馆，为一座两层楼建筑，上层馆舍一半陈列展出俞氏家族的历史脉络和俞平伯生平事迹，一半为村民文娱活动场所；下层馆舍则用于乡风文明宣传演示等。整座房子和院子一专多用，并具有一种历史文化和乡土文化兼而有之的气息。金火村俞平伯纪念馆建成以后，获得俞平伯后人的认可，俞平伯单传孙子俞昌实向该馆捐赠了部分藏品。

2015年6月10日，投资近400万元、建设筹备近一年的德清县俞平伯纪念馆新馆，终于在县域武康镇风光秀丽的余英溪畔落成并举行开馆仪式。这是该县所建俞平伯纪念馆第三代馆舍。新馆面积300余平方米，以"家学""文学""红学"为主线，陈列展示了俞平伯生前部分手稿、文集、照片，并辅以现代声光电等多媒体手段，重点展现了他在诗词、散文、曲论、古典文学校注以及《红楼梦》研究等方面的学术成就。新宿馆舍牢固，设备先进，有利于文物保护与利用。

中国艺术研究院原副院长、中国红楼梦学会会长、著名红学家冯其庸先生于2009年捐赠的一幅由俞平伯用劲秀的小楷书写《明定陵行》诗的扇面，也被新馆展出。俞平伯外孙韦奈向新馆捐赠了一只1986年俞平伯去香港访问讲学时戴用的手表。

新馆对外开放后，一时间人们近悦远来。

萧乾晚年曾经回忆。当年俞平伯《红楼梦》研究批判事件发生之后，他和许多首都文艺界人士都被叫到南锣鼓巷里的中国青年艺术剧院剧场参加批判会，批判《文艺报》没有及时刊登两个"小人物"李希凡、蓝翎批判俞平伯"资产阶级唯心论"的文章。回忆这件往事之余，他还说：

> 我小时年下玩一种叫"耗子屎"的花炮，点着之后，往地下一放，它就忽东忽西、忽上忽下地乱窜，这股邪火不定冲到哪儿才熄

灭。五十年代的政治运动常使我想到那种花炮，只不过那不是好玩的把戏，却会给被冲到的人带来惨重的不幸。

（萧乾：《萧乾自白》，《名士自白——我在文革中》上册，内蒙古人民出版社，1999年，第189页）

但愿俞平伯先生遭逢的政治运动永远成为历史教训不再出现，华夏国人永远过上先生所期盼的"乐天不忧惧"的生活，该多好……

　　　　　　　　　　　　　　　2013年10月31日夜初稿毕

　　　　　　　　　　　　　　　2014年8月30日二稿毕

　　　　　　　　　　　　　　　2014年11月13日再修改

　　　　　　　　　　　　　　　2016年5月13日三稿毕

　　　　　　　　　　　　　　　2018年2月24日再修改

后　记

　　"运动"一词最早灌入我的脑际，是上世纪五六十年代我外公经常念叨所致，我童年的眼睛看出来，外公念叨"运动"二字，脸上是很害怕的样子。长大后，哪怕是到了八十年代，国家实行民主政治，法治日益推进，他还是经常用宁波话叮嘱我们小辈"外头莫去乱讲话"！

　　外公上世纪二十年代毕业于复旦大学理科。出校门后，他就在上海尝试"实业救国"，办过翻砂厂、牙粉厂、石英砂厂……但屡试屡败，他仍屡败屡试，直到解放前夕，他都没有成功。好在新中国成立，他被吸收进上海的一家部办设计机构，从此他和外婆的下半生总算有了依靠。这家部办设计机构，便是中华人民共和国第一机械工业部第二设计院。

　　甫一进院，精通铸造设备工程的外公，马上被"运动"罩住，政治学习时，他们一干从旧社会过来的知识分子都被告知，他们的头脑里被称为思想的东西是需要改造的，只有通过"改造"，才能"洗刷非无产阶级的东西"。于是"镇反运动""三反运动""五反运动""批胡风"、反右，直到终于爆发为期10年的"文化大革命"运动。尽管外公进设计院不久，就成功设计了上海柴油机厂和上海汽轮机厂各一座翻砂车间，但他在某次"运动"中，还是因为领导的批评，致七级工程师贬为十级技术员，工资由140多元一下降到90多元。

　　这一"运动"遭遇，让外公害怕了，于是，1965年春天，"文化大革命"发生前夜，他便主动提出提前退休。由于是"提前"，他的退休工资便被多打了折，由90多元一下跌为58元。尽管吃亏，他还是庆幸自己这一决定的"高明"——得以躲过一场耗时10年的"运动"。而他女婿也就是我的父亲，就因被同事抓住其学校出来第一份工作是在国民政府铁路部门干过三年的所谓"政历问题"，斗得死去活来。我父亲在五十年代中期，曾作为技术人才，被王震上将率领的铁道兵部队征调入伍，当时他毅然辞别上海温馨的家庭和可爱的妻儿，先江西后福建去建铁路。但"文化大革命"一来，哪管谁有什么功劳，只要"有问题"，就难逃一劫。

直到八十年代初，党中央大力平反纠正冤假错案，年已74岁的外公上访北京，才终于迎来平反调级的一天。而他的女婿、我的父亲因为调回了上海，那事也就不了了之了。倒是当时"斗"我父亲时对他大打出手的那位前同事，后来得了一种很怪的毛病不治而逝了。这是2012年夏天我重游父亲当年工作地，听他当年单位党支部书记的儿子讲的。

时间是最好的"创口贴"。我尽管业余从事文学创作已逾30载，但却从未为两位长辈当年的"运动"遭遇写过文字，以上这些文字尚属首次之为。

然而，我没想到，我会为新中国成立后第一位被公开"运动"的知识分子俞平伯写传。那是因为1999年，我的老领导，时任浙江省湖州市文联副主席、党组成员钟伟今先生来向我组稿，说他想主编一套"湖州名人传记丛书"，其中《俞平伯传》请我来写。尽管这位曾经参加过抗美援朝的离休老干部老骥伏枥，但后来还是由于筹集不到资金，"丛书"之想只好搁浅。

然而，我想探究俞平伯先生遭遇"《红楼梦》研究批判事件"以后人生的兴趣却被引发。这是因为我本人一直存有一大遗憾，那就是1984年至1987年，我在湖州市文联编办《水乡文学》杂志期间，先生还健在，而我作为先生家乡（德清县属湖州市管辖）文学刊物的负责人，却从未去北京拜见他老人家一面，亦从未写过一封信，约过一篇稿，以至1990年先生去世后，遂成一段永远的追悔。钟公之约，正好让我与先生来一场天地对话，补上一段缺憾。

甫一接触俞平伯专题，我就发现，1954年批判他的意图，在于肃清胡适思想体系影响，肃清胡适影响，又是为了"改造"从国统区过来的知识分子，发起俞平伯《红楼梦》研究批判运动，又揪住了"批俞"会上主动跳将出来的胡风，开展"批胡风运动"，又一气呵成发动"肃反运动"；接着，又是"反右运动"，又是十年"文化大革命"运动，如此说来，最初遭到举国批判的俞平伯颇有点标志性意味。前事不忘，后事之师。我们应该从"俞平伯《红楼梦》研究批判"这一历史事件中，乃至过去连绵不断的"运动"中，汲取什么教训和鉴戒呢？

俞平伯先生被竖为"箭垛"以后，当时承受的压力是空前的，没有先例可以自我慰藉，他想要"抗压"，也没有经验和样本可循。然而，恰恰是他，居然能够不断躲过后来几次"运动"的凌厉锋芒，一直活到亲眼看到自己平反余庆、梅开二度的盛景，方以91岁高龄寿终正寝。其间，他有怎样一段命运遭际和心路历程呢？他又有怎样一种纾难解压的生存智慧呢？

另外，"文化大革命"运动结束后，党中央实行解放思想、实事求是的思想路线，前阶段挨批受压的名人们大多纷纷伸张个人冤屈。但俞平伯作为新中国第一个挨批受压的名人，不仅不加入申冤"大合唱"，反而反思起其研究《红楼梦》的学术历程来。他深刻反思自己早年追随胡适推崇曹雪芹所著前八十回、贬低高鹗所续后四十回的观点，特别是他进入生命的倒计时，还是丝毫不顾身后荣辱，继续这一重大反思，这又是怎样一种学术态度和人格力量呢？

从1999年开始，我广搜史料、业余钻入俞平伯研究专题，想在2004年

"批俞"事件发动半个世纪之时，写出一部有关俞平伯1954年以后人生的传记。我试图还原他1954年遭受举国批判后的半辈子人生，追索他作为近代中国四大文化名门浙江德清俞氏后人的家学渊源，探索他的纾难解压的生存智慧，钩沉他与众多文化名人交往的故事。然而，由于工作忙，主要是懒，我蹉跎时光，竟一晃十多年未著一字。

一拖拖到2013年下半年，我行将退休，工作空闲不少，终于开始爬材抉料、焚膏继晷，全力撰写长篇传记《是非红楼：俞平伯1954年以后的岁月》。写出初稿后，2014年初，我抽出四个篇章为一个中篇非虚构，题名《俞平伯《红楼梦》研究批判事件六十年祭》，投给大型文学双月刊《江南》，蒙该刊原副主编谢鲁渤先生和主编钟求是先生支持，被安排在该刊2014年第3期上发表。

2016年，我又从拙传中抽出一个篇章，压缩成不到一万字的短篇非虚构《俞平伯：挨批犹不废红学》，试着投给文化部主管、中国艺术研究院主办的国家级中文类核心期刊《传记文学》，不曾料想，竟被刊在该刊当年第7期上。感谢该刊编辑部主任胡仰曦老师对我青眼有加，她主动来电约稿，于是我有幸在该刊当年第11期又发出一稿《"新红学派"形成始末记》。这两篇拙作，还有幸被中国作家协会主办的《作家文摘》转载。我一年内在大刊上连续两次发文，而且均被转载，《传记文学》真是为我创造了30余年文学创作生涯绝无仅有的纪录。

于是乎，越一年，我终于壮起胆子，将尚未得到出版的拙传《是非红楼：俞平伯1954年以后的岁月》，投给胡仰曦老师指教。承蒙她以及著名文艺理论刊物《文学评论》杂志社原常务副主编胡明先生等专家和领导的审读、指导，拙传居然被《传记文学》压缩成6篇万字文章，以《俞平伯1954年以后的岁月》为总标题，于2017年第7期连载至年底第12期。

感谢《传记文学》杂志社的扶持，如今，拙作《是非红楼：俞平伯1954年以后的岁月》终于走出坎坷，将由百花洲文艺出版社正式出版。值此出版之际，我要深深感谢著名文艺评论家、《文学评论》原常务副主编胡明先生，他作为红学家和俞平伯先生后来的同事，对拙传进行了认真严谨的审读和指导，没有他的肯定和支持，拙作可能难见天日。我还要感谢俞平伯先生的外孙、北京舞蹈学院钢琴教研室原主任韦奈先生及其已故舅舅俞润民先生、舅妈陈煦女士，他们不仅接受了我的采访，而且还热情赠送他们回忆俞平伯的著作。我更要感谢我的忘年之交、俞平伯家乡德清县图书馆民国分馆馆长朱炜小友，他不仅将其有关俞平伯的研究成果供我参考，还不吝己珍，将多年辛苦搜集的俞平伯先生的老照片供我挑选使用。此外，他还不惜时间、精力和私家车之耗，多次开车陪我奔波于俞平伯故园大地采风访旧。

上世纪五六十年代"运动"此起彼伏，使几乎两代知识分子受到伤害，严重损害了中华民族科技和文化的创造力。反思"俞平伯《红楼梦》研究批判事件"，对于当前依法治国，实行法治，尊重人才，动员全国人民的力量实现中华民族伟大复兴的中国梦，应该是不无裨益的。

如果拙传能够起到上述作用，那么我将感到无比欣慰，但我不知有没有写好，深祈方家和读者批评指正。

周文毅

2018年2月25日于杭州